阳光下的风景
——内蒙古脱贫攻坚主题优秀作品选

赵富荣 主编
常 健 副主编

远方出版社

图书在版编目（CIP）数据

阳光下的风景：内蒙古脱贫攻坚主题优秀作品选 / 赵富荣主编. -- 呼和浩特：远方出版社，2020.12
ISBN 978-7-5555-1602-6

Ⅰ. ①阳… Ⅱ. ①赵… Ⅲ. ①中国文学 - 当代文学 - 作品综合集 - 内蒙古 Ⅳ. ①I218.26

中国版本图书馆 CIP 数据核字（2020）第 262508 号

阳光下的风景——内蒙古脱贫攻坚主题优秀作品选
YANGGUANG XIA DE FENGJING
NEIMENGGU TUOPINGONGJIAN ZHUTI YOUXIU ZUOPIN XUAN

主　　编	赵富荣
副 主 编	常　健
责任编辑	董美鲜
责任校对	心　妍
封面设计	格恩陶丽
版式设计	韩　芳
出版发行	远方出版社
社　　址	呼和浩特市乌兰察布东路 666 号　邮编 010010
电　　话	（0471）2236473 总编室　2236460 发行部
经　　销	新华书店
印　　刷	内蒙古爱信达教育印务有限责任公司
开　　本	152mm×230mm　1/16
字　　数	366 千
印　　张	23.5
版　　次	2020 年 12 月第 1 版
印　　次	2020 年 12 月第 1 次印刷
印　　数	1—1 600 册
标准书号	ISBN 978-7-5555-1602-6
定　　价	58.00 元

如发现印装质量问题，请与出版社联系调换

序

内蒙古文联党组书记　冀晓青

阳光下，牧野苍茫，乡村如画，路网四通八达，新居窗明几净，产业项目如火如荼……

这是5年间发生在内蒙古118万平方公里大地上的华丽蜕变。5年来，全区3681个贫困嘎查村全部出列，57个贫困旗县全部摘帽，80.2万贫困人口全部脱贫，内蒙古区域性整体贫困问题得到解决。

脱贫攻坚，全面建成小康社会，是一项艰巨的任务，党和政府汇聚起亿万人民的磅礴力量，取得了巨大的成就。一个个数字后面，有着讲不尽道不完的担当奋进、矢志攻坚的动人故事，有着无数渴望改变、倾心奉献的人们。我们的作家们总能感国运之变化，立时代之潮头，发时代之先声，用饱蘸真情的笔，记录万家灯火，书写小康之约。

2020年初，内蒙古文联、内蒙古作协举办了脱贫攻坚主题征文活动，短短的时间内就征集到千余件作品，我们看到我们的作家有雄心，有体验，更有笔力。经过分类、甄选，这本《阳光下的风景——内蒙古脱贫攻坚主题优秀作品选》与读者见面了，一行行文字就是牧野的风景，就是农村牧区铺展开来的小康生活画卷，就是无数脱贫路上追梦人的奋斗故事和心灵成长。

《阳光下的风景——内蒙古脱贫攻坚主题优秀作品选》以无数真切的、鲜活的声音，书写着属于这个时代有质地、有温度的草原故事。生态扶贫的题材，始终响彻着抒情的、英雄主义的旋律；文化扶贫的题材，是把历史、生态、自然融成一个水草丰美的故事；而基层党组织和扶贫干部，是扎实奋进的身影和深沉热切的心声。这些作品从内蒙古脱贫攻坚的现实课题中来，从当代中国、内蒙古的发展进步和当代草原人的精彩生活细节中来，以体现精神高度、文化内涵和艺术价值相统一的书写，为无数创造历史的人们立传。

近几年，内蒙古文联、内蒙古作协始终坚持以人民为中心的创作导向，以"草原文学重点作品创作扶持工程"、深入生活扎根人民系列活动、脱贫攻坚专题采访活动为抓手，组织百余名作家走下去、贴近大地、贴近人民，引领作家把自己的创作与更广阔的人群、更宽阔的生活现场结合起来。"草原文学重点作品创作扶持工程"系列图书的出版，内蒙古作家在全国重要文学期刊发表作品，内蒙古的作品在全国大奖中屡获佳绩……这些都是作家们实实在在进入新时代新生活中，真真切切理解其广度和深度，有无穷发现并有无尽感触，结出的累累硕果。

中华民族全面建成小康社会、实现第一个百年奋斗目标之后，开启全面建设社会主义现代化国家、向第二个百年奋斗目标进军的新征程。处在历史交汇期的中国，希望在孕育，力量在升腾。期待内蒙古作家，与时代相约，与人民携手，以智慧、才华、激情、信念和辛劳，以更多有格局、有情怀的作品，雕刻中华民族奋进的灵魂，铭记时代前行的步伐，熔铸中国力量和中国精神。

目录

中篇小说

3　　韩伟林　　阿尔善河水长又清

短篇小说

57　　海勒根那　　过路人，欢迎你来哈吐布其
68　　刘惠春　　喜如在诺勒嘎查
89　　吕　斌　　分道扬镳
104　　宁立新　　村主任的火车梦

报告文学

111	艾　平	脱贫路上追梦人
159	肖亦农	精耕库布其
171	李青松	科尔沁之绿
191	李文俊	诺勒日记
207	瑛　宁	大路歌

散　文

221	王久辛	阴山下，天似穹庐爱笼四野
230	晓　角	春来有迹——我家的精准扶贫
235	包立群	小山的婚事
238	贾月珍	父亲的故乡

246　　索　付　　云朵
251　　行　草　　小海、老黄和菜园子
259　　张　君　　顾校长的第二个家

诗　歌

267　　白　涛　　科尔沁脱贫攻坚采风诗记
274　　王久辛　　克什克腾的白天鹅
283　　戈三同　　扶贫笔记
288　　谭光红　　八月,带我去看一株玉米的抵达
293　　孙树恒　　点燃村庄的烟火——写给扶贫干部
297　　谭志刚　　春天的枣树
299　　闫红梅　　那天(外一首)
302　　毕俊厚　　离太阳最近的地方
307　　尘之光　　走进四子王旗

310	陆　承	大同书，或仓廪衣食皴法的盛世映像
315	葛亚夫	荷是一味药，赈济、理疗了贫困的痼疾
323	许　星	去羌山，与一朵云彩同行
328	夏选彬	在嘎佐村驻村扶贫的日子
337	徐明光	走进音河
340	赵大民	春风荡漾
343	王建波	春天的变奏曲
345	北　琪	在胡尔勒与你重逢
347	洋浴海	牧野新貌扶贫歌
349	孙永斌	走在阳光路上
352	清　明	扶贫嘎查轶事
356	白　墨	城南扶贫记
361	北　城	又见村庄

中篇小说

YANGGUANG XIA DE FENGJING

阿尔善河水长又清

◎ 韩伟林

一

苏和像风一样来到图雅身边,图雅心里乐开了花,脸上却显出没事的样子。她听到自己的心在怦怦跳,俊俏的圆脸更是藏不住,红云早已飞了上去。放牧时,图雅远远看见她家房前有个越野车停下来,人留了一个,车打了一个弯儿,带起一路尘土走远了。图雅骑着摩托车赶过来,一看,是和自己一块长大一起上学,也算是时常想念着的苏和。

苏和快有一年零三个月没见图雅了,还没等图雅下了摩托车就奔过去抱了下来。哪管摩托车倒下在原地突突打转,年轻人的嘴唇距离最近,最先找到了对方。阿尔善草原水草丰美的季节又增添了一道爱情的风景。图雅醒了,睁开大眼睛,长长的睫毛一张一合,好像把两粒晶莹的泪花切碎了,她推开苏和:"别,让人看见不好。"

苏和:"方圆十来里就你我谁能看到?"

图雅:"天在地在草木在,就你我不成?以后成了家每天让你亲，就怕很快腻了。"

说话间，图雅扭捏起来，脸又红了，看看苏和："南边漫坡上朝鲁门说不定就拿着望远镜看着咱俩，多不好意思啊！"

图雅说到朝鲁门，就皱起了眉头："每天有事没事牛皮糖一样跟着我，真让人受不了，一个字——烦。"

朝鲁门也是苏和的同学，高中上了一半儿，就回来接过爷爷的套马杆。他是爷爷奶奶抱养长大的，两位老人前后几年间过世，朝鲁门一个人撑起了家。

苏和哼了一下："他怎么能看见？他要敢追你，看我打断他的腿。"

图雅："那你抓紧了，谁知道我那阿爸怎么想的，这两年他一直和朝鲁门在阿都沁合作社一起牧羊什么的。"

苏和："我的图雅谁也别想动那心思，谁不知道你是我女朋友，不久之后的媳妇。"

图雅："还女朋友哪，快两年不见个影儿，谁知道心野哪儿了，城里胖的瘦的有文化的多了，还在乎常年不见的做什么？！"

两人说说笑笑进了蒙古包，图雅的脸红扑扑的，不知是外面的热风吹的，还是见到苏和高兴的，也许二者兼有吧。图雅挑了自己最喜欢的木碗倒上奶茶，端过来递给苏和。苏和闻了闻香喷喷的，两口就喝完了，图雅又倒了，苏和又喝了，图雅："苏和，你慢点，不怕呛着你。"

苏和："见了你，就渴。"

图雅嘿嘿乐："看你那出息，还首府来的大才子，开发区大设计师呢！"

苏和本来想给图雅一个惊喜，告诉她自己来了阿尔善，打算在这里甩开膀子大干一场，看来图雅电话里不说，其实早已知道。

图雅："你到开发区可不是秘密，全阿尔善人都知道。朝鲁门昨天还告诉我，前几天他去镇上买东西，说远远看见你，穿着西服坐进一个好车，正想着过去打招呼，你理都不理，坐进去一溜烟跑了。"

苏和："图雅，你别冤枉我了，我真的没看见他。"

苏和记得自己坐进奔驰，后排坐着吴院长，急着要去见鲁克副旗长。当时还别说，出了镇子连他这个土生土长的阿尔善人都已经蒙圈了。车子在柏油路上一路向前飞奔，接着左拐右拐，在一个叫什么图腾的超大旅游点停了下来。苏和隐约感觉好像是在阿尔善河的上游位置，靠右前方有顶蒙古包。几个人进去一看，分门别类地摆放着马鞍、马鞭、坛坛罐罐等牧区生产生活用具，正面是供奉佛像的油漆彩绘供桌，一侧是双门漆柜，按一下柜门，柜子动了起来，就穿过了蒙古包。原来柜子是个玄关，前面大片的芦苇映入眼帘，中间是长长的栈道，早有人上来引领。走了一会儿，进了另一个大的蒙古包，位置就在河流拐了大回旋的地方，三面环水，真是别有洞天，让苏和大开眼界。

还真别说，他们一行人先进去的蒙古包，除了新，和图雅家的差不多。图雅家的蒙古包好像自他知道就一直立在她家砖房的右前方，天热的时候图雅进去住。听苏和说起外面有意思的事儿，图雅歪着头看着苏和，顽皮地眨了眨眼，好像还没有听够。她使劲想也想不出蒙古包里面怎么按一个开关就能穿了过去。不去想这些了，图雅歪着头还在看着心里藏着的这个人。他是那样的好看，头发理得那个帅，和电视里的帅哥一样一样的；西服那么直，刚才一阵打滚都没有弄皱。想到这里，图雅的脸还有些发烫，她借口收拾东西把脸扭到别处，看乌尼间横着的小绳，那是她系的，挂一些日常用的东西，刮汗板是阿爸时常用的，地上是散发着酸甜味道的捣奶桶。图雅稍稍有一点不自在，苏和看到了，也许这就是两个人的心灵感应。自从图雅从蒙专毕业回了家，他就像丢了魂一样度过了一段难熬的时光，他不是很清楚图雅怎么就没在城里找个工作，而是回了家。也许是她自小没了额吉，她阿爸家里家外一人忙不过来？以她的成绩找个工作是没有什么问题的。

苏和大学毕业前就到了首府的大汗应用技术研究院实习。研究院的吴院长听说他是阿尔善人，十分高兴。吴院长说他早年在阿尔善的兵团七师待过，他说起在那里的许多许多，如师部、农牧场、开荒种地、建水库等，有一次还专门问起南斯日玛老人，当然在吴院长说起来时她还是一个美丽动人的姑娘。南斯日玛，就是图雅的姥姥，苏和熟悉得不能再熟了，他小时候见过，一直叫奶奶。听说在远方的塔尔寺出家快十七八年了，吴院长感慨沉默了好一阵。

待了这么久，苏和好像一直在看着图雅，拉着她的手，说了什么一会儿都忘记了。好像还没说正题，他调到阿尔善什么的。苏和："我到阿尔善……是要……"

话到嘴边还没有说出来，就听到外面喇叭的声响，原来是图雅的阿爸朝克回来了。苏和见了赶紧站起来，过去规规矩矩地问安，立在那儿，朝克："扎，坐吧。"

朝克看上去有些不冷不热，接着："我听朝鲁门打电话说你到家了，就赶回来了，没事吧？"

苏和的脸上好像小虫子在爬动，火辣辣的："没事，过来看看图雅，快有两年没见了。看您身体还那样好，家里草场牲畜都好吧？"

朝克："身体还那样，前段时间在白音呼布苏木的那达慕上刚刚摔趴了他们那儿的搏克沁前达门，呵呵……"苏和小时候就见过朝克脖子上套着一圈章嘎的威风样，随着对手之间对冲闪击，章嘎上的彩带如狮子长鬃四处飘舞，让他看得呆住了。搏克一跤定胜负，机会对每个人都是一样的，战场上你被人放倒了，还有爬起来的机会吗？在苏和看来那才是真正的男人游戏。

朝克："畜群草场还那样，不过看样子也好不到哪儿去了，图雅没告诉你吗？"

苏和顿时窘得有些难堪，来了一两个小时，还真没问这些。朝克看一眼苏和："你们年轻人哪知道惦记这个，前面的阿尔善河怕是快要断了，往后可怎么办啊？！"

苏和一惊，草原上的消息要多快有多快，这是一个谜，几百年前的那个年代就这样。他所在的研究院做的就是阿尔善河水库规划，这是煤炭化工项目的一个子项目，当时阿尔善河水源地和周边牧户情况，就是他从这边找图雅弄上的，当时还受到吴院长的表扬。朝克到了家其实也没有什么事，唠了一会儿，说是合作社有事走了。苏和看出来了，长辈是不放心孩子，怕晚辈年轻做出什么傻事来。想想刚才和图雅的亲昵动作，还真有些让他猜到了，想想也是，谁没有年轻过啊！

图雅好像也是一副难为情的样子，看着苏和："差点忘了，这个时候也不知我的羊跑哪儿了，要不，我带你过去看看，兜兜风？"

说归说，还没等苏和说行还是不行，图雅拽着苏和出了家门。苏和幸福地坐在图雅的摩托车后面，一溜烟，摩托车飞出了好远，苏和双手抱着图雅的细腰生怕飞离，草原上的羊肠小道上，随着摩托车的上下颠簸，他的手甚至感受到了上面山峰传来的电波。不过，图雅是不甘心的，扭过头："苏和，你别乘人之危，看我一会儿怎么收拾你。"

苏和大声喊："不抱，我早让你丢在你们家门口了，话说回来，你是我的，我怎么就不能抱？"

两个人差不多头挨着头，可传到图雅耳朵里的声音很小很小。苏和动人的情话大部分飘在了草原的上方，空气当中一定多了甜甜的滋味。

图雅一边骑一边不忘扭头地喊一声:"苏和,现在什么社会了,还以为我是你的仆人或私有财产,我是我,你是你,咱俩谁也不欠谁的。"

苏和:"就你嘴硬,你是我媳妇我怕了还不成。"

图雅一喜,可嘴上不饶人:"谁是你媳妇,你有证明吗?"

苏和:"这就是证明。"随之他的双手攀到了美丽的山峰禁地。

还别说,图雅败下了阵,赶紧喊道:"快松手,我投降,骑摩托车哪,别瞎闹,注意安全。"

图雅一说,苏和老实了,手松开,正好摩托车冲到高坡上停下来。

阿尔善草原悠远无边,那么静,那么美,扑鼻的涩涩草香袭过,看一看,闻一闻,苏和顿时呆了醉了,敞开胸腔嗷嗷大喊两声,声音传到很远的地方在婉转回唱。极目远眺,远远的地平线上蓝天与无垠的草原静静地交汇,不用说,阿尔善河就藏在天地衔接的那个地方。此时,身影却看不见了,不过不必费神寻找,他知道阿尔善河此时缓缓流淌在连绵起伏的山包后面,就在山包低了矮了的时候,藏在一丛丛红柳后面的河流调皮地探出了头,长长地奔涌而来,接着突然打了个急转弯,河岸上是一群接着一群迎了过去的白色以及红黄黑灰,那是游动的羊群,还有牛和马。右手方向,层层薄雾环绕着远处的两座山包,山包中间藏着的就是芍药谷。苏和好像闻到了那儿一股脑儿飞过来的幽香,这是他的心理反应,那么远,他又如何能够看到闻到哪?

图雅看得一清二楚,她家的羊怎么眨眼,小羊羔怎么调皮捣蛋,尤其那只三个角的大公羊最为威风显眼,额头上拳头般大小的黑毛晃来闪去。放下望远镜,望远镜经常抓的地方磨得发亮,她顺手用上面挂着的蓝色哈达缠了两下放进皮套。苏和看一眼有些生疏，问道："怎么不用我在首府给你买的俄罗斯望远镜？它质量好，看得既远又清楚。"

图雅："快别说了，让朝鲁门抢跑了，说是到时给我抓只羊，哼，谁稀罕他的羊。"

苏和觉得朝鲁门真有些问题。他从包里掏出带过来的小吃，两人席地坐下，还别说都是图雅爱吃的，图雅孩子般大呼过瘾，飞过来一个吻，在苏和的脸上留下了小巧的印记。俩人说着说不尽的话语。周围百灵鸟在欢腾跳跃，想着趁他们说话偷偷蹦过来抢地上掉下的一些碎屑。苏和突发奇想想要捉住蹦到身旁的一只送给图雅把玩，试了几次，可总是慢那么一点点。小鸟抢上粮食不说，一次次成功逃脱，一跳一跃，简直像在笑话帅小伙的萌了，叽叽喳喳好像听懂了年轻人之间甜蜜的爱意。

朝鲁门骑摩托车过来了。苏和和图雅想都没有想到他怎么就突然出现了？朝鲁门是从他们的视野之外的另一道坡下骑上来的，他们除了彼此的存在，怎么可能有闲心关心其他。朝鲁门看一眼苏和，心隐隐作痛，不知道图雅怎么就喜欢和这个变了样的人在一起，还一副很热乎的样子。还好，苏和不知什么时候悄悄擦净了脸上的唇印。上午，朝鲁门早就在坡上用苏和的俄罗斯望远镜看见他俩进了她家，他不知怎么就打电话给图雅的阿爸朝克了。朝克过去又回来，之后他看到图雅的羊群走远和远处的一群羊混了群。草滩上朝鲁门斜躺着，抬头看远处的黑云很没意思地又被风吹走了，顺手折过来一根芨芨草嚼着，一副心事重重的样子。此时他并不想过去管羊，希望图雅的羊群全丢了或全让风刮走才好。观望了一会儿，图雅没有过来的样子，无奈，他不情愿地骑上摩托车过去追图雅的羊群，好一阵才从几家混成一片的羊群中分开，弄得满头大汗。如果他看到苏和放在图雅身上的大手，估计脸都青了，更别说图雅的飞吻了，那样图雅家的羊群丢定了。

太阳渐渐下沉，羊群顺着熟悉的方向往回归圈，三个年轻人下了坡到了图雅家门口下方的井台，往槽里抽水饮羊。虽然阿尔善河离得不是很远，有的羊就喜欢回来喝打出来的井水，一波一波的羊放开肚子在喝，等到喝饱，大羊小羊、公羊羯羊一圈围着一圈或站或卧迎风歇息。

三人进了蒙古包，苏和抬脚坐到北面，朝鲁门看苏和没大没小地坐在主人的位置，狠狠挖了一眼，盘腿坐到西面。图雅看俩人顶牛怄气，好像还是为了她，假装没有看到，洗洗手就开始忙乎。喝茶总是第一位的，在牧家，不管认不认识，只要人到了家，首先要递过一碗奶茶，这是礼数，少不得的。三个人喝茶，动静最大的是两位年轻男士，喝得响，好像在比赛，图雅听了就想笑，朝鲁门的话带着刺："苏和，我听说你现在是上面下来做阿尔善水库的工程师，你们是不是要截断咱们的阿尔善河？"

苏和斜着看一眼："是有这样的事儿，不过没你说得严重，这是旗里非常重视的一个大工程，建好后会造福咱们嘎查每一户人家每一个牧民的，包括你，包括图雅。"苏和抬手指指，下巴努努，说起这些，脸上的笑容绽放着。他有这个底气，好像看到自己参与的宏伟目标在千百年没有变过多少的古旧草原上实现了，那时他和图雅一定在幸福地生活。

朝鲁门冷冷地扫了一眼苏和："你说的，我听不懂，我是说好端端的河断了，咱们这些下边的人怎么生活下去？河不流了，地下水位就下去了，上面的草还有活头吗？一想到这个我就难受。看你小子还在这儿戏耍图雅。"

苏和气不打一处来："朝鲁门，别没根没据瞎说，开矿办工厂就要用水，用水就要建水库，保护草原生态是没有错的，可不能用咱们牧区的贫穷、停滞不前做代价来保持原始的风貌吧？过去那种大抓畜牧业不行了，现在是工业立旗，文件上说得清清楚楚。"

朝鲁门："就你懂，苏木的人经常过来叨咕，我还不知道吗？可咱们牧民怎么也得放牧吧！"

苏和顿了顿接过话："科学开发一小块，有效保护一大片，这样草原会少了什么，没有河的草原多了，不照样好好的，你除了放几只羊，能知道这些？"

说完，苏和自知一番狠话里也包含了图雅，觉得不好，话锋一转："话说回来，你别不高兴，图雅和我啥关系，用我告诉你吗？别没事瞎掺和。"

朝鲁门张嘴看着图雅，图雅晴转阴，红扑扑的脸唰地白了，好像眼泪要下来了。朝鲁门就怕图雅不高兴，把一长串到了嘴边的话装回肚里，抓起前进帽，用大手抹了一下鼻子，哼了一声，站起来出了蒙古包，只听见马靴嘭嘭踹了两下，跨上摩托车远去了。

图雅什么也没说，从冰箱里拿出一块肉，和了面，派苏和到外面揪了几把沙葱洗净，剁馅、擀皮、包包子、点火，一阵忙乎。很快一锅香喷喷的包子端上了桌，圆圆的花边褶子间冒着油花，苏和好久没有吃过这么纯正的蒙古包子了，一个接一个一盘很快见了底。图雅看着苏和难看的吃相，暗自一乐，心绪平复了一些。她心想，苏和说的好像也是不错的，那么大的水库工程和一个苏和，简直就是骆驼身上的一根毛。话说回来，阿尔善河怎么能说断就断哪？图雅没有说，看天色不早了，苏和看了一眼图雅，图雅看也没看，好像知道苏和在看她，站了起来，打开衣柜找大衣。图雅穿的风衣，苏和认得，那是在首府时两人逛街，图雅在天地万物大商城里一件米色风衣前看个没完，那件风衣好像韩剧中女主角经常穿的样式。苏和看图雅喜欢，就去收银台结了款，过后让图雅一顿说，什么还可以再搞价的，什么不能让你买之类的，不过说归说，她可是一直到学校都没有松开包装袋。所以，那一次让苏和很是得意了一阵，有什么比让自己喜欢的女孩高兴更令人高兴的事儿啊！要知道他的钱都是阿爸从旗里隔一段时间打进卡上的。每月花多少，差不多固定有数。图雅喜欢，自己省一省，慢慢也就补回来了。

傍晚时分，阿尔善草原笼罩在朦胧的橘黄里，那橘黄闪着光波好似一条柔软缥缈的巨幕，一一投向归圈的羊群，撅蹄的马驹、打着滚的马儿，还有蒙古包、砖房、弯弯曲曲的阿尔善河。那缓缓流着的不知是金灿灿的水流，还是恋人之间相互依恋的美好心情。摩托车飞奔着，驮着满满的橘黄。苏和安静地抱着图雅，头轻轻地枕着图雅的后背。朝鲁门走后，图雅只说了几句，他想回答，又怕图雅也听不进去，把话又咽了回去。苏和记得图雅平时话不多，这次看着他说了不少，鼻子上出现了密密麻麻的小水珠，这是惹着她激动了，图雅："我听爷爷说过的，铁木真成吉思汗征讨塔塔儿部时战马踏过，阿尔善河没断；爷爷的阿爸追击国民党胡图凌嘎溃兵匪帮踏过，没断；姥姥南斯日玛当知青修水库种地想断，没断。怎么你一来就要断咱们的额吉河？"

苏和心里不服，可他不敢惹图雅，低声顶过去："不是我，我怎么有那么大的能耐，都是人家旗里定下的，而且经过论证那是有百利而无一害的，咱们年轻人应该支持才对。要不，咱们嘎查的人什么时候能过上好日子啊！你看看，草原上到处飘着好看的蜃影，可是没有人到过跟前，抓住眼前的才重要，劝劝你阿爸他们那一代才好。"

苏和原本过来看图雅，再告诉她这些，而且他觉得这种生活已经离他想过的日子不远了，听图雅一席话他没有说什么，觉得时间久了，图雅会自然而然想开的。

摩托车上，图雅顺势向后滑向后面的苏和，原本中间留出的空隙没了，图雅大而结实的臀柔柔地顶住了苏和。这是让苏和迷恋的，他觉得图雅身上的好每一件都是他的。他不避讳自己的喜欢，承认爱情的自私和含有的情欲，有时两个人在一起时就不经意说过，图雅说他没正经，喜欢一个人应该喜欢她的内涵、思想、气质，甚至朴实，不要把心思放在一些无关紧要的地方。不过她打心眼里喜欢苏和喜欢她，她觉得她和他注定会是一家，苏和犟时的亲热，她大多也就半推半就。他感受到她的大大的顶，顿时忘了图雅好像在生气，顺势抱住了图雅。有一次，图雅转过身子取了一个什么东西，至于取的是什么他早就忘了，浑圆半球立马触到了苏和，发出奇异的香气，苏和的脸不知不觉红透了。那个醒目的冲击苏和至今记得，当然图雅不会知道的。

一次暑假，两人相约去罕乌拉山。罕乌拉山和阿尔善河的存在，好像天造地设，河绕过山，一个阳刚一个丰盈，离也离不开，共同养育着方圆百里的蒙古人家。两人玩累了，路过山脚下一块突兀的巨大石头，草原上这样孤零零的大石头特别多，也不知上古时期怎么就留了下来，罕乌拉山也不例外。他俩岁数虽不大，但记得神圣的罕乌拉山到处是禁忌。到了山脚，他俩好像突然挣脱了一样，图雅说一声"一左一右"，两人不约而同地背对背绕向大石头。苏和绕过十多步正要行动，他的前面没几步图雅背对着他正在小便，大而白的臀似小山包在那儿挺立，山谷的小溪一股股冲刷着细沙冲进巨沟，上面是含露的枝叶。苏和一点思想准备都没有，脑子一片空白，他的腿僵在了那儿，动弹不得。他只能屏住呼吸，痴痴地看着，装在心里，心里升腾的不是欲念，泪不知怎么就流了下来。为了这个毫不设防的意外，他真的愿意一辈子亲近着好好保护着这个亲爱的人。也不知过了多久，也许只是刹那，许是听到身后的喘息异动，图雅扭过头发现了苏和立在那儿的样子,她既害羞又着急,圆圆的屁股动了一下,话过来了:"苏和,你怎么这样,人家方便你也偷看,害臊不?我生气了。"

苏和醒了,赶忙辩白:"不是这样的,你不是说一左一右嘛,我本来绕了一圈过来,以为你在那边的。"

图雅:"什么这边那边,还不快走?"

苏和慌慌张张转身走了,他的脑子里全是阿尔善河,河岸冲刷的声响挥之不去。摩托车上,苏和拥抱着图雅,好像也在拥抱着曾经记忆中的所有。

美好的时光总是短暂的,好像只是颠了几下,摩托车停了下来。苏和抬头一看,可恶,以往很远很远的地方就在眼前!这是草原上的相对论,阿尔善开发区和天地人和水制煤集团有限公司两块大牌子在摩托车灯光的照射下闪出亮晶晶的样子,故意和苏和的热情过不去。

图雅返回家时已是暮色沉降,天如锅底。阿爸见她平安回来,说了一声倒头睡下。图雅躺下了,这一天,她的心是那么的好又是那么的乱。她看了一眼身旁苏和带过来送给她的一个心形小盒子,不知里面会是什么?

二

阿尔善的远,好像在天边,苏和想起来还有些怕。那一年,他和图雅到首府上大学,班车整整走了三天。第一天在临近的一个旗住了一夜;第二天到盟里又住了一晚;之后又咣当了一天,直到客车爬上阴山的盘山路,他们才看到山脚下那个灯光闪烁的大城市。那个时候,他暗地里发誓,学好本领,一定要离开那个又远又落后的阿尔善。四年的大学生活很快就过去了,他除了假期回过那么两三次,跟着图雅回过一次,一直在首府打拼,考研,计划挣钱买一套房子,把图雅接过来。那种两个人相亲相爱的情景他设计来设计去,就像他在图纸上写写画画,什么用水用电环评,好像都快成真了。

研究院承担的项目在阿尔善,苏和作为阿尔善出来的技术骨干也就理所当然地被派了回来。他已经理清了头绪,传统的畜牧业主导已经走进了死胡同,辽阔的阿尔善草原养育过他,可这片草原已经无法和先富起来的其他地方那样,让牧民过上好日子。他参与的就是工业化主导的历史性转变的事业,不知不觉,他的睡梦都有些沉有些甜,也不知是因为事业的顺利,还是白天一番爱情的滋润。苏和参与的阿尔善水库项目是按目前盟内最大的大Ⅱ型水库设计的。在碰头会上,鲁克副旗长掰着指头说过,旗里主要基于这样的考虑,阿尔善河周边分布着丰富的矿产资源,煤炭预测储量在一百亿吨以上,依托煤矿,旗里规划建设合成氨、大颗粒尿素生产线和甲醇生产项目。这样下来,旗里国民生产总值突破几个亿,全社会固定资产投资较上年翻了一番多,GDP达到八个亿,是可以预见的。这些大项目,后来就落在了草原上围起来的能源化工基地大院,距离阿尔善水库大概十多公里。苏和看着基地和他住的工业园区挖了一条深渠,长长的口子过了很久也没人管。为了这个事,苏和专门找过项目部负责人,想让他们快些填平。前一阵子就有附近牧民找过来,家里的两只羊掉进去出不来,被活活饿死了,还有一家牧民的马掉进去伤了蹄子。

不过一码归一码,只要烟筒一冒烟,下面就会有滚滚而来的保障用水,新的经济增长极就会产生源源不断的效益。水是工业的血脉,一点也不假。这个水库项目,阿尔善人无人不知。之前,前前后后弄了二三十年还是个半拉子工程,研究院接手这一工程的规划设计,经过一段时间的集体攻关,规划早已完成,批复也下来了,而且印在了旗里的发展规划上。还别说,紧接着工程队大型机械设备轰鸣着日夜不停地开始行动了。苏和接下来做的是一些外围的美化绿化项目,再就是对施工做技术指导,这是他喜欢的事业,他盼望着水库从图纸上挪到草原的那一天。这个秘密,苏和想在心里再保留那么一段时间,他的能力,他对未来的安排,会给图雅一个不小的惊喜。

阿爸对苏和有些不感冒,图雅明明白白。她有些着急,苏和可是和她从小一起长大的,她想象不出除了苏和,她还要和谁好。小的时候,一次玩捉迷藏,她钻进河边高高的芦苇里,心想苏和和朝鲁门别想找到,刚蹲下来听见后面扑隆隆的响声,一群鸟飞出,吓得她尖叫着跑出来,抱住正在左右环顾的苏和。苏和像哥哥一样拍着她的后背,叫她别怕,朝鲁门站在一旁看着。原来她差点坐在人家野鸭的窝里,怪不得一大家子野鸭冲出来飞走。每当想起来,她的心还在扑腾扑腾跳,这是吓的、脸红的,这是她第一次抱苏和,当年的小屁孩苏和当然不会记得。如果河里没有了水,芦苇还会有吗?野鸭还会飞来吗?她不知道。阿爸的态度,其实也是阿尔善河下游牧户对将要面对河流断流的态度,也是她的态度,这是没有什么可隐瞒的。

苏和到阿尔善工业园区截断阿尔善河的消息,不知怎么就被放大,传遍了阿尔善。不知是有人吆喝了一声,还是那么巧就赶上了,这一天,周边牧民三三两两骑着马、开着车到了朝克家。朝克有些意外,苏和参加阿尔善河截流、煤水结合、煤化工和他朝克是有点关系,他打心眼里也反对这件事,这是草原上的大事。可他又怎么说,乡邻们早把苏和当成他的未来女婿,这个由不得他不点头,谁让你的女儿和人家小伙子骑摩托车飞来飞去的,这说不过去。话说回来,苏和在做什么,朝克不知道,而且人家是公家的人,一大帮人,什么事儿也不是一个小年轻就能办成的,他一个每天围着牛羊转的牧民能怎么着人家?

阿尔善河不能断,牧民生下来就靠草原生活,哪一个不懂?城里人的想法总是多的，他们在城里要吃有吃的，要住有住的，挣着公家的，吃着公家的，听说他们只关心一个稀奇古怪的外国字。什么牲畜超载严重导致生态开始恶化，如果再不发展工业，群众就会面临生计问题，畜牧业走进死胡同，开发百分之一保护百分之九十九，这些都是挨家挨户过来叨咕的。立在苏木大院前的畜牧业突破十万头只纪念碑，曾经是苏木最为风光的地方，无论开大会还是上面来人合影一概就在纪念碑前。现在倒好，没有人再去正眼瞧一下，底座缺了一角，那是有一年的一天夜里，不知哪个醉鬼开车撞了后跑了，有人怀疑是朝克干的，朝克骂骂咧咧："我连车都没有，拿啥撞？"说来，他是借过别人的二〇二〇吉普车跑过那么几次的，至于是不是他撞的，酒后做的事儿谁又记得？矿产开发就是苏木工业化之路，苏木大院的砖墙上就这么刷着。朝克在合作社经常跑外面，知道上面刮什么风。到家的牧民你一根我一根抽着烟，说这说那，浓烟从门窗一股脑儿窜了出去。也不知怎的，朝克的火气如浓烟一样冒了出来，他感觉自己在乡邻面前太没面子了，就为了苏和，他倒要过去问问，这小子前一阵子到家可没觉出什么的。

朝克骑上摩托车就走。怪他想着心事，话没有说清就走，过来找他的牧民以为他要去工业园区，骑着马驾着车呼啦啦跟在后面，沿着阿尔善河东南方向紧赶慢跑，扬起一条土龙在空中飞舞。还没走出十里八里，远处山坡上的一副望远镜已经对准了他们。望远镜有些老旧，可并不影响聚焦伸了出来的苗头，草原——〇联防队员巴特尔的电话打到了苏木，紧接着旗里下了指令，一大帮人已经在等着他们的到来。还没等朝克的摩托车到达，半路上早被堵了个严实，朝克不知怎么回事，问："我到工业园区找苏和，你们这是干什么？"

管事模样的人："苏和是谁？你们几十号人这是在做什么，快快回去，厂子停两天，你们阿尔善人全搭上，赔不起。"

朝克听了有些生气："把我们当坏人了不是，我只是过来问问设计师苏和水库截流的事儿，管厂子什么事儿？"

管事模样的人："阿尔善河截流就是给厂子供水，这是旗里苏木的大事，你们还要反对不成？"

朝克顶过去一句："厂子喝水难道我们下边人畜就不用水了？河道没水，更是很快沙化玩完。"

管事模样的人看朝克带头挑事，使了个眼色，早有旁边的几个人把朝克架起就走。后面跟着的牧民不知怎么回事，见这架势，有的吓得掉头就跑，有几个上前还要理论，管事模样的人："抓人事小，你们别给鼻子上脸，再不走，全抓起来，判刑坐黑屋子。"哈喇格日，牧民没有住过，不过没有人不知道的，那是关罪犯的黑屋，老辈人传下来一直这么叫。有几人还在犟，好端端抓人，这还有王法吗？就对着顶了几句，又是一帮人过来把他们扭住，骑着的马受惊了，一匹匹拖着缰绳往回狂奔，摩托车被扣下十多辆，事态算是平息了下来。管事模样的人擦了擦汗，拿起手机，他是在向旗里的鲁克副旗长汇报，鲁克副旗长分管经济，影响工业曲线的园区出娄子，他十分关心。

工业园区紧挨着水库工地好像深宅大院，外人怎么可能想进就进？苏和所在的研究院产业基地在工业园区一角，一座绿树环绕的二层楼上，环境优雅，根本看不出草原深处能够打造出这么一处具有南国风韵的院落。水库加高加固工程业已告竣，等到截住了阿尔善河，对周边对邻近盟市园区煤化工产业输水能力将大大提升，那是一幅动人的画面。苏和一门心思设计着他的宏伟蓝图，面前打印齐整的是旗里还有邻近一些地方这五年和之前五年的规划，工业化已经是一种精细的社会分工，没有单打独斗一说，他的工作就围着这些规划转，这是毫无疑问的。不过有时候，恰恰规划围着项目在转，这是悖论，无法言说的。他只愿手头项目书快点变成现实……

此时，苏和对外面的喧嚣一无所知。案上厚厚的阿尔善水库综合利用可行性报告，是他投入全部精力没日没夜赶出来的。一大堆好事面前，还有许多人生活在以往的浑浑噩噩之中，多么愚笨可叹！他对图雅和她阿爸的态度有些担心。

三

草原上的雨骤如闪电，说来就来，一会儿工夫河道满了，冲向下游。此时，图雅的泪也在流淌，好像伴着她的保存了二十三年的疼痛就那么一泻千里。她好像想了许多，又好像什么也没有想，转身，痛痛快快，释放，世间的唯一离去，一个个没有由头、没有关联的念头——对撞，真要冲破脑子而去。她的含泪一笑，笑得有些诡异。

苏和开始还有些惊诧于图雅的反常，可是连日来小伙子日夜趴在图纸材料文件上，上面等着他拿出一个近乎合理的报告。今夜，他其实打定主意，手头工作一结束就带着图雅去领证的。此时，他是傻傻的骑行者。黝黑的天幕下闪现着一道天造地设的景象，罕乌拉山厚实雄壮，阿尔善河水长又清，山拥抱着水，水环绕着山，这山这水千百年来都是一个样子，离也离不开，无山则水少了依靠，无水则山缺了灵性，无论硬朗还是柔顺，这是上苍交予这片茫茫草原的最好安排。

外面已经雨骤风停，苏和握着图雅的手睡着了，睡得那么香甜，鼻腔还发出阵阵鼾声。图雅几次想翻身起来离去，但看到梦中的苏和嘴角泛起的笑意，心好像被什么东西划了一道一样的痛。她低下头吻了吻他乱蓬蓬的头发，使劲抱了抱他，轻轻拿开苏和的手，穿戴好，顺势把贴身的内衣放在苏和的枕边。她不知这是不是习俗，只是自然而然留下了。她记得她看过的秘史上是这样的，那时还没有成为成吉思汗母亲的女子诃额伦，在刚刚完婚的路上遭遇抢婚。诃额伦深知丈夫不敌围攻，且怕丈夫被加害，脱下带着体香的内衫递给自己的初恋，催着快快逃走，告诉丈夫："只要保住性命，每个车沿上都有女子，把别的女子再叫作诃额伦就好了，闻着我的气味走吧！"书上的故事十分久远，眼下的图雅也是这么想的，这是一个无法解开的谜。她希望苏和在她之后，能够找一个和她一样的女子好好过日子。

图雅骑着摩托车过来找苏和，苏和见了她一笑，她看苏和对着她眨眨眼，嘴角还故意往上翘了一下，一副不怀好意的样子。她想了几秒钟她的快速行动，她要狠狠扇他几下。不行，就用藏着的马鞭抽过去，他的鼻子流出了血，他的身上是一道一道的印记，他痛苦地喊叫着打着滚，这是他马上就能享受到的滋味。阿爸被抓走，之后又有好些人被带走，告诉她消息的斜眼阿郎一板一眼地说是苏和在背后捣的鬼，他亲眼看见有个穿西服的年轻人跑到管事的跟前低头说话的。图雅头都大了，急问："您看清那人是苏和还是别人？"斜眼阿郎想都没想就说："除了苏和还会有谁？"

图雅的脑子顿时一片空白，斜眼阿郎什么时候走的她一无所知，她受过的委屈全都爆发了。没有想到她想得那么好的苏和，暗地里变成这样的卑鄙小人。她完全蒙在鼓里，不管不顾地付出着所有的痴情，多么傻，多么可笑啊！为了个人的一点小利，害她的阿爸，害全阿尔善的人，只有阴险的人才会瞒着人，做见不得人的事。她的心在滴血，无疑她是柔顺的，其实图雅已经足够要强，家里家外，想的事儿多，说的少，她心里有一块明镜，容不得的。她看着这个过来要决裂的人，让她默默思念过的人，她此时如此地恨他，她只能恨他，恨自己怎么就瞎了眼，那些高明高贵管事的人她不敢惹，苏和，她这回可是抽定了。

好像她的手甩了过去，好像她的手被苏和接住了，好像她被苏和抱住了，好像俩人紧紧抱在了一起，好像她的唇被堵住了……她好像记住了一些情节，又好像脑子一片空白，流泪了，痛了，她知道了她和他有了。图雅恨死了没有一丁点骨气的自己，她不知道自己怎么就这么傻，变得这么快，不知道自己为什么会这样没心没肺，无耻下作？这一切，一股脑儿给了图雅重重的压迫，她委屈、无声地流下了泪，抽出手不轻不重地打向面对面的这个人。罪过，天大的罪过啊！阿爸和邻里乡亲们在遭罪，她竟然跟这个无德的人什么也没说上，还不管不顾、不知怎么就云雨享乐。她明白了，无论多大的罪过面前，她害不了人，她只能自己承担，那个无端的、忘情的投入就成为她的罪孽，她此生的唯一就好了！她的心埋下了一个很坏很坏的主意。

后半夜了，回家的路上，图雅在泥泞的河岸边的路上骑行，晕晕乎乎，摩托车一拐一头扎了进去，她什么也不知道了。阿尔善河干了，草原在疼痛呻吟，黑压压的云压了过来又迅急飞离。那晚，苏和没说，其实他们忘我的那一刻，阿尔善河水库高坝上的闸门合上了，从远方的宝格都山以及罕乌拉山美丽的腰身流淌而来，蜿蜒百转，计有二百余公里长的阿尔善河在中间地段咔嚓一下被截住了，在人类的伟力面前，河流弯弯曲曲自由欢畅真不算什么。图雅看到天庭的鸟鸣，草丛中跃出的野兔，让她惊诧的是天庭的天也是蓝的，旁边还飘动着白云……

"图雅，图雅……"奇怪，她听到天上神仙在说话，好像和人间地上的阿尔善草原没有两样，好像还在哪儿听到过。她想着自己从河里怎么就直接升到了天庭，这个过程是神秘的，可这不关她的事儿，谁让她这么不小心就扎进了河里，自有神仙，自有看不见的魂灵帮着她实现。天庭是没有痛苦只有快乐的极乐世界，她会好好地远远地保佑她的阿爸平安无事，过好俗世的每一天；保佑地上的草原春夏里是绿绿的，到了秋天可以打下好多好多的草，冬天长辈们可以窝在家里，吃肉喝酒聊天；保佑家里的牛羊肥壮满棚，这样她在天上也会快乐无比。小的时候，有那么一天，她突然有过一个可怕的念头。在美丽无比的阿尔善河岸，一天天一年年，春天了，看着小草在河岸的阳坡上早早冒出尖尖小角，而夏天，她和大人们还没有准备好就到了跟前，太阳火辣火辣的，还有秋天还有冬天，看也看不完的颜色，听也听不完的声响，上苍为什么会这么好啊？她突然怕了，突然感到这一切或许都是她做的一个梦，梦醒了，她看到的其实是不存在的，她会活在另一个她没有见过的世界里。她害怕这个梦什么时候醒过来，想象着最好永远不要醒过来。现如今，这个梦真的醒了啊！

"刺啦，刺啦……"也不知是什么声音，还有大口的喘息声，喊叫着她的名字，好像是来到天庭的朝鲁门。这怎么可能？从人间到天上，可不是什么人想来就能来的。她醒了，睁开眼，掐掐腿，疼痛的。她活着，躺在被窝里，身上穿的是干净的衣物，龙宫里的衣服不见了……

朝鲁门救了她。

四

图雅不小心扎进河，万幸活了过来。

图雅对扎了进去，不知怎么又活了过来并不关心，往下的生活怎么过下去，她真的不想去想这么复杂的事情。在朝鲁门家昏睡了一天一夜，她一无所知。朝鲁门把她从泥潭里抱出来，跌跌撞撞一路狂奔回家，进了家把图雅放在床上，先用毛巾擦净脸和手臂。图雅像喝醉酒又像发了癔症一样，沉沉中不时哭泣喊叫，之后又是沉睡。他费心地一件件褪下湿漉漉的衣裤，湿漉漉的图雅像小兔一样卷曲着伸张着，朝鲁门好像面对着一尊神，用洁净的毛巾擦净了图雅的全身，说实话他好几次把脸扭向别处，图雅没答应他怎么可以随便偷看哪？然后轻轻盖上被子,收拾停当。东方已经露出了暖暖的光亮,红彤彤的天幕下像灯盏一样从地平线上照射而来,透过窗棂,一簇光晕落在图雅长长的睫毛上,试图照进图雅无语之境的内心。

直到这时,朝鲁门才想起应该告诉图雅阿爸的。那一天,朝克被抓了去,实则,第二天中午阳光正亮的时候就被放了回来。一帮人骑马驾车跑去工业园区,与那个管事模样的人向上级汇报,那是八竿子打不着,哪跟哪啊?朝鲁门发过去短信,又想起该问问苏和到底这是怎么了,图雅的事肯定和苏和有关,他只是不好猜下去罢了。他极不情愿地拨过去,苏和的手机关机无法接通。也好,什么事情都有缘由,何必刨根问底。手机一丢,朝鲁门倒头睡下,旁边的图雅悄无声息。

朝克推门进来,看地上一堆泥乎乎的衣物,女儿在安静地睡觉,朝鲁门可怜巴巴地睡在图雅脚下的位置,刚才发给他短信的手机扔在图雅身上的花被上。朝克扫了一圈,泪水就流了下来,他什么也没说轻轻推门而出。他在阿尔善河边长大,真的相信他的前世做过孽的,要不,阿尔善河为什么会接二连三惩罚他们家?

那是日子刚刚有了些奔头的年月,当时图雅五岁,也不知阿尔善河上游做着什么,每天轰隆隆的声音随风传过来。朝克骑马过去,早被人截住,指鼻子训斥了一顿撵了回来,那一辆辆大车从他家草场压过来压过去,压出好几条深深浅浅的路。听人说,好像把岳母南斯日玛他们年轻时截住一半的水库加高加固了,后来还真截住了,水库周边开出地要种玉米和油菜,听说水库里还投进去几麻袋鱼苗,图雅他妈就跟朝克说,你每天跟着羊屁股不懂别装懂,那鱼苗离不得水能装在麻袋,又不是喂牛羊的饲料?朝克嘿嘿一笑,除了玩笑他还真乐不起来了。河要断了,眼下他打定主意和图雅他妈圈一口水井,就在离河道不远的地方,打出来也不会太深,方便打水饮牲畜。那天,除了西边的天上游动着一丝云，晴空万里。他向媳妇交代几句，开上拖拉机前往罕乌拉山脚下拉滚落下来的石块，拉回来砌井用，几天里已经拉了十多车还差几车，装满正往回赶。朝克抬头观望，西边的乌云顿时奔涌过来，远处打着雷闪着电，转眼工夫急雨到了跟前。朝克熄了车扔下一车石头，借了邻居的马儿，向自家的羊群飞奔而去，也不知羊群急雨下顺势跑哪儿了？

朝克很晚才把羊圈回来，推门进家只见孩子图雅一人在家，抱着小羊羔在睡觉，腰间拴着的绳子还在，孩子他妈没有回来。他心里有些急，又说不好为了什么，转身骑上马奔向挖井的地方，可他怎么会找到呢？天好像漏了大窟窿，雨不停地往下倾倒，奔涌的水流直冲过河床向下咆哮，哪儿还有他的井，他拉回来的十多车石头，还有他的媳妇？他呆了，僵立在河岸，望着奔腾的洪水河流，呼喊着，用目光搜寻着前方能否出现奇迹。奇迹没有出现，朝克不知自己是如何回家的，又是如何解开孩子身上的毛绳，告诉她额吉去了哪里。

几天之后，下游几十公里处传来消息，说他们那儿发现一具女尸，是水库溃坝那次冲下来的……从此，图雅成了只有阿爸的孤儿，可怜的。媳妇被溃坝冲了，现在轮到女儿又是这样，难道这是上天注定的吗？

就在那一次，等到岳母从旗里办事回来，让老人想都想不明白的是，夺去女儿生命的正是自己当年激情满怀参与建设的水库，这是怎样的强烈刺激。女儿的后事安顿完，痴了呆了的她离开家不见了，后来才知道去了遥远的塔尔寺，并告诫家人永远不要再去找她。

朝克对女儿的心思心知肚明，除了苏和，她不会找朝鲁门的。苏和，他看着长大，老实机灵的孩子，后来随着父母进了城，他也很是喜欢。自从听说这孩子回了阿尔善开发区，要截水库，他就打心眼里不舒服，碍于长辈的脸面，不好说出口，可他打定主意不让女儿找苏和了。至于朝鲁门，他早认定是个干牧业的好苗子，心又善，他总是有意无意让女儿和这小伙子多待在一起，撮合他俩走到一起那是再好不过了。看女儿没事，朝克长舒了一口气，心里的一块石头放了下来，心想朝鲁门这孩子不会亏待女儿的，就让她在这儿好好待上几天吧！

朝克回到家，等太阳爬到门口立着的套马杆那么高时，就把羊放了出去，羊顺着固定方向向远处草场去了。返回家，他把花斑马结实滑软的缰绳解下，花斑马一溜烟跑向草密处，想必青草的味道老远就已经钻进了它的鼻孔。朝克换上摩托车，直奔向工业园区，他去找苏和，问问他怎么欺负他女儿的，问问他俩到底怎么回事，年轻轻要寻死觅活的。推开门，苏和不在，问一个办公室的人，说走了，说不准一年半载，也许再也不会回来了。朝克的心凉透了，为了这个不负责任、没有骨气、遇到难题开溜的人，他此生都不想再看到他，忘得越快越好。

回来的路上，也不知是忧伤还是喜悦，他哼起了长调，那是小的时候额吉教过的《罕乌拉》。他的前面是高大巍峨的罕乌拉山，他的旁边是奔流的阿尔善河，他的眼前女儿图雅和棒小伙朝鲁门在幸福欢快地生活……图雅的心情没有他阿爸的那么好。她醒了，可她其实真不想就这样醒了，她拒绝朝鲁门端过来的碗筷，闻不到朝鲁门煮的肉香，对什么都不感兴趣，她觉得自己已是八十岁，她对自己为什么在朝鲁门家躺着都不想问，而且待了好几天，阿爸接不接她也没有问。其实阿爸跟朝鲁门说了，让她安心待在朝鲁门家。她什么也不想吃，什么也没有问，就那样痴痴地坐着，好像她的疼痛都长在朝鲁门身上。朝鲁门着急忙慌，好像心口一直在痛。他对图雅格外在乎，好像图雅是他的神，由不得他不去捧着呵护。

有一年在野外，他发现草丛间有一颗被鸟妈妈遗弃的蛋。也许鸟妈妈已经被偷猎的人打掉，再也无法回来孵化。朝鲁门将蛋小心地兜了回来，放进鸡蛋中间，家里的母鸡此时正在抱窝，等到破壳而出，小鸟跌跌撞撞地跟在鸡妈妈后面好长时间。那毛茸茸的细毛由深变浅、由灰变白，活脱脱一只可爱的小天鹅。他喂它，放牧时带到野外训练飞翔、自由觅食，等到第二年放归进迁徙而来的天鹅群，看着它远远地飞走。不过，他不希望图雅和那只可爱的小天鹅一样，好了也要离他而去。

太阳升了落，落了升，也不知过了多少天，图雅注意到她的床前放着花儿，有萨日朗花，还有芍药花，还有几种她叫不出名的花。她闻了闻，香香的，就知道是朝鲁门跑到很远的地方采回来的。这个男人为了她居然把人家不让采的花偷偷摘了回来，图雅想了想。她从阿爸和朝鲁门在窗外悄悄的对话中得知，苏和走了。她的脸上没有悲喜，好像没有听见一样。走了，她又能如何，他没有告诉她去了哪里，他连她的死活都没有过来过问，她又如何知道他对他俩的事情是怎么想的。既然这样走了，他会有他走的理由，她又何必还要追问？那一次见面就是他们的分手，那还问什么？

夜里，图雅醒了，看到朝鲁门和衣坐在她的床前睡着了。外面的月光微微照进来那么一点，落在地上，她还真没在意过朝鲁门每天是怎么睡的，原来一直这样陪着她坐着睡，图雅的泪落下来了。她的心好乱，她又怎么能够面对这个傻傻的人？

第二天傍晚，朝鲁门放牧回来，把马拴好，进了家就要进厨房洗手做饭，对面的图雅递过来话："朝鲁门，你一天晒晕了还是怎么的，鼻子闻不出味了？"朝鲁门嗅了嗅还真闻出了饭香，这是之前从来没有过的。图雅做了面片，干肉的，里面放了一些土豆条，难怪香气满屋，桌子上图雅已经端过来一大一小两碗，朝鲁门抓起大的风卷残云几口就消灭了，大呼好吃过瘾。图雅盛了又盛，朝鲁门还要吃，图雅:"不能吃了,不怕撑了你?想吃,下次再给你做。"俩人唠起了过去的事儿,难得地说笑起来,这在以往是从来没有过的。

夜色深沉,临睡的时候,图雅:"热水器我热好了,你洗洗吧。这些天让你照料我,脏成啥样了,臭气熏天的。"朝鲁门唉了一声,去隔壁房间找上干净衣服,等他出来要到后面的浴室,图雅早回了卧室钻进被窝躺下了。之后,后屋浴室传来朝鲁门哗哗的冲洗声。也不知过了多久,图雅睡着了。野外的雨下得很大很大,她浑身湿冷,泥泞中吃力地走着,空旷天幕的黑不知有多深多高,又好像这黑暗很近很近,近到有个大手就要伸过来抓住她,她大喊:"苏和……朝鲁门快过来!"

朝鲁门正要穿衣服,只听见图雅在叫他,他急忙穿上短裤跑了过来。原来图雅又在说梦话,他坐下抓住了图雅的手,摇着:"图雅,醒醒,这是在家,别害怕。"

图雅醒了,满脸是汗,原来还是那个甩也甩不掉的噩梦。她看朝鲁门只穿着内裤,羞红了脸,赶紧用被子蒙住头:"朝鲁门,你就不能多穿点,五大三粗的。"

朝鲁门这才发现自己光顾着急,小跑过来,这和光屁股也没有什么两样,难堪得就差有个耗子洞钻进去了。第二天又是傍晚,朝鲁门回来,发现脏衣服早被图雅洗了,一件件挂在外面的拴马绳上迎风飘舞。朝鲁门看了心里乐开了花,他觉出了图雅的变化,除了干这干那,人也越发有了光泽,那模样、那良善,就像粉白粉白的芍药花芬芳迷人。

日子有滋有味,牧人的生活场景看起来安静平淡,朝鲁门不去想这样的日子还能过多久,几天,一个月,两个月,他不去想这么复杂的问题,对他来说每分每秒都是最为愉快的时光。入夜时分,图雅早早进了被窝。朝鲁门出去了,去看羊群牛群,这是他每天夜里必做的功课。到了外面听到扑哧扑哧的声音，原来是他那几匹在外游荡了好久的马儿回来了，打着响鼻，围着拴马桩正在甩着长尾赶蚊蝇。这把朝鲁门高兴的，过去一个个使劲拍了拍，摸了摸脑门，进了家洗了洗，坐在图雅的床前，继续要当保护神。图雅还没有睡，看了一眼朝鲁门："你上来吧。"

朝鲁门呆住了，以为耳朵听差了："图雅，你说什么？"

灯光暗了许多，许是外面的风小了，风力发电机的蓄电弱了。图雅顿时红了脸，朝鲁门不会看到。她说："我让你上来。"

话说完，图雅把头扭到一边。摸进来的朝鲁门，摸到的是和他那次救回来的一样，身上没有一根衣缕细丝……

第二天早上，图雅回家了。朝克发现了女儿的变化，安静了，沉稳了，话也不多，马尾辫好像分成了两条，还稍微向上盘了一下，第一句话是："阿爸，把我嫁给朝鲁门吧！"

朝克听了，泪流了下来。他看着女儿失声痛哭。罕乌拉山，阿尔善河，岳母南斯日玛，被大水冲了的媳妇，没有哪一个是他的，他多么不想失去此时的唯一啊！

不一会儿，朝克难得地露出了满脸的笑容。

五

有一个穿制服的人向苏和出示了证件，苏和揉了揉眼睛，准备再看，人家已经收进了兜里。那人告诉他涉嫌受贿，要对他进行拘留。苏和本来还沉浸在无尽的缠绵中，顿时慌了，以为做梦听差了，起来找衣服穿，可衣服甩的到处都是。那几个人很有耐心，帮苏和一一捡了回来，他才得以一件件套上，最后一件是手铐，这东西被套上可一点儿不好玩，动一动，收进腕里难受无比。苏和坐在那儿，看那几个人正在他的屋里找这找那，文件、笔记本，居然还把吴院长给他的牛角杯也拿上了，真是太过分了。看着，在清单上签了字，他还真没有时间想想自己到底摊上了什么大事，被人夹着带离，坐进上面闪着灯的车里，没有比这更丢人的事儿了。同事们看见了他的狼狈相，指指点点，他马上就会成了人人打听的小道消息的人物，他怎么就这么俗地和电视上报纸上看到的那些人一样了呢？他以后还怎么敢回阿尔善？

咣当一声，黑黑的铁大门打开了又关上。他进了黑屋子，这是不是梦？苏和想也想不到这到底是怎么回事，像电影里的镜头。傍晚时分，图雅过来看他，他们不知怎么就冲破了禁区。这个过程他想象过无数遍，不过都和真实的场景不一样。他和图雅挽着手去领证，婚姻登记处在一栋二层小楼，好像是他工作的研究院基地，还没等他开口，有人对他说："你们猴子还结什么婚？"

苏和瞪大眼睛很生气："我们怎么就成了猴子，笑话。"

那位女士努努嘴："看看你们，赤身裸体的不是猴子是什么，结什么婚，还不如待在树上该干吗干吗！"

苏和看图雅，图雅看苏和，这才发现，因为着急他们没穿衣服，在那里闪亮一片。苏和恨不得一秒钟就消失掉。他拉起图雅就跑，可如何能够跑得开，好几个人按着，让他动弹不得。苏和睁开了眼，那是警察在摇他。图雅什么时候走的，苏和一无所知。

房间不大，四面墙壁好像包着厚厚的东西，活得好好的，为什么要去撞？苏和看了看知道了这些鼓鼓囊囊的东西的用途，心里嘀咕。坐上方方正正的椅子，早有人过来锁住了。他只能坐不能站起来。面对着他的是两个警察，一个好像见过，上次工业园区揭幕，有个跟在鲁克副旗长左右的好像就是他。苏和本想和他打个招呼又觉得不妥，现在你是犯人至少是犯罪嫌疑人，人家在审你，不合适，而且人家脸上没有什么表情，根本没有想认的意思。一问一答，苏和想要回答的人家一概没问，诸如园区规划、水库截流、煤制油、煤水结合之类，对一些鸡毛蒜皮的小事却刨根问底，颇有耐心，问他有人是不是给过他什么贵重物品，再问有什么物品是别人给的。苏和想想这样的事还是有的，比如之前腕上的手表是他到大汗应用技术研究院后一位老板送的，说给职工发的福利顺便给研究院的人，也不值两个钱，他就收了；一身西服是有一次跟着鲁克副旗长、吴院长外出考察一起订制的。对外来之物苏和分得清，哪个该拿哪个不该拿，这是老祖宗的告诫，也是他做人的本色。苏和说了不少，两位还是一副打破砂锅问到底的架势，可苏和真的不知再回答什么了。

第二天的话题简单了许多，就一个问题，很粗的牛角杯的来历。苏和记得清楚，早在首府的研究院时，吴院长送给他的，说在一次饭局上，鲁克副旗长用这个杯子硬是把他灌倒，还把杯子放进了他的车里，说做个纪念，他可不想记住自己要多狼狈有多狼狈的样子，就给了苏和。小时候在阿尔善，苏和见过不少牛角杯，谁家没有几个哪，吴院长送他的确实没有见过，奇粗无比，杯口是包银大杯，也可以说是碗，杯身据说是东南亚出产的野牛角，计有两尺许。歌手敬过来必须双手托举，一只手顺势把弯曲过来的牛角抱在怀里，一只手拎着杯口包银部位的链子才能举稳。在优美的草原歌声下，在一个个吆喝声中，是不可不喝的，杯子里面的酒怎么办？只能一口喝下，真是酒场和官场的合适之物。

苏和一五一十地说了牛角杯的方方面面，对面警察就问："杯子你打开过吗？"

苏和反问道："包银杯子怎么能打开？"

警察："里面有一万美元和一张存折，存折上有多少钱你应该知道！"

苏和顿时蒙住了，世上还有这样奇特之事，而且偏偏就找到了他。

图雅吐了，一阵紧似一阵，她心慌还有些欣喜，此时她还不想告诉朝鲁门和阿爸，等忙过一段时间吧！城里的人为了延续香火可是办法想尽，扔了手机和电脑，几个月躺在床上唯恐辐射，娇贵得很。阿尔善人天生就在日常的劳作中有意无意间坠落，没有谁是例外的。一颗种子的孕育，艰难而又顽强，万千世界就这样被美美地装扮，一如小草打扮的原野。成了家的图雅虽然年轻，但已经是家里离不开的主妇，新的生命要到了，她忙碌开来，去镇上购买了衣物用品，准备得妥妥的。有那么几次，她用自己的算法，掰着手指计算着小生命的痕迹。她一惊，以为算错了，又算，可还是同样的结果。图雅有些害怕，小生命可是足足提前了一个多月。难道是？她不敢想，渐渐消淡的记忆撕开了口子，就那样突然进入她的世界，是那个人的，那个让她一直以为会成为他的新娘的苏和。她不敢再去想这个名字，让她心痛不已的名字。那一天，他从人间消失，她恨过他，但更想知道他走了的原因。她久久不解，她真的不敢也不想过去的种种。她深藏起了他，想着永远不再触挖，恍若梦中。他走了，她成了家，成为朝鲁门的媳妇。图雅只想保有现在的甜蜜滋润的生活，日子平静平淡，吆喝着牛羊，炉中添加羊粪砖，活儿忙个没完。到了晚上，俩人躺在床上难得说说话，图雅的手就会轻轻地滑在朝鲁门的身上。朝鲁门享受这种无言的爱抚，如同炉膛里的灰堆被一层层拨开，压着的火噌地一下通红起来，美好的生活一天接着一天。一晃，真忘记了许多许多。

过了几天，图雅的心不再怦怦跳了。她打定主意，这个秘密永远保守下去吧！这对朝鲁门多么不公，可她又能怎样？对图雅而言，这个孩子和以后注定还要降生的朝鲁门的骨肉，都是上苍的赐予，不能胡思乱想，轻慢生命的轮回。尤其那个可怜的也许已经离去的人，有了现在这个延续也好啊！图雅想着想着，轻轻抚摸着微微鼓起的肚子，在片刻的闲适中，满脸温情地想着心事，舀起的奶茶不小心洒到了锅外，她才回过神来。

朝鲁门是个牧业上的好手，除了家里家外，很少和泡在牧人乐饭馆里的人在一起，偶尔喝点酒，又不吸烟，每天琢磨的就是把日子过好，把羊发展好，把媳妇哄好……想到这儿，他笑了，这是有一次那帮每天没事干的酒鬼说他的，不知是夸还是嫉妒眼红。反正这是他的生活，晚上关了灯，还能做什么呢？不知是哪一天，朝鲁门知道媳妇怀孕了，他真是高兴坏了，一回家就忙开家里的活儿。他想着法子让图雅多休息，怀了孕的女人可要注意身体，不要累坏了，更不要沾凉水，留下病根。日子不是这样吗？互相帮衬着，一天天往下过，还有什么。白天外面的烦闷，他不想更多地传达给图雅。自从阿尔善河断了干了，加之雨水不景气，放羊越走越远，已经到了自家草场的铁丝网边上了，外面是别人家的地盘。他担心冬天怎么过，划拨的四季牧场，不知够不够羊群觅食一冬？买外地运过来的草料，一年收入的一半估计又要投进去了。

自从成家，合作社的事儿朝鲁门照常参与，放牧有时还能遇上岳父朝克。自他们成家单过，几次让岳父合过来，岳父说习惯一个人生活，还经常忙乎着合作社的事儿。朝鲁门听旗里的同学说朝克认识旗里的大夫，俩人都快要领证了，也不知是怎么认识的。朝鲁门一问，朝克说，带着一个上小学的孩子，只是往后不知怎么办为好。她让他去旗里生活，可家里怎么办？他没跟她说让她到牧区生活，过来看看还行，可人家有工作，来这儿怎么生活，他自己都不知道下一步怎么办了。朝鲁门回家跟媳妇一说，图雅特别高兴，想不到牧民阿爸这么厉害，勾住了人家城里的阿姨。她马上打电话拷问阿爸，有这么好的消息怎么就不告诉她？朝克说：大人的事儿，你们小孩子瞎掺和什么。图雅看不到阿爸的表情，不过她知道阿爸一定是一副得意的样子，也难怪，为了照顾她不让她从小受委屈，阿爸一直没找，现在好了，阿爸也该过过自己的日子，要不老是一人，她怎么放心得下。有谁知道啊，这是朝克心上的痂，一年又一年，朝克愧对妻子，如果不是他的疏忽，怎么会被大水冲走，儿女情长，他不配。如今这个厚厚的痂自行脱落了。

朝克和旗蒙医院药剂师白雪的认识也是缘分。朝克是嘎查不多见的能人，脑子活套，点子多，除了家里的活儿，合作社做得风生水起，只有一点，对别人的撮合说媒，不问人品长相，一概摆手，久了，人们以为他是因身体方面的原因而拒绝，所以多年了没人再提及。就在上一次，他们几个人收了羊送到旗里的肉业公司，这是有过合同的，余下的卖给外地的二道贩子。公司收购后分拣包装贴上原产地标识，而且在阿尔善牛羊肉专营店，他也有小小的收益，有时间就到店里站一站，做做广告。阿尔善的牛羊吃的是优质牧草，里面有芍药、黄芩、防风等药用植物，喝的是天然矿泉水，就是他这样的牧民放养的，他是让人一眼就能扫出来的二维码，顾客可以放心购买。

那一天，朝克正好在专卖店，进来一位中年妇女，着急忙慌地说要三斤羊肉，朝克说："你等等，我不会用秤。"中年妇女说："你卖货的不会用秤真是奇了怪了。"朝克："我是卖羊肉的不假，可我真不会用秤，什么克呀的不懂，我只知道公斤市斤什么的。"中年妇女捂嘴笑了："你这人真有意思。"朝克顿时有些不好意思起来，挠挠头："要不这样，一会儿等他们店里的人来了，我给你送去怎么样？你把电话号码告诉我。"中年妇女看看表许是着急，没多想给了他号，就匆匆走了。

傍晚时分，朝克骑着摩托车哼着歌就去送肉了，敲开门，中年妇女有些惊讶。朝克递过手提袋拎着的一卷羊肉，扭头就要走，中年妇女当时只是随口说说而已，人家当真送过来了，她有些慌忙，都没顾上换衣服："我还没给钱呢，你走什么？"朝克这才换了拖鞋进了门。中年妇女倒了一杯茶，朝克接过来心里立马一暖，看了一眼那位女士，之前还真没有注意，只见她穿一身粉白色休闲睡衣，肤白体丰，眼睛亮晶晶的，脸上露出和善的样子，年龄估计在四十岁上下。一问一答，俩人就熟了。原来她叫白雪，在蒙医院药房工作，一个人带着孩子，下午肉也没买，匆忙赶去学校接孩子。这一坐不知不觉两个小时过去了。白雪对阿尔善知道得还真不少，说她们医院的大夫娜布其就是鲁克副旗长的爱人，有一次说起过她爱人每天在忙乎着阿尔善水库的事情，还说煤矿占用了牧民草场就应该让牧民入股分红之类的话，上面也有这样的精神。入股这样的事情朝克想过，谁不想哪，凭什么万儿八千补偿款就一了百了？现在是市场经济，不是旗里苏木一个指令能够包打一切的，可他压根没有想过会变成真的，有些事说起来容易做起来复杂。白雪的话说到了朝克的心坎里，两人越唠越起劲，而且不知不觉朝克上了人家的桌吃了饭，他自己都没有觉出有什么不自在。

第二天，朝克接到白雪的电话，说要给他羊肉钱，朝克才想起昨天俩人一聊都忘了这茬。朝克："不要了，我家羊多着了，还差这点儿。"

白雪："那怎么行，一卷肉可是五斤啊，不少钱呢。"

朝克："真不要了，我正骑摩托车往家赶，不说了。"

俩人虽然只见了一面，因为互相加了微信，有事没事语音联系一下，打问对方在忙些什么，或互相发些草原歌曲、乌力格尔段子、人生哲理、心灵鸡汤什么的，就像认识了许久一样，熟悉了，心近了。

说来也巧，时间过去两个月的光景，旗蒙医医院支持脱贫攻坚到阿尔善义诊，其中就有白雪。白雪心里高兴，忙这忙那快乐轻盈，好像变了个人似的。主治医师娜布其感觉到白雪的变化,看她好像藏着什么喜事似的。白雪没有看到朝克,打过电话一问,朝克正在合作社忙碌,说下午过来。等朝克下午过来,义诊结束了。苏木正在政府食堂准备接待旗里的大夫们。这些可都是医院的"大拿",谁又不看病呢,平时可是请都请不到的。苏木也就想着法子把接待标准提高一些。白雪推说有个亲戚在阿尔善,就出来了。

俩人好像久别重逢,见了分外亲近。朝克的大手一伸把白雪的手抓在里面捏住,白雪疼得哎了一声,朝克忙收回手,挠头。白雪看了一眼黑黑壮壮的朝克,有些安心,心里头顿时一热,好像泪要落下来。朝克:"怎么了?"白雪:"眯了眼,没事。"

朝克:"白雪,我带你去我家看看怎么样?"

白雪:"好!"她也真的想看看现在牧民的生活是什么样子。

朝克骑摩托车就像骑马一样跨上就走,白雪从来没有过这种颠来颠去的体验,真是既害怕又喜欢,生怕摔下去,只好紧紧搂住朝克的腰,把脸埋在朝克的后背,耳边是嗖嗖的风声,路边是阿尔善河干涸的河岸,白花花地闪动着,像长长的一条线,盯得让人眼花。

朝克骑着摩托车,可他真切地感受到了许久没有过的女人的香气和传递过来的温柔,顿时心花怒放,不知不觉头一仰放开喉咙,就飞出了一长串散发着波纹的长歌,那是他在唱蒙古长调《罕乌拉》。白雪在盟里旗里听过不少乌兰牧骑队员唱的长调,可听一个牧民高歌还是第一次,而且唱的是那样的雄浑苍劲、忧伤绵长,婉转起伏的地方没有一丁点等待和修饰,完全是浑然天成,一气呵成。白雪听得醉了!

夕阳照在了,
起伏的大地上。

西边是茂密的森林,
东面是长长流淌的阿尔善河。
还有那,
巍峨神圣的罕乌拉山,
护佑草原吉祥平安……

白雪听呆了,听哭了,等到摩托车停了,到了朝克家,朝克的后背湿了一片。朝克问白雪:"你怎么哭了?眼睛都肿的。"白雪不想撒什么谎,而且这天高地远处就他们俩,又躲避隐瞒什么:"你唱得好,我就听哭了。"

朝克:"我就随便哼哼的,你却……下次,我不唱了。"

白雪嗔怪:"我还叫你唱,我爱听。"

朝克:"好。"他对女人的心思多少懂了一些,女人老是爱反着说话,哭了其实也许是高兴的。

说话间,朝克开了家门,开了灯,家里冷清,还有些阴凉,烧水,熬茶,煮肉。间隙,他出去看归了圈的羊怎么样了,有附近邻居帮着照应没有什么事儿。等他回来,白雪将沙发上、桌子上、床上杂乱的衣物清理一番,利利索索,看着舒服了许多。白雪看朝克忙里忙外,家里还算干净利落,心里有些感动,一个人过日子真难啊,自己又何尝不是啊!

六

白雪一个人在外面走出好远好远,除了风声和自己的脚步声,草原如此之静,如此之大,天地间只觉得人是那么渺小,渺小到好像完全可以忽略不计,可人为什么总是试图苦苦地去征服和改变无尽的大自然？白雪随意走着想着，等到返回来时，她已经闻到了肉香，还有酒香，白雪很久没有过这样牧区生活的体验，这是一种不用小时分钟计算的慢生活，心静了，悠闲自在。朝克拿出一瓶草原白，白雪没有反对，也没说行。朝克倒了也就跟着喝了，酒是那么的烈，手扒肉是那么的嫩香……

两人好像相处了很久很久，说着笑着，不觉心贴近了，只觉得他们的相遇就是一种冥冥之中的安排，自自然然的，白雪有些微醉："朝克，要不你去旗里生活吧！"

这是没有技巧的，也是一种含有意思的表白与邀约。朝克觉出白雪话里的意思，这一热度使得他的许多年的堤坝顷刻间崩塌了，他不知怎么就这么回应了："白雪，旗里就是好，要啥有啥的，虽说阿尔善河断了，年景差了，可我这一大家子怎么办哪？"

白雪想想也是，没有言语。自从上次和朝克说起她听到的牧民入股的事，之后她找同事娜布其问过，娜布其回家问了老公乌日鲁克才知道上面的愿望都是好的，可煤矿已经让外地老板承包了几十年，那是有合同的，而且占用牧民草场的补助也给了，虽然少是少了许多，可毕竟程序上不能更改。白雪对朝克一说，朝克没有言语，白雪觉得朝克的心胸真是可以容纳许多东西的。

朝克心大，可他和白雪一比就心虚了一大截。他一个牧民怎么能有这种没有边界的非分之想，人家在城里要工作有工作，要长相有长相的，他说："白雪，要不你常来牧区看看吧，待久了你就知道了，牧区生活和你们第一次看到的不一样，很辛苦的！"

朝克说得实诚。之前，女儿女婿说过多次，让他过去和他们一起过，朝克不想打扰年轻人的生活，他们的生活刚刚打基础，他不想过去增加负担，一个人虽然忙些苦些可也习惯了。他不敢说让白雪来牧区生活的话，这不是他能说出口的，一则白雪上班，孩子上学，二则阿尔善河断了，他每天看在眼里，心里无时无刻不在煎熬，堵得慌，往后的生活会有什么变化，他想都不敢想，而且这不是钱的问题，这是城里人经常提到的格局、品味、环境的鸿沟。

白雪："行，我时常过来，让孩子骑骑马，在草原上打个滚，多体验一下牧区生活也好，要不传统习俗都快忘光了。"

两个人觉得你来我往的话题真的不是一句两句能够说清的，岔开话题，不知怎么说起了上次五斤羊肉的事儿。白雪："朝克，你这人真是的，上次的羊肉我只是说说而已，你当真就送过去了，城里人可不全是这样的，到现在我可是连钱都没有给你哪。"

朝克看看白雪："小事一件，提它做什么，最主要的是我认识了你，这不挺好，我可是赚大了。"

白雪伸手打了朝克一拳："五斤羊肉就想打发我，我可是赔大了，你真坏。"那落在朝克身上的拳头绵绵的，朝克是如此的喜欢。

一瓶酒不知不觉见了底，朝克拿出一瓶还要打开，白雪拦住了，说喝一瓶已经不少了，不能喝了，身体健健康康比什么都要紧。医生的话总是对的，朝克爱听。白雪站起来要出去，微微有些摇晃，朝克怕白雪被狗吓着，扶着她出了门，呵走了大黄狗陶格斯。大黄狗陶格斯哼哼地摇着尾巴，它这是接受了白雪，主人醉了哪里注意到这个。出了门扶着走出十多步，朝克放开白雪，白雪差点摔倒，朝克只好继续扶。白雪褪下裤子蹲了下去，在远处屋子的灯光下，朝克的眼前亮了一下，他把头扭到一边，听到了许久没有听过的阿尔善河水的冲刷。大脑轰的一下空白了。

静谧的草原之夜，悠远无边，如果仔细凝望，那广阔的天空真的不是黑不是暗，而是蓝，一种深深的蓝。朝克扶着白雪，白雪的头靠着朝克的臂膀。他们静静地向着前方观望，在深邃的蓝中身影婆娑。夜色微寒，朝克扶着白雪进了女儿爱住的那顶蒙古包，白雪说过她晚上要住蒙古包的，他想着让她躺下休息。白雪已经从后面抱住了他，放声大哭。

朝克："白雪，怎么了，又哭？"

白雪："朝克，你就让我哭吧！这里除了你，除了外面的牛羊和大黄狗，没人知道我哭。我有十多年没有和其他男人单独喝过酒了，十多年没有放声哭过了，十多年没在男人面前这个……放肆了，朝克，我喜欢你，咱们走到一起吧！"

朝克听了真是百感交集，白雪说的何尝不是他一遍遍暗自想着的："好……白雪，你好好休息，等明天酒醒了再说怎么样？"

白雪把脸贴在朝克的后背："朝克，我没有喝多，刚才你一直照顾我，让我喝少的，换了别人真不知怎么样哪，你的心真细真善啊！"说着，她从朝克后面，攀到了朝克的对面，她的嘴唇伸了过去，两个人就那么紧紧贴着，女人的香气扑向了朝克，朝克醉了迎了过去，二人跌跌撞撞回到了上房。对他们来说，这样的生活许多年没有过了，他俩重新发现了其中的新鲜与美丽……

第二天，朝克骑着摩托车把白雪送到了她的队伍，过来义诊的大夫们正在吃早点，准备之后的返程。他们又如何知道，经过这一夜，两个亲人之间除了饱含的深情，无声的挥手，已经没有了远远的道别。

七

草原上入秋早，八月没过，家家打草机打下的草，一条条整整齐齐地躺倒晾晒。苏和站在楼上观望着远处的旷野，想象着这些草，经过阳光的照射和劲风的烘吹慢慢失掉水分，之后被打成或圆或方，拉回去再摞成高高的草垛。

也不知坐了多久，天黑了，苏和回到屋里。电视机开着，正是新闻联播时间，苏和清楚地记住了男主播标准的中音：环境保护督察组针对环境保护督察工作反馈了督察意见，指出需重视搞粗放式无序开发对生态环境带来的严重影响和后果。阿尔善"煤水合作"发展煤化工的动议令人忧虑。变化好像是悄悄的，有时又突然到了眼前，阿尔善河，不，阿尔善的诸多项目成了人们关注的焦点。

阿尔善河发源于远处的宝格都山和罕乌拉山，是几万平方公里干旱草原和下游阿尔善湿地的生命线。这是自然的进程，也是不断变化的过程。苏和从网上查阅阿尔善近几十年的相关数据，从知青们烧荒种地修水库，到水库养鱼创收，到大坝被洪水冲毁，再到他参与的水库重建供应工业用水。电视上煤水合作令人忧虑的报道，更是让他感慨良多。

从首府动身到阿尔善，苏和专门到北方农业大学找过研究阿尔善湿地问题的乌恩教授请教。乌恩教授是吴院长的大学校友，当年研究院中标阿尔善水库规划项目时就请教过他，也有意把他拉进专家组。然而教授听到研究院执意要做这个项目，气得差点和校友断交，不相往来已经几年了。见了苏和，梳着辫、留着八字胡的乌恩教授跷着二郎腿，嘿嘿一乐："小兄弟，你也是有过经历的人，要多看报纸和电视，那是正能量。阿尔善水库具体情况你比我清楚。我是一名学者，只能说阿尔善草原作为相对干旱的地区，上游截断水源发展矿业及附属产业是导致阿尔善湿地干涸的主要原因。千百年来湿地一直存在，目前下游湿地迅速消失的现状与发展煤化工等人为因素有着不可否认的关联，进而造成下游草原奄奄一息。"

苏和也曾聆听过乌恩教授的预测或判断，以他的知识面还无法理解对与错，此番再听，而且他又要到那个地方去，感受就有些不一样了。尤其教授的一句"奄奄一息"，太形象了，苏和立马想到的是一匹两眼闪着光亮的老马，走向很远很远的地方，颤颤巍巍，行将倒地，此情此景悲情壮烈。临别时，乌恩教授拍拍苏和的肩："科学研究是实实在在的，做什么事情都应该以事实为根据，当然这也许只是我的一家之言，不需要人们都喜欢。"道别了教授，走在校园林荫小道上，说说笑笑的学子擦肩而过，满满的阳光活力，这曾经也是苏和的生活，如今的他琢磨的事有些大，又有许多新的疑问萦绕在心头。

四年一晃过去了，迈出黑屋子大门的苏和，是被吴院长带的研究生开车接回研究院招待所的。苏和听小伙子说吴院长已经不再是院长，退休后返聘在院里当顾问，换了名头其实还在研究院。吴院长出差在外传话让他安心休整，工作岗位的事等他回来再说。苏和这才知道，判了刑的只有他一人，关键是包银大牛角杯在他手上，是矿老板给的鲁克副旗长，鲁克副旗长看都没看，直接给了吴院长，吴院长在车里又给了苏和，都属毫不知情的倒手而已，纯属朋友间的友情，挨了一记处分完事。收了美金和存折的是助理工程师苏和，俗事一桩，正好让苏和摊上了。

吴院长有一次过来看他，表达过同样的意思，事情无意间发生了，希望他不要多想，好好表现，早点出来照样好好工作。四年的时间，在苏和看来真不短啊，他经历了种种不一样的体验，唉，一言难尽。小伙子看苏和一副心事重重的样子，说了一些安慰的话。等到他安顿好苏和的吃住，苏和催着他回去了。苏和此时多么需要一个人能够单独躺一会儿，哪怕发一会儿呆，他忘记了许多本该一个人独享的事情，该重新捡起来回味了。自由多好啊，小鸟一样想怎么飞就怎么飞，他只想快快地飞到图雅的身边，欣赏鸣叫。阿爸大老远来看过他多次，每次苏和都会问到图雅，可阿爸没有一次正面回答，每次见面，时间很快过去了，他始终没有听到图雅的确切消息，更不用说图雅过来看他了。苏和热切地盼望着图雅能够在固定的某一天，会突然过来看他，出现在他的面前，可没有一次。

苏和想象着图雅是变美了还是变胖了，还是像原来那样活蹦乱跳？也不知她家的草场怎样了，羊发展到多少只？那个时候，他就盼着阿尔善河水截住后早点流到工业园区，机器的轰鸣声意味着一种速度一种生机。草原上人欢马叫，钻进心坎的天作之美，这都不算什么，二者一拧巴，牺牲掉的一定是好看不中用的阿尔善河。可此时，苏和的心像猫抓一样没着没落的。如果说这几年最大的变化，苏和觉得自己懂得了思考，懂得了谦卑，生活的态度不止一种可能，发展模式、文明形态不也一样吗？

下了飞机到了盟里，从盟里坐车到了旗里，苏和在家里待了几天就待不住了。他参加完旗里组织的活动，着急着开车就往阿尔善奔去。除了苏木叫阿尔善，嘎查也叫阿尔善，阿尔善河就更不用说了，也不知是地方因河流而取，还是河流因地方而叫，反正，吉祥的名字，人们怎么叫也叫不烦。行驶了一个多小时，就到了阿尔善水库外围。依山而建，一道大坝将两个山包紧紧合住遂成水库，一块大的图板上注明水库建设的审批单位等信息，标明水库的总库容，正常水位，每年能提供工业用水量五千万立方米。苏和这才知道，几年里水库未向下游放水的目的就是蓄容，保障供水能力。草原上的水库靠老天下雨补水，还没有蒸发的快哪！

有那么一段时间，苏和做的梦全是阿尔善河。哗哗的水流，河岸边牛羊不紧不慢地吃着草，七八里处那顶蒙古包有人进进出出，那是他的图雅，她好像手搭凉棚看着远处，为什么不回来？为什么不回来？他醒了，醒了也是，为什么不回来？为什么……不……回来？头挨头的那一位，抬起头低声问："是不是又梦到你的阿尔善河了？"苏和好像还沉浸在阿尔善河激越的哗哗水流中，小声回应："就是，那条阿尔善河怎么就一直不停地往下流哪？"他对自己从来没有梦到阿尔善河水库感到奇怪，规划变成高高的大坝，说白了本身就是了不起的飞跃了。阿尔善人的新生活，四年没有进入过他的梦乡，这是令人奇怪的。苏和纳闷，阿尔善人富了，是不是记不得他了？他听到消息，阿尔善人面对风光无限的大水库，收入没有上去反倒降了，苏和怀着自己这样那样的疑惑，回到了阿尔善。此时，他最想看到的是图雅和她现在的生活。

　　阿尔善沼泽地，听说之前是千年没有变过的蔚蓝，此时是半米深的流沙。沙子一圈套着一圈，像电影中原子弹爆炸的现场。朝鲁门的摩托车陷在沙子里了。他是过来找羊的，周边是大片牛羊不爱吃的灰灰草和芨芨草，这是草原退化的标志。省事的只有一件，朝鲁门已经有几年没到滩上挖碱土回去给羊舔食了，往年的这个时节他可要忙上一阵子，如今水泡子个个见了底，白花花一片，遍地都是。

　　羊群闻着湿气找草吃，越走越远。朝鲁门本来加大油门往前冲，可不小心偏到一边陷了进去。他用手掏挖了一会儿却毫无办法，只好丢下，步行很晚才回到家。图雅做好饭正等着他。她穿着一件旧的干活时的衣服，虽普通，但难掩丰腴美丽。她进了屋给孩子塔拉擦了擦脸，小家伙在外面骑羊玩，让羊摔了几次还不甘心，硬是骑上跑了十来步，嚷嚷着要和阿爸的银鬃栗色马比赛。图雅时不时看着，心里柔软成那条只在梦中流淌着的阿尔善河，安宁和缓。孩子这么小这么可爱，大人白天奔忙真不算什么，只要孩子健健康康，她什么都不怕。

　　朝鲁门进了屋，倒了碗茶喝。图雅端过来饭，一小盆拌汤，一小碟酸奶水腌制的沙葱。图雅先给朝鲁门盛了一碗，接着给儿子塔拉端过一小碗，自己才舀了一碗，三人开始吸溜溜大合唱。筷子夹几根沙葱，抓一口羊油炸下的果条，普普通通小日子的热气就这样充满了整个屋子。塔拉在那儿吧唧着小嘴在吃糊了满嘴。朝鲁门低着头划拉几下就结束了。他放下碗，抹抹嘴，告诉图雅摩托车在原来的阿尔善湿地陷住了，明天早上骑马过去拉出来。图雅哦了一声没有说什么。

第二天，朝鲁门早早出发了。图雅起得更早，启明星还在天幕上挂着就出去挤牛奶。各种声音在蒙蒙的微亮里苏醒了，牛、羊、百灵鸟、蛐蛐一个接着一个欢唱，图雅也发出"哲哲"的声音，吆喝着放出了牛犊。牛犊吸了几口奶，图雅重又拴住，一头接着一头，催出来的奶一会儿就涨满了一头头乳牛的乳头。图雅用轻巧的手挤进了奶桶，剩下的奶放开的牛犊们早奔过去大口大口享用了。母牛扭过头看着，舔几下小牛，小牛的小尾巴激动得来回甩动。黄牛、大角牛、花斑牛、黑牛凸起的大眼睛亮晶晶的满是温柔。天大亮，图雅早上的功课总算结束了。她回到屋，换上干净的衣服。孩子光着屁股半睁着眼将醒未醒。图雅拍了两下塔拉的屁股，塔拉噌就起来跳下床，跑到外面抓起命根子就射出一道又高又长的弧线，在阳光的照射下抛物线上挂起了一道道斑斓。

小男孩射出的小彩虹，门口十多步远的地方站着的一个人也在惊奇地欣赏着，这人是苏和。苏和驾车过来，把车停得远远的，慢慢踱步过来。他的心很乱，不知这四年里都发生过什么。他听人说图雅在朝鲁门家，就越发难受，图雅怎么会在朝鲁门家，什么意思？弧线落下了，塔拉看见前面一个留着黑硬胡茬的大人正在望着他，小家伙有些害羞，扭头跑进屋，告诉额吉外面有个不认识的大人过来了。图雅听到家里来了人，赶紧用手拢了一下头发，出门望过去。图雅啊地叫了一声，僵在了那里，苏和，苏和怎么回来了？他不是跑得无影无踪，不是不在了吗？苏和到了跟前跟她说了什么，图雅一句都没有听到，她的心已经被这个深埋的名字一层一层叠加着压迫着，喘不过气来。

苏和："图雅，我是苏和啊！你这是怎么了，不认识我了？你这到底是怎么回事？"

图雅缓过了神,看着又黑又瘦、满脸胡茬的苏和,好像有些生分,有些理不清头绪,有些难堪,有些难为情:"我还想问你哪,整整四年了,你走了,又出现了,你到底是人还是让我大白天遇到了鬼?"

两人的声音好大好大,你说你的,他说他的,还是没有说出所以然来。屋里响亮的哭声传了过来,叫停了曾经相爱的两个人的争吵。俩人回过神,望向哭泣的小男孩。

苏和:"谁家的孩子?"

图雅:"我儿子。"

苏和:"你儿子?你结婚了?和谁?"

图雅:"朝鲁门是他阿爸。"

图雅的声音不大却像晴天响雷。这回,僵立着的换成了苏和,苏和怎么也想不到图雅成了家有了孩子,孩子的父亲还是他瞧不上的那个傻大个儿朝鲁门,那他成了什么?那曾经的默契、刻骨的爱恋成了什么?俩人立在那儿,图雅心乱如一把零乱的羊毛,忘了叫苏和进家。苏和想着种种过往也没有想到进屋。也不知这样站了多久,一辆摩托车突突地停在二人跟前,朝鲁门骑着陷进沙子里的摩托车回来了。他拍了下苏和:"哦,原来是你,这么多年跑哪儿了,进家吧!"

苏和进了屋,图雅回过神,像做错事的孩子跟在后面。这是一家在牧区也算殷实的普通人家,房前屋后家里的摆设,一看就是勤快过日子的样子。苏和在沙发上不知说什么为好。图雅端过来一碗茶,又将茶几上放着糖果奶食的盘子推到苏和跟前,之后又退回到一边坐下。朝鲁门看二人这架势有些不对头,对图雅说:"你去外面看看,回来顺道去环保站那边的小卖部买两瓶酒。"

图雅出去了,披了件衣服。苏和看了一眼,是那件米色的风衣,虽旧了褪了色，苏和一眼就认了出来，鼻子一酸眼睛就有些湿润。他听着外面的摩托车突突着走远。朝鲁门搂过儿子塔拉，给他穿上衣裤放到地上。小家伙好奇地看了一眼苏和，轻手轻脚地到外面玩去了。短暂的沉默，被朝鲁门打破了。他对苏和讲起过去发生的种种，这一切，苏和闻所未闻，仿佛是一个个和他无关的别人的故事，不过却真切地发生在他和图雅的身上。苏和呜呜着失声痛哭，他又如何能够控制，为这不敢相信的眼前，也为已经失去的一切。

外面，骑着摩托车的图雅又何尝不是。她的心好乱，她在外面漫无目的地跑着，一会儿去看外面的羊，一会儿到环保站旁边的小卖部买了两瓶酒、两盒烟，她知道苏和原来是不抽烟的，现在抽不抽，谁知道哪。环保站建了有一年，就在阿尔善河边不远的地方，离她前几年不小心摔进河的地方不远。早知如此，那年醒过来又做什么哪？断了、干了的河边立起了环保站，她一个年轻女子并不知道环保站是做什么的，只知道里面的人时不时来了两个又走了两个。远处灰蒙蒙的是离环保站十多里的煤矿，那儿可是禁区，他们过不去。本来那矿跟他们没有什么关系，什么入股之类的，说起来好听，她没有听说过年底谁家分到过几张票子。煤一车车拉走，那要归人家老板，税收归上面的旗里，如果说有点关系也不假，就是他们赖以生存的草原出了毛病。小时候，她家草场上草有膝盖高，这几年连脚脖子都不到，时常落下细细的灰尘。她盼着来个西北风刮一刮，还好那么一点儿，而且地下抽出的水变坏了，牲畜拉稀、咳喘、眼睛流泪等怪病成了常事。

远处，牧民开着打草机正在打草。他们这些沿着阿尔善河居住的牧民，打的草和人家的没法比，图雅往远处的坡上看了看，离干河床有那么十来八里，一排排躺倒的就是她家比别人提前半个月打下的伏草。每年这个季节朝鲁门总是第一个打草，他爷爷说过的：伏天的草，冬天的宝，伏草能顶料。后来，朝鲁门一查书还真是那么回事，这个时候的牧草粗蛋白质含量最高。不过这要担些风险，打伏草一般正值雨季，草含水量大，不少牧民不打，就怕发霉腐烂。朝鲁门有胆量，每天收听天气预报，心里算计好了的，一斤伏草可是能顶二斤秋草或三斤霜黄草的。

图雅骑到阿爸的家。她不知自己怎么就到了这儿，她的蒙古包还在，现在成了她的继母白雪时不时过来居住的居所。大黄狗陶格斯摇着尾巴过来蹭她，她好像没有看到，木门旁的围绳上插着马鞭，家里有人。进了上房，阿爸朝克、继母白雪正在，还有已经读初中的妹妹艺岚娜，原来白雪领着女儿过来好多天了。朝克和白雪看图雅的脸色就知道有心事，忙问发生什么事情了，图雅一说，两人也不知如何是好，只好安慰一番，朝克想了想："苏和回是回来了，这些都在咱们的意料之外，可如今你成家都几年了，苏和回来又能怎样？你还不是过你自己的日子，难道要和他过不成？"

图雅听出阿爸的话里有些恼怒，快要哭了出来："阿爸，我不是要跟他过，过去的事早已经过去了，还要提它做什么。我只是一时难以面对他这样生生回来了。"

朝克对着女儿："我知道，也别说了，苏和这孩子也够可怜的。快别说了，一起去你们家看看。"

白雪装了满满一盆出锅不久还有些微热的手扒肉。图雅骑摩托车，朝克开车拉上媳妇白雪和女儿艺岚娜，几个人奔着图雅家的方向驶去。大黄狗陶格斯汪汪了几下跑过来想要跟过去，朝克呵斥大黄狗留下看家。

乌日鲁克，也就是鲁克副旗长，人高马大，看得出年轻时也是位英俊男子，只可惜人到中年过早歇顶了。他把旁边的头发直直梳过来，拐了个弯儿盖住额头，让人分毫看不出真假来，还时不时拿出衣兜里的木梳用用。分管经济工作那会儿，鲁克副旗长最为大胆的设想是利用邻近盟旗的丰富水资源，盟际合作，把外地的厚很河水接入到阿尔善水库，届时把用不完的水输送给邻近盟旗的铅化工基地，搞县域双两亿项目联合，另一条支线延伸到更远的口岸。有一次，在接受记者采访时，他在地图上大笔一挥，一道红线从渤海划到了北方草原，引入海水用于草原煤炭开采，被记者以"工业化，草原上的大手笔"为题见诸报端，名噪一时。煤水结合协议还一度写进了五年发展规划，只差几步就要变成现实，直到苏和在电视上看到的那样，被环保督察组叫停，煤水结合工业园区管委会也随之撤销。

副旗长鲁克现在分管环保，说过畜牧业已经走到尽头的他，除了管城区大烟筒、花花草草，开始大抓草原环境保护，谁治理谁投入谁受益，成了他手里的新红线。吴院长眼尖，有一次到鲁克副旗长办公室，习惯性地看一眼墙上那幅红笔划过的地图，地图不在了，方方正正的位置如一面白白的投影，倒显得有些空荡。吴院长假装没有注意，掏着包里的材料，鲁克也没提这一茬。吴院长是找鲁克副旗长汇报项目中期推进情况的，草原保护的项目一招标，巧的是中标的还是大汗应用技术研究院，难道研究院包打天下？截水项目、工业园区规划、煤化工设计、文创产品，无不涉及，也难怪。这一次，他们应该最为顺手，立行立改的可都是当年他们做过的项目，没人比他们更熟悉的了。

吴院长对苏和说过："规划是什么？人家给了你十万百万，你就要给人家完成他们想要的设计规划。什么环评，什么拆迁用地用水用电，办法还不是想出来的？咱们有专业知识，人家有想要达到的指标要求，我们做的只是一个结合而已，这里的学问就是学会上下结合。"吴院长说的，苏和并不完全认同，也谈过自己的看法，可项目照旧参与，理想和生存总是存在矛盾的，生存面前牺牲的总是年轻人不值钱的理想。这是苏和四年前做过的事情，四年后苏和重新回到研究院，当然是在吴院长力保推荐下才得以实现的。他一回来参与的是"阿尔善草原生态环境保护与资源开发问题研究"，办公地点还在工业园区的二层小楼，环保站就是他们测定植被群落特征、样方内外植物种、盖度、高度、重量等数据的地方。苏和一到阿尔善，就去环保站，其实主要还是过来看图雅。图雅的家原来在阿尔善河九曲湾以西，朝鲁门家在阿尔善河东南距离图雅家十多公里处，苏和没有费工夫就找到了。已经为人妇的图雅眼睛还是那样亮，脸庞还是那样美丽，只是身材粗壮了一些，手更硬实了许多。他急着伸手抓住，已经不是他曾经握过的涂了羊脂油一样的白嫩绵滑，一切都已经发生了变化。图雅的眼神里为什么布满了胆怯？

朝克一家一来，家里的气氛活跃了起来，男人们喝酒，女人们在厨房忙碌，艺岚娜带着侄儿塔拉到外面玩耍了。

一到旗里，苏和就以技术专家的身份被邀请参与接待一个检查组，精品路线的最后一站是阿尔善河上游的新图腾旅游区。他们看到草原生态保护的丰硕成果，芍药谷遍布的芬芳让人流连忘返，如织的草原上有的在骑马，有的在练习射箭，他们在体验一部著名古装片的场景，这部电视连续剧的取景地已经带火了这个地方。最为动人的是阿尔善河不急不慢地静静流淌着，在阳光下闪动着一片接着一片的波光。垂钓的，拍婚纱照的……人点缀着美景，美景里是悠闲欢乐的游人。远处的河流静静流淌而来，好似伸过去的长长臂膀，跟在后面的薄雾徐徐流连，升腾出美妙的梦境，而那臂弯探过去拥抱着那顶洁白的大大的蒙古包。突然间，苏和记起了那一次傍晚时分留在这里的似曾相识，那么近，又那么远……

有一段时间，他一直想，想得头疼：千百年滋养过无数人、接受过无数人膜拜的阿尔善河没有了水，就发生在这短短几年。坐上饭桌，此时，苏和不想说自己的事，想必大家也都知道了。他说了心里最想说的话:"那一年让我做阿尔善河水库截流的项目,我就做了,水库建了,养起了鱼,上游办起了旅游点,水送到了煤化工基地,引水工程接到了五十多公里开外镇里的自来水厂。"这是什么?苏和说的,几个人第一次听,听不明白他说的意思,也不知道他怎么就想起说这个。

朝鲁门推推苏和:"没喝就醉了?别在这儿卖弄了,这和咱们有什么关系?"

苏和:"朝鲁门,我当年最反感你不懂外面的形势,现在想想其实也不错。"

苏和不想再说阿尔善河截住的事了,说多了徒增这一大家子的烦恼,他又何尝不是啊!他记得清楚,当年做规划,吴院长就说过,开采煤矿需要大量耗水,差不多就是一比一,开采1吨煤就要用掉1吨水才行,而合成氨平均吨氨耗水超过50吨,110万吨合成氨一年需水5000万吨以上;每吨尿素平均耗水约15吨,200万吨大颗粒尿素生产线需要3000万吨水。他懂了吴院长对阿尔善人的感情,这里有他和当年的好姑娘南斯日玛的纯真感情,这是工业时代的愧疚,没有什么可以幸免。

世上的圆与缺,得与失,想想应该是对应的。这是资本的社会,天性使然。如果不追求利润的最大化,那就不叫资本!接下来,苏和看到被阿尔善河遗忘了的下游广阔地域,感受到这个地方的人们无声的承受。

苏和扣住了衣袖扣子,好想对他们说,这些水,这些新的经济增长点,其实都是那条已经断掉的阿尔善河贡献的,也是祖祖辈辈生活在这儿的牧民贡献的。包括朝克、朝鲁门、图雅,还有塔拉,不管你们知不知道。端起杯,苏和什么也没有说,他算什么,自己都不知道。苏和先敬了作为长辈的朝克、白雪,又敬了朝鲁门、图雅:"说真的，图雅不配跟我这样的人，以后你们好好过日子吧！"

朝鲁门看着苏和："你放心，我不会亏待她，我们的小日子就这样，很不错了。至于以后，只要肯干，不好也不会不好到哪里去。希望你也早点找到另一半啊！"说罢，俩人碰了杯，干了。

听到两个人的对话，坐在一旁的图雅低声哭了，她对苏和："苏和，要怨你就怨我吧！我曾经对你好，我现在对这个家好，这都是命。都怪我那时看问题简单，只想自己的难处，没有想过你到底为什么离开，其实好好去问，也不是不可以问出来的。你在里面，最起码我们可以给你送衣物送吃的啊，你就忘了过去的一切吧！"

说罢，她不知从哪儿掏出一个小盒子递给苏和，里面的物品图雅曾经无数次在没人的时候看过戴过，她想象过戴在无名指上的感觉会是什么样的，不大不小正好，苏和给她买东西总是正正好好的，她喜欢。结了婚，她把小盒子藏在柜底。朝鲁门见都没有见过，如今见了，还真为媳妇的一番情谊所感动。这恰恰是他给予她较少的，他需要慢慢学着做好。他说了声："图雅，你真的了不起。"这是他们结婚以来朝鲁门第一次在别人面前夸图雅。

苏和没有想到多年前送给图雅的戒指，现在又回到他的手里，他知道他的过去就这样结束了，新的开始还有些不知所措。听说，干旱中的马莲籽遇到水气六十年还可以发芽，他的爱情要等到什么时候才会开放啊？这是牧人家普通的宴席，这是草原上普通的夜晚，月亮升了上去，皎洁明亮，探望着地下的芸芸众生，有的在遐想，有的在欢爱，有的在无声地忧愁，每个人，每一物，都好像是前世的久远的继续……

夜深了，三个大男人都喝了酒。美丽无比的阿尔善河是他们聊得火热的不变主题，原本普通的阿尔善河在他们的眼里被神化成完美圣洁的化身，没有阿尔善河哪有他们，没有他们哪有今天的酒席？阿尔善河养育了他们,阿尔善河成就了他们,阿尔善河的欢腾、忧伤也是他们的,阿尔善河是从未断过的,也许一百年,也许一千年还会回来。

朝克哭了:"我们不要一分钱,我们不要被人设计来设计去,我们只想过自己喜欢的日子。这看着都让人安心的草原,这清澈无比的阿尔善河,这自由自在的羊群牛群马群,这里的一切,都叫人疼爱,这一切也是宝藏,取之不竭。"

朝克说的话,使一桌的人跟着落了泪。还别说喝了酒的朝鲁门话也多了,哼了一声:"惹急了,看我不捅上去的。"

图雅听了脸都白了,看看苏和又看看阿爸:"朝鲁门,可别瞎说了。"图雅想过了,实在不行就去城里打工,饭馆端盘子,给老人当保姆,还可以去旅游点唱歌,唱《罕乌拉》……

白雪开着车送了苏和,苏和的车就那么扔在图雅家外面的野地里,好在草原上用不着管它,安全无比,明后天他还可以过来取的,他们还是亲人。路上,白雪告诉苏和,图雅刚刚又怀上了,她的担子比较重,牧民天生靠天吃饭,可草场一年不比一年。白雪顿了顿说,你们几个人今后的生活也算这样了,她特别希望苏和能够给予图雅和朝鲁门可爱的儿子塔拉更多的关爱,然后意味深长地看了一眼苏和。

苏和记得,等到他要从图雅家出来,塔拉好像已经和他熟悉了,对着他摆着小手,说着再见,欢迎再来。他的心好像有了揉碎了的感觉。"城里那么多好姑娘,你一定会找到更好的。"这是图雅说给他的,苏和默默记住了,他会努力去找的。此时,苏和的包里藏着那年深夜图雅临别时的赠予,不过,他不知道这世上还会不会有另一个图雅。

……

一年,两年,时光一晃就闪了过去。

苏和看着报纸，这一张这一条他看得特别认真。环境保护督察"回头看"公开情况一览表中，关于反映"阿尔善河水库截流，导致湿地沙化"问题，苏和低下头搜索着马上就要出现的结果。不知怎的，苏和突然想到了罕乌拉山，复杂早已归于简单，好像此时正好站在半山腰，他要想一想自己是继续攀爬，还是向下奔向那块已经隐约可见的大石头？

短篇小说
YANGGUANG XIA DE FENGJING

过路人,欢迎你来哈吐布其

◎海勒根那

没有人知道那个高大的家伙是什么时候冒出来的,他出现在哈吐布其嘎查的人群里就像一头骆驼站在羊群中间,人们仰视他时不由得引起一阵骚动。这应该是个异乡人,人们一边惊叹一边做出判断,因为在巴彦芒哈苏木草原,十里八村的牧人彼此认识个大概。可是朗朗晴空怎么会忽然多出这么一个人来?而且他泰然自若,见谁都咧咧那张乐呵呵的大嘴,好像相识已久的样子。那满口牙齿颗颗饱满,雪白坚硬,在阳光下像白玛瑙一样闪闪发光,一看就是蒙古男人钙质充盈的牙齿,是专吃牛羊肉、喝马奶子铸就的,再衬上一张典型的蒙古脸——塌鼻子,又高又红的颧骨,一双细细的小眼睛,这五官要是组合到西亚或东欧人脸上就没的看了,但在这里它们相得益彰,彼此都找到了合适的位置,搭配起来显得那么舒服、得劲,充满别样的神采。除了这些,人们还注意到他的穿着,那身略显古旧的藏青色长袍仿佛中世纪的布料,一柄精致的蒙古刀悬在右腿前。而他脚下那双雕花讲究的靴子更非同一般,至少该是博物馆玻璃罩里的物件,尺码之大像两艘小船。在巴彦芒哈苏木,即便像今天这样隆重的敖包盛会,也只有年长者注重蒙古长袍和马靴的穿着了，年轻人大多不再守旧，西装、夹克、短袖什么的，任性地追赶着城里人的潮流。所以，人们越发对这个人感到好奇。高个子倒是漫不经心，迈动他的大步左摇右晃地走路，所到之处人们自然散开，不时让他那一堵墙似的倒影从人群的头顶跌落在草地上。

牧民们是刚刚从敖包山上下来的，近两年哈吐布其嘎查风调雨顺，村民脱贫，人心振奋，嘎查村委会决定筹措资金，让牧民们好好热闹一把。这不，一大早，人们开着大小车辆就围聚到敖包山下，手提草原老白干、面果子、奶干、大白兔糖块，蹬上高高的山顶，为敖包堆子添枝加石，撒下祭祀品，许下吉祥的祝福和心愿……但这个高个子显然不是大家祈愿来的，他的来头还要细究，人们开始围住他问东问西。起先当然要问他是哪里人，要到哪儿去。高个子微笑不语，或者傻呵呵地乐一乐，避而不答。莫非这个人是个哑巴不成，人们越发问得急切，以证明他到底会不会说话。高个子不得已抿了下嘴唇，用他那只熊掌一般的大手指了指远方，说："从那边来的。"这一开口不要紧，临近的人不得不捂紧了耳朵，这哪里是人发出的动静，瓮声瓮气的像极了一头发情期的公牛，震得蜜蜂嗡嗡乱飞，远山微微颤抖。"那边是哪里？是阿鲁科尔沁，还是乌珠穆沁？还是二连浩特？"高个子晃了晃大脑袋，伸出舌头调皮地打了一阵嘟噜。"你叫什么名字？这个总可以告诉我们吧？"他挑了挑眉毛，抖动起朝天的鼻孔，猛地"阿恰"一声，打了一个震天动地的喷嚏，一时间飞沫四溅，气流冲开了刨根问底的人群，好家伙，这一下可再没人靠前问询了。"阿恰"，嗯，既然异乡人不愿透露他的底细，就干脆叫他"阿恰"好了，这个名字听起来倒与他很贴切呢。

透过人群的间隙，"阿恰"把目光转移到不远处，那里十几个男人正忙着杀猪宰羊，他的细眼睛晶莹地亮了，随之而下的是嘴角的涎水。他拍了拍肚皮，对人们说："我的肚子饿了……"人们马上听到了咕咕的叫声，像揣了一窝青蛙那样。今天是嘎查村委会请客，杀的是村集体养的猪和羊，吃的是村集体种的菜，村集体还养了几十头牛，掂来想去，书记和嘎查达还是一头也没舍得杀。此时几百号村民一起动手，架起炉灶，搭起彩条布、军用帆布帐篷，劈柴的劈柴，收拾下水的收拾下水，煮肉的煮肉。一时间，山脚下的草地炊烟袅袅，热闹非凡。

等待吃食是一种煎熬，那渐渐飘散开来的肉香最先钻进饥饿者和孩子们的鼻子，让人忍无可忍。"阿恰"一边抓耳挠腮一边吞咽着口水，几个十六七岁的少年赛摩托车回来，一路尘土飞扬，电光闪闪，携带的高音喇叭播放着草原流行歌曲——"套马的汉子你威武雄壮，飞驰的骏马像疾风一样……"来到近前，摩托车戛然停在"阿恰"脚下，一个瘦小的少年拍了拍车把，说："哎，大个儿，欢迎你来哈吐布其，敢不敢和我们赛摩托？""阿恰"龇龇牙，说："不不，我只会骑马。"旁边矮胖的少年说："也是，他这个大坨不把摩托车压瘪才怪。""这么说，也没有马能驮得了他……"少年们一阵哄笑。

村民们分席落座，猪羊肉已然煮好，用大盆端上桌来。蒙古人一向有盛情款待路人的习俗，家长们撵走几个少年，热情地邀请远方宾客。"阿恰"也不客气，来到桌前一屁股坐下去，蓝塑料凳子的四腿就拧歪成了麻花，软的只有跪下去的份儿。他索性把凳子推到一边，盘腿坐在地上，这样他就和坐凳子的人一般高了。辈分最高的族人对他做了个请的手势，说："异乡人，欢迎你来哈吐布其。""阿恰"便拿出随身携带的刀来，刀鞘用鹿角精雕而成，刀把应该是一块犴腿骨，这样别致的蒙古刀人们还第一次见。他伸手割肉了，在胸口上割了三块肥瘦相间的羊肉，不过他没有放进自己的嘴里，而是抛向了远处的草地。族人们晓得这是懂规矩的人，并非一个莽汉。再看他的吃相，刀法娴熟，左手拿肉，右手内握，大拇指按着刀背，行云流水一般，将剃下的条条雪白抑或黑腴抿到唇边，随着"咻"的一声，那片肉就像条虫子一样被吸吮到嘴巴里，然后舒舒服服地在舌间伸伸懒腰，打上几个滚，便被喉头迎接了去，没来得及咕噜一声就消失不见了。整个过程好似马头琴师正抑扬顿挫地拉动着优美的琴弦。族人不再动刀动筷了，目不转睛地看着他吃肉，这种吃相好像只有《蒙古秘史》中的祖先才有，不由得唤起了人们的怜悯之心。他们想，这个人肯定是个流浪汉，没家没业，四处讨吃，所以不肯说出自己的来历和姓名，害怕给他的家乡丢脸。这次他像只饿狼那样空着肚子跋山涉水，一路仓皇走到这里，终于遇到了哈吐布其这些好心人。于是，人们想当然地认为，这个孩子应该是饿瘦了，你看他的胳膊，和拴马桩一般粗了。可是这个年月怎么还会有流浪的人，党和政府正在搞精准扶贫，像他这样的人明天就该报到巴彦芒哈苏木去，政府肯定会把他记录在案，很快就会在哈吐布其嘎查给他盖上两间瓦房，到时人们还会替他申请，瓦房一定比整个村庄高出一截，基于他的身高也要多补贴五百块砖、二十袋水泥和一整车沙子，另外还要给他加盖一间牛舍，从村集体赊给他三五头最强壮的西门塔尔牛，分上两百亩锦鸡儿草地……"阿恰"一直没有注意人们的关切和窃窃私语，等他终于抬起头时，桌上已风卷残云，整整一大盘肉只剩下一堆堆干净如洗的骨头，连骨缝中间都筋头无存，令旁边蹲守的几只四眼黑狗悻悻地哼叫，极为不满地瞥着这个陌生人。此时"阿恰"如梦方醒，看看周围鸦雀无声的族人，一时羞红了脸。

　　人们安慰他："吃吧吃吧，阿恰，嘎查今儿个杀了三口猪、四只羊款待大家，肉管够吃！"妇女们忙不迭地又去捞肉添菜。须臾，又端上一大盘肉来，兼以刚出锅的血肠心肝腰肚，毛菜也一盘一盘端上来——羊汤土豆片、小白菜炒花脸蘑、尖椒炒茄丝、清烧黄花菜……

酒宴仿佛才刚刚开始。有人给"阿恰"倒酒,二两半的玻璃杯,拿在他的手里显得过于小巧,"阿恰"把酒倒到木制奶茶碗里,倒酒的看见了,忙给斟满。这是六十五度的草原老白干,迸一点儿火星就会点着。那蓝幽幽的火苗窜动两下就消失不见了。你以为酒火灭了,可碗口却热热的,眯眼仔细瞧,才知那火是透明的,就在酒面上静静地飘着,忽忽悠悠,无声无息。此时手离酒碗半尺高都会被灼伤。这么烈的酒小酌一口就会割痛嗓子,"阿恰"却咕咚咕咚把它干掉了,最后一大口下咽之前,像漱口水那样在嘴巴里咕嘟了一阵,似要用酒把牙齿涮洗干净。这个喝法又把族人惊到了,平日里,嘎查的男人们都爱吹牛皮,都说自己的酒量如何大,一顿能喝几斤酒,谁也不服谁,如今遇到对手了。不过,男人们有着自己的小九九,心里盘算着怎么试试客人的酒量。

　　说话间,嘎查第一书记端着酒杯过来了,这是嘎查里唯一的汉人。他三十岁出头,个子不高,别看其貌不扬,来头却不小,是浙江大学毕业的高才生,中宣部派来的帮扶干部。他操着一口略带南方口音的普通话,领着村委会一行人等挨桌为村民敬酒。有人给第一书记介绍"阿恰",书记把杯中的矿泉水倒掉了,说自己本来不会喝酒,但家里来了客人怎么也要尽下地主之谊。一旁的小伙子忙给书记倒酒,书记说:"多……多了……"一杯酒已倒得满满当当。小伙子说:"不早说,我以为是多倒呢。"书记吃了哑巴亏,也不好说啥。村民们起哄:"书记干了!书记干了!"书记架不住怂恿,双手举杯,说:"阿恰,欢迎你来哈吐布其!"然后他闭起眼睛,屏住呼吸,先饮下半杯,说:"吃口菜,吃口菜不算赖",夹了一口黄瓜拉皮,硬把下半杯酒咽进肚子里。这边,"阿恰"早将一碗酒饮下。村民们又起哄:"草原三杯!家里来客人了,书记一定要来个草原三杯!"书记忙摇头。这时一位年长者站起身,亲自给书记倒上一杯酒,说:"书记,这杯酒我是替村民们给你倒的,哈吐布其的好光景都是你给带来的!"年轻书记摆手说:"大叔,您知道这不是我一个人的功劳,要感谢就感谢党和政府……"一个酒嗝打上来,话说到这个份儿上,酒是不能不喝了。书记虽是文质彬彬的南方人,但也是条汉子,关键时刻不能掉链子,满满两杯酒说干就干掉了。"阿恰"倒是来者不拒,仍然用奶茶碗喝,说话间就饮下了四碗酒。书记抹了一把嘴,脸顷刻间红灿灿的,眼神也迷离起来,说:"阿恰,我们的'男儿三技'竞赛马上开始了,还有王府刺绣表演,一会儿邀请你观看节目啊。"有人来搀扶书记,被书记推搡开,说:"我还没多,我还没多……"一边的嘎查达说:"不行就扶书记去村委会休息,他这些天忙里忙外累得够呛。"书记摆手说:"不不,我才不要睡觉,我还要等着看比赛呢。"他走路有些摇晃,没墙可扶却不倒下,就像蒙古汉子骑马一样,看着晃晃悠悠,并不会从马背上摔下来。

紧接着,人们开始轮番为"阿恰"敬酒,都说:"朋友,欢迎你来哈吐布其!""阿恰"也不含糊,谁来敬酒都干上一碗,一会儿的工夫,二十几碗酒就灌进了肚子。女人们都是绵羊心肠,不忍心这么多男人灌醉一个异乡人,纷纷去拉扯自己家里的,不让他们把客人喝坏了。可"阿恰"看上去一点事儿都没有,除了高高的颧骨处泛起红晕,眼睛也没见小没见直,舌头也没见大,脸上始终挂着那副憨态可掬的笑容。

竞技场那边锣鼓喧天起来,大喇叭的声音飘荡过来——先是雄壮的国歌,接着传来一个男主持的标准蒙古语,人们知道是比赛要开始了,大人孩子纷纷离席,往同一个方向跑去,女人则去彩条布的帐篷里换绣娘服。一个年轻绣娘扒开门帘偷窥"阿恰",接着里边传出嬉笑打闹的声音,"去你的,不要胡说嘛……"随后,十几个女人被年轻绣娘追打出来,与麻雀一起叽叽喳喳地拥向会场。年轻绣娘落在后面，一步三回头地向这边观望。嘎查达来召唤"阿恰"，不料一个男人拎着酒瓶从灶台那边走过来拦住去路。他是嘎查有名的屠夫，刚才一直忙着杀猪宰羊，烧火煮肉，这会儿就和嘎查达说："客人还没喝好呢，我想陪他再喝几杯。"嘎查达用目光争取了一下"阿恰"，嘱咐道："适可而止，不要把客人喝多了。"

这是个敦敦实实的车轴汉子，头大如斗，脖子和身体一般粗细，毫发如黑熊般粗重，一看就是个"心狠手辣"的角色。几个爱喝酒的闲人围过来看热闹。屠夫有一个绰号叫"狼赫尔"（蒙古语"酒罐子"之意）。这谁都知道，干他这个行当的，给谁家宰牲畜都会供一顿酒喝，特别是近几年，每家一年冬夏两季都要杀上两口猪，肥猪滚滚，酒肉不断，久而久之，屠夫练就了一副千杯不醉的好肠胃。隔着桌子，狼赫尔并不坐下，举起酒瓶，瓶嘴对人嘴，"咕嘟嘟"一阵水流声音，几串大气泡在酒瓶里由下而上，顷刻间一瓶酒灌进了嗓眼里。狼赫尔用手掌抹了一下瓶口，随后开了腔："兄弟，我来陪你喝酒，喝得过我，我请你去乌兰浩特最大的馆子。"

好家伙，一瓶白酒就这么对瓶吹掉了。人们再瞧"阿恰"，有人递酒给他，头一秒他还笑呵呵的，下一秒仰仰脖，整瓶酒水就进了肚，没谁看清他是怎么喝掉的。棋逢对手，有好戏看了。狼赫尔这才坐下来，说："兄弟，我今儿个高兴，所以才想和你多喝几杯。他们这些人都喝不过我，我和他们喝酒没意思。几年前，我还是个贫困户，我上有老下有小，老人有病，孩子上学，自己又爱喝酒，说实话，日子过得真不咋地。自从'小白脸'书记，就是那个高才生书记来了以后，他帮了我不少忙，帮我给老人办了大病医疗保险，给我争取政府的各种补贴，孩子考大学又是他帮我跑的贷款，我媳妇腿残疾，过去没啥手艺，天天喂鸡打狗的，两年前去了村里的刺绣培训班，从旗里来的白老师手把手教，她学会了又教我。"屠夫伸出他的一双又粗又硬的大手,上面还沾染着猪血羊血,"就我这双手,不是吹牛,刺绣个花呀朵呀的,我比嘎查里的老娘们强,她们都绣不过我,你信不?"说着话,从随身的兜子里掏出一幅作品,展开给"阿恰"看。只见皮画上一双蝴蝶飞舞在马兰花间,针脚细腻,栩栩如生。屠夫小心翼翼,动静大了怕蝴蝶飞走似的。"这刺绣讲究绣、贴、堆、挑,技术精着呢。"这回狼赫尔不再对嘴吹了,像"阿恰"那样,把酒倒在奶茶碗里,"我两口子就是这么脱贫致富的。为了刺绣,我最近把喝了半辈子的酒都戒了。可今儿个我一定要喝点,高兴啊!过去嘎查里像我这样的贫困户多了,现在可都脱贫了,日子都过得一天比一天好,老百姓还求啥?"说着两个眼泪疙瘩就在眼圈里打起转,用手一抹,说了句:"喝酒!"兀自一饮而尽了。

喝酒也有大小酒场之分,小酒即小酌,大酒需要有酒量的人拼着喝,说干就干谁都不落后。喝大酒的酒场要喝得默契,既有能吹牛的也有能听吹牛的。"阿恰"是个好听众,一言不发,说喝就喝,狼赫尔说啥他都支棱着耳朵听,兴致满满,所以今天这个酒场俩人喝得比较合拍。狼赫尔就给他讲哈吐布其嘎查这几年的变化,说如今村村通了水泥板路,家家红砖蓝瓦窗明几净,最牛掰的是每家的牛圈里都有几头油光铮亮的西门塔尔牛,至于为啥在牛圈里而不在草地上,那是因为生态禁牧,为了青山绿水。接着又吹——满村翘着翅膀的大雁其实是路灯杆,路边又种了哪些稀奇的树木和花花草草。狼赫尔说:"就连阿里巴巴还在我们这里种了沙棘树呢,叫什么'蚂蚁森林',知道那个叫马云的不?他和我们书记都是浙江人,个头比书记还矮呢……"说到最后,狼赫尔想起给"阿恰"安排住处,说啥要他晚上到自己家住去。他醉眼蒙眬地瞄了瞄"阿恰"的身高,一时犯了难,说个头高些倒是可以弯腰进门,宽度就难办了,实在不行就把窗子卸掉,从窗户进屋。

眼见着桌前的空酒瓶子摆了一溜儿。狼赫尔像口慢慢烧热的锅,脸色红如猪肝。他裸着上身,浑身粗毛孔冒出豆大的水珠,后来就淋漓下来,那是热气腾腾的汗水,足以蒸熟一锅馒头。高个子也出汗了,是那种细细密密的,像清晨草原上看不见的温凉露水,只有浸湿了靴子或马蹄才让人知晓。再喝,狼赫尔起酒的手有点不听使唤了,拧了两回也没拧开瓶盖。他稳了稳身子,深吸一口气压进丹田,一个大酒嗝打上来,浓烈的酒气直呛人脑门。这当儿,有人瞧见他的腋下水流如注,禁不住叫了声,喝酒的人都明白这是酒漏。狼赫尔的酒漏开了,这也是喝酒人的暗道,没有暗道酒只会在人的肠胃里、血管里燃烧,直到把人烧焦烧化。再看狼赫尔,糊满酒屎的两眼重新有了光亮,脸色似晚霞中的沙滩退潮了。他不再用手去拧瓶盖,而是直接用牙咬开。这次他起了两瓶酒,一瓶留给自己,一瓶递给对方,用发直的眼睛望着"阿恰",说:"兄弟,酒逢知己千杯少,咱俩再吹一瓶……"

围观的人虽然都是些不怕事儿大的汉子,但也忍不住劝阻:"咳,还是一碗一碗喝吧,这么喝会喝坏了身体……"狼赫尔却不管这些了,酒喝到这个程度他只想表达感情。他举起白酒瓶,先是把它当作麦克风,扯着嗓门唱起一首广场舞歌曲,一会儿有词没调,一会儿有调没词,最后终于唱累了,不得不趴在桌上,脑袋一歪,嘴一斜,便到梦中烀他的猪头肉去了……

围观的人都乐了,说让他这么睡吧,现在就是把他抬到集上称了卖肉他都不会醒了。"阿恰"也有了些许醉意,摩挲了一把红通通的脸,弯腰脱下两只靴子,只见裤腿湿的像趟了河,脚趾也似被水泡得发白,靴筒向下倾倒,两股清泉便一泻而下了,酒香立马弥漫开来……男人们随之惊呼了:酒道!魁中的酒道!民间俗语讲,一道后脑勺开窍,二道汗下眉梢……八道腋下尿尿,九道清泉灌脚……前几个酒道人们倒是多少见识过，可这"清泉灌脚"还真第一次见，男人们不禁啧啧称奇，算是开了大眼界。

不远处的赛场一片喧闹。"阿恰"穿上靴子，晃晃荡荡地向着赛场走去。嘎查里的人们都聚集在那里，大喇叭里的草原歌曲盖住了百灵鸟的啁啾，却压不住徐徐尘土。几个少年正在跑圈赛马，马鞭挥动，马蹄飞驰，叫好声连成波浪。"阿恰"认出马上少年就是要与他赛摩托车的几位，便张开大手为他们鼓起掌来，又使劲打了一个尖如鞭梢的口哨，赛马扬鬃翘尾，雷声隆隆掠过眼前。赛场中央，搏克手们已决出胜负，"阿恰"挥动双臂，以搏克鹰舞向他们致意，没见过棕熊跳舞，这回见识了。魁梧雄壮的冠亚季军还之以礼，高喊："异乡人，过来和我们比试比试！"被旁边的搏克手拽了拽衣角，低语："咳，瞧瞧他的体格，估计咱三个一起都不是他的个儿。""阿恰"并没有一试身手的意思，耳边凉风习习，羊羔皮一样毛茸茸的阳光披在身上。他昂首阔步，路过射箭场。一位眉宇英俊的青年已斩获头魁，箭靶上遍布箭痕，十环兼有，但都没中靶心。"阿恰"拿过弓箭，轻轻一拉就拽个满弓，距离百米远，"嗖"的一声箭镞响，正中圆点。箭手们惊了，上前查看，却见那只箭竟入木五分射穿了靶心，想取出来非双手双脚蹬拔不可。"阿恰"哈哈一笑，交弓箭于英俊小生，继续前行。百余名绣娘正埋首刺绣架穿针走线，一色红艳衣袍铺展开来，如点缀青草地的朵朵萨日朗花。年轻的绣娘瞥见"阿恰"，站起来向他招手。女人们这时纷纷抬起头来，目光像蜜蜂嗡嗡叮咬着"阿恰"，一时竟忘了女人该有的矜持和羞怯。

"哦，他好高大呀！""嗯，比咱嘎查任何一个男人都壮！""听人说，他刚刚吃掉了大半只羯羊。""还喝光了嘎查所有的酒。""瞧瞧他的胳膊比我的腰还粗呢，好像不费力气就能搬动敖包上最大的石头。""不知哪个有福的女人嫁给了他……"女人们窃笑起来。

年轻的绣娘挥动起衣袖，喊他："咴，高个子，你要去哪儿？"

"阿恰"冲着女人们拍了拍肚皮，说："我的肚子饱了，要赶路去了……"声音洪亮如高音喇叭，所有乡亲们都听到了。他们或放下手中的活计，或回过神来，目送"阿恰"。人们望着异乡人的背影，议论纷纷："我们还不知道他的真实名字呢。""是啊，不过看他的体魄，他的名字该叫都仁扎那。""可他的吃相……好似《蒙古秘史》里那位最能吃喝的祖先——大巴鲁剌。""不，他的箭法更像圣主的四骏之一'者勒蔑'。""这么说，他还是蒙古人传说中的'酒神'呢！"……

无论他是谁，无论高个子矮个子，都是个过路人，都是巴彦芒哈苏木草原最尊贵的客人，人们最后得出结论。于是，大家一起高呼起来："过路人，欢迎你来哈吐布其！"

彼时"阿恰"已经走远，他转过身向乡亲们挥手致意，说："我还会来的！"余音袅袅。他看着一眼望不到边际的没膝深的锦鸡儿，这是牧民们人工播种的，过去这里曾经是寸草不生的流动沙丘，如今变成了万亩枝繁叶茂的饲草地。此时头顶之上，数不清的云雀和百灵鸟赛着歌喉，此起彼伏，仿佛一场以天为幕的盛大合唱。近处，清澈的乌力吉木仁河如同一条银带缓缓伸展，飘动；远处，群山如黛，白云像昂扬的雪峰一样高耸，又似一群天马奔腾踢踏。"阿恰"向着奔马似的云山走去了，一会儿消失在大野深处。

人群中最失落的要数那个年轻的绣娘。她咬着嘴唇，还在向"阿恰"走去的方向悄悄挥手，用温柔微小的任谁也听不见的声音说着："再见了，过路人，欢迎你再来哈吐布其……"

喜如在诺勒嘎查

◎刘惠春

清晨,喜如被一阵鸟鸣声叫醒。她有些恍惚,觉得自己还在梦境中。

喜如习惯性地伸出手,摸到手机,睡眼蒙眬地翻看着。十几个未接来电的提示,有爸爸妈妈,有何旭。何旭还发来好几条微信,相同的内容:"你在哪里?"

我在哪里?

喜如一下子坐了起来。

她有些惊慌地环顾了一下四周,几道光线刺着她的眼,窗户外有一棵高大的树,阳光穿过大树,在窗户上斑驳地跳跃着,整个房间处在半明半暗之中。鸟鸣声就是从那棵树上传来的,不是梦境。

喜如彻底清醒过来。

她现在是在离家千里之外的北部草原,一个叫诺勒的嘎查进行扶贫采访。

昨天夜里,是苏木的干部开车把她送过来的。喜如在火车上一夜未睡,又坐了一天的汽车,一路上不停地呕吐,脸色晦暗。到了诺勒嘎查，整个人昏昏沉沉的，没有什么力气说话，甚至都没有洗漱，就直接睡去了。

想到这儿，喜如赶紧跳下地来。

听到动静，一个女孩走了进来，微笑地看着喜如。

女孩子个子很高，梳着高高的马尾，两条瘦瘦的长腿。她随意地立在门口，侧对着窗外的光线，光落在她的脸上，细密的茸毛变得柔和而有质感。"一只溪边饮水的小鹿"，喜如突然想起一句不知从哪看来的话。

"我叫秦雪雁，是诺勒嘎查的第一书记，你就叫我雪雁吧。昨天坐了那么长时间的车，一定累坏了。昨天晚上我回来，看你睡得那么香，就没惊动你，你洗漱完，出来吃早饭吧。"

喜如没有想到诺勒嘎查的第一书记是个这么年轻的女孩子，她以为她遇到的会是那些红色脸膛、声若洪钟的蒙古汉子，或者是喋喋不休的妇联干部那样的中年妇女。面前这个清爽的女孩，喜如对陌生之地的排斥感消失了许多。

喜如给父母报了平安，然后从行李箱里掏出水啊，乳啊，霜啊，准备摆放。在喜如一堆高高低低的化妆品前，洗脸池上的一支洗面乳和一管防晒霜，就像盛装出行的娘娘面前的小宫女一样瑟缩着。喜如觉得自己实在是宫斗戏看多了，这都能联想在一起。她想了想，只留下必用的几只，把多余的化妆品放回行李箱。

早餐很简单，热气腾腾的奶茶、炒米、炸成金色的果子，还有一盘切成片的馒头和一小碟咸菜。

雪雁给喜如倒了一碗奶茶，有些不好意思地说："也不知道你吃习惯不，我早上很少做饭，这些奶茶是隔壁阿其娅大婶熬好送来的。她每天起来熬奶茶，就给我也送过来一壶。"

喜如一天一夜水米未进，但看着桌子上的食物，也只有奶茶喝得下去。暖热的奶茶给肠胃和整个身体带来振奋，一路上的胡思乱想，纠结伤心，全被饱足的愉悦感覆盖了。

喜如出去拍了大树、天空、飞动的鸟影，然后把图发到朋友圈，还配了一行字：下乡第一天，新生活的开始。

她没有给何旭回电话，也没有发信息。

喜如住的地方是嘎查的招待所。说是招待所，其实是在一间腾出来的办公室，放了两张床，雪雁平时就住这儿，隔壁就是办公室。

喜如随意打量着，墙上张贴着嘎查两委班子的工作职责和各类制度，桌子上摆放着厚厚的扶贫档案，分着贫困户、边缘户、一般户什么的。几个老同志正在整理工作台账。见她们进来，纷纷站起来打招呼。雪雁给喜如介绍："这是我们的嘎查两委班子和扶贫工作队同志们，别看平均年龄五十岁，工作全靠他们呢。"一个老同志指着喜如笑着说："这回雪雁可是来了个伴儿啦，不用天天带着我们这么老的队伍了。"

大家都跟着笑起来。

雪雁看喜如好奇地翻看着桌子上的档案，对她说："在我们诺勒嘎查，村民一共五百三十户，贫困户七十二户，现在都已经脱贫了。但是，这扶贫工作不是说脱贫就完事了，还要扶志，扶智。有的懒汉会把分来的牛羊吃掉，过几年又返贫了，这样的人仅仅是物质的扶助，资金常常会打了水漂，生活还是改变不了。还得想办法，最重要的是要把他们的思想观念改变过来，所以还有很多工作要做呢。"

面对滔滔不绝的雪雁，喜如沮丧地发现，雪雁身上那些毛茸茸的诗意一下消失了。

雪雁像是意识到了什么，停了下来，看了一眼半天不说话的喜如，自嘲地笑了一下，说："你看，我一说起工作，就没完没了。

嗨,我来诺勒嘎查扶贫都两年了,每天面对的就是这些事,睡觉做的梦都是扶贫,也只有这些话题和你说。"

喜如觉得是自己有些矫情,她来诺勒嘎查就是来采访扶贫工作的,雪雁的扶贫介绍是正常的呀,不听这些官方的正面的介绍,她想听什么呢?

但是,这些离自己如此遥远,远到不可触及的生活一下展露在眼前,她还是觉得有些不真实。

对喜如来说,来诺勒嘎查进行扶贫采访,其实是为了放逐自己,也可以说是为了告别。

喜如在报社做的是文化版,工作量不大,一周只出一版。报社这次派记者来诺勒嘎查,要求蹲点进行采访,因为诺勒嘎查是自治区最早脱贫的地方,这里的扶贫经验及人物典型,都值得进行深度报道。做专访的女记者家中孩子小,不愿意下乡这么长时间。喜如便主动找到总编,申请由自己来做这个报道。

那段时间,喜如觉得自己快要崩溃了,她必须要去一个陌生的地方,逃离某些东西,让她能自由地呼吸,甚至可以遗忘一切。

扶贫采访给了她一个离开现在工作和生活的理由。

喜如跟着雪雁走访贫困户。

去的第一户是朝鲁大哥家。雪雁说,朝鲁大哥半年前才从旗里搬回来,属于返贫户。

朝鲁大哥家里又脏又乱,到处是灰尘。灶里的灰都溢了出来,堆在灶坑前。地上的垃圾里扔着几个颜色不同的方便面袋子,红漆剥落的躺柜上放着残缺不全的锅碗瓢盆。

喜如不知道还有这么脏乱的房间,竟觉得手足无措,仿佛看见了别人的隐私一样。

雪雁仿佛看不见这些，大步向里屋走，高声地喊着："朝鲁大哥，朝鲁大哥。"乱糟糟的炕上爬起来一个人，带着一股浓重的酒味，喜如不自觉地往后躲了躲。雪雁向前跨了一步，瞪着两只眼睛盯着朝鲁，生气地说："朝鲁大哥，你又喝酒啦，你咋答应我的？你家的产业扶贫资金可是下来了，你要是再不戒酒，可就给别人了啊。"

朝鲁那么大个男人，脸居然一下红了，人也清醒了许多，赔着笑对雪雁说，"赛拜努书记，真的是戒了！这酒是帮格日乐家杀羊，喝了一些。不好拒绝的，是不是？以后，谁请也不喝了，真的不喝了。"

雪雁瞪了他一眼，抿着嘴笑了，说："那过两天，我和你一起买羊去。来来，先把家收拾一下，看看，这咋住人呢。"说着，就开始找扫帚扫地。喜如一看，那扫帚都是光秃秃的。

朝鲁赶紧劝住雪雁："赛拜努书记，你可别笑话大哥了，大哥自己收拾，你赶紧去做正事吧。"他慌慌忙忙抢过扫帚，开始洒水扫地。

喜如低头问雪雁，"他咋叫你赛拜努书记呢？"

雪雁还没说啥，朝鲁接上茬了："我们的雪雁书记啊，只会说一句蒙古语，就是赛拜努（蒙古语：你好）。去每一户人家，见到每一个人，开头第一句话准是赛拜努，然后就只能连蒙带猜地听我们说了。所以啊，大家就在背后笑话她，那个赛拜努书记又来了。不过，现在，这赛拜努书记可是尊称啊。是不是，赛拜努书记？"

雪雁也不觉得尴尬，反而哈哈大笑起来，说："朝鲁大哥，属你会说呢，要是把这聪明用在致富上，你肯定能当致富带头人呢。"

"听赛拜努书记的。"朝鲁也大笑起来。

雪雁拉着喜如走出朝鲁家后，人却变得忧心忡忡起来，叹着气和喜如说："朝鲁大哥的情况和其他贫困户不一样，他在旗里开过饭馆，是一个有头脑的人呢，汉语也说得很好。可是，在旗里这几年，不仅饭馆没挣上钱，媳妇也不跟他过了，还把孩子带走了。朝鲁大哥一下子就垮了下来。回到诺勒以后，他什么也没心思干，只知道喝酒。像他这样的人，你得把他的心气扶起来，有了动力，他自己就会想办法了。如果只是让他养羊养牛，他的能力也发挥不出来，还得想别的办法。"

"赛拜努书记，现在中午了，我们能不能先吃饭，再谈你的扶贫大计？"这个很有意思的称呼让喜如对雪雁多了几分亲近，她戏谑地说。

雪雁有些不好意思了，说："你也这样笑话我啊。这一句也是我到嘎查的第一天现学的。我根本不知道这里的人都说蒙古语呢，我一个人去老百姓家，像个聋子一样，人家也把我当聋子，都没人给我翻译。我就像一根棍子戳在那里，还得不停地笑着。一天下来，嘴巴两边酸得都合不上了。"

雪雁顽皮地冲着喜如伸了一下舌头，笑了起来，没有半点自怜，倒像是说别人的故事。

喜如没有笑，带着敬意看着雪雁。雪雁的笑容像云朵出现在天空一样自然，有种让人舒心的美好。她自己不知道，看到的人知道。

午饭是在阿其娅大婶家吃的。

路上，雪雁给喜如介绍了阿其娅大婶家的情况。阿其娅大婶上过几年学，在诺勒嘎查，可以说是有文化的人了。丈夫早年病逝，阿其娅大婶一个人把儿子拉扯大，儿子娶了媳妇，生下孙子。一家人生活得不能说富裕，但也和和美美。两年前的一场车祸，儿子当场死亡，媳妇重伤，花了很多钱，也没有抢救过来。日子虽然落败了，但阿其娅大婶带着孙子坚强地支撑着。

大门口，一个小男孩正在等她们。两只黑葡萄一样的眼睛羞涩地看着喜如，雪雁冲男孩说："苏拉，叫喜如姐姐。"苏拉清亮地叫了一声："额格其。"喜如一下就喜欢上了这个小男孩。

阿其娅大婶要给她们用新鲜的牛奶熬奶茶。她让苏拉把正欢快地吃着奶的小牛犊牵走，然后蹲下来开始挤奶。喜如看着用力挣扎的小牛犊说："先让小牛犊吃饱再挤吧，我们不着急。"阿其娅大婶笑了，冲着喜如说："这样挤出来的牛奶才是最好的呢，奶里有着牛妈妈的爱呢。"苏拉为了安慰吃不上奶的小牛犊，跑到小牛犊身边，把青草递到它的嘴边，小牛伸出长长的舌头一下就把肥厚嫩绿的青草卷进嘴里。

喜如第一次看到这样原汁原味的牧民生活，兴奋地拿出手机，开始拍照。

吃过午饭，阿其娅大婶准备做奶豆腐。喜如一听，要留下来观看，雪雁一个人回去赶写扶贫档案了。

屋子里的阴凉处放着一大铁桶牛奶，那是昨天挤的，已经变酸了。酸奶上面有一层奶油，阿其娅大婶说那是嚼口，给喜如舀了一碗，让她拌着炒米吃。

苏拉抱过来一堆干牛粪，喜如很奇怪，院子里有柴火，有煤，为什么要烧牛粪啊。

阿其娅大婶笑着说，"火和火不一样呢，用牛粪火煮出来的东西味道是不一样的。"

去完奶油，阿其娅大婶把酸奶放入锅里开始煮，而且不停地轻轻搅动着大锅。喜如想上来帮忙，阿其娅大婶微笑着摆手说："力道不一样，味道也不一样呢。"喜如会意，看来阿其娅大婶也是深谙匠人之道的人呢。

阿其娅大婶听喜如介绍自己是记者，一下子打开了话匣子："雪雁那丫头吧，可是真得夸夸呢。我们这个地方是个半农半牧区，住的都是蒙古族，大部分人汉语都说不好。耕地大都是山坡地，有的人地也不会种，那肯定会穷的呀。这么穷的一个地方，扶贫哪那么容易。雪雁来这里当第一书记，要扶贫，要致富，她连蒙古语也听不懂，没人信她的。她去哪户人家，人家都说蒙古语，她听不懂，也没人给她翻译。那丫头出了院门，就一个人掉泪，还得笑着进另一户人家。可是，就这个丫头，还真给大伙办实事。你看见村东头那座桥了吧，那么宽一条河沟，夏天雨水大，山洪下来啊，保不准哪家的羊就给冲走几只。雪雁硬是找旗里要资金，把这桥给修起来了。谁能想到好事还多着呢，这几年，通村公路也有了，还有路灯，家里安上净水机。这些呀，从前只在城里见过呢，我们嘎查现在也和城里差不多了。老百姓就是这样，你给大伙做事，谁都能看得见哪。大伙都拥戴着她呢，谁家吃口好的，都惦记着她。"

苏拉也凑上来说："还有爱心超市、文化广场，额嫫格还在广场上唱歌了呢。"

阿其娅大婶笑着说："那是我们自己的文化队，以前农闲了，没啥事，净凑在一起喝酒了。现在，大伙要么自己演，要么看别人演，看的人演的人都开心着哪。雪雁说这是文化扶贫，我们自己办的春节联欢会还上了电视呢，其他苏木好多人都来看。"

喜如闻着浓郁的奶香，听着阿其娅大婶的描述，感觉像是在另外一个世界。喜如从小到大都生活在城市里，一样的街道，一样的人群，一样霓虹闪烁的夜晚。而在诺勒，她看到的却是另一种生活，从未体验过的生活。青草，牛羊，云朵，但她不是观光客，她知道，这美好的一切背后有着深刻的贫困。

阿其娅大婶边用纱布挤着奶豆腐里的水，边轻声地哼唱起来。

每个蒙古人都天生是歌手。喜如听着阿其娅大婶的歌声，她的胸口也鼓胀得像天上的云,每呼吸一次好像就会有音符跑出来。尽管一句也没有听懂,但她却真实地感受到了那歌声里全部的幸福和欢乐,没有陌生,没在差别,一切都交融在一起。

喜如看着乐呵呵的阿其娅大婶,她的生命中承受了那么多的悲痛,可是依旧努力地生活着,快乐地生活着。喜如觉得过去自己在意的许多事情,都太微小了,像天空中的云,远远地散去了。

草原的夜,是一点一点蓝下去的,不像城市的夜晚,仿佛瞬间就黑了。远处的天空,从浅蓝到灰蓝,然后是暗蓝,那蓝也是透明的,能刺穿黑夜,看得清近处和远处影影绰绰的事物。

雪雁回旗里办事了。喜如一个人在床上躺着,倾听着窗外的虫鸣。没有雪雁在身边向她不停地叨叨工作,她还有点不习惯。

何旭仍然没有发来消息。喜如打开手机又关上,再打开,无聊地翻看着从前发的朋友圈,一些细密杂沓的事情,纷纷扰扰地来到她面前。

喜如一直都是那种"别人家的孩子",循规蹈矩,青春期都不曾叛逆过。她一直想学中文,高考却听父母的话,上了好就业的农业大学。毕业后,为了回到父母身边,凭借大学时期发的一些文章,应聘去了报社。

工作轻闲,喜如却觉得窒息,她的时间大部分是在无所事事的闲逛街拍中度过的。她喜欢一个人站在天桥上,看着桥下走过的行人,每一个都行色匆匆,仿佛前面有什么了不起的事情在等着他们。其实,除了各自的宿命,前面还能有什么呢。到了最后,不都是殊途同归吗?喜如估计那些行人,看到天桥上站着的自己,也是一副索然无味、生无可恋的样子吧。

天桥对面的商厦上挂着"三宅一生"的巨幅广告语:"自如的

风格背后,是自由的人生。"喜如想,穿上"三宅一生",会不会就会变成另外一个人呢?如果,一个人换掉自己的样子,换掉自己的生活,像换一件衣服一样简单,那该多好啊,每天都会是一个新的人。

虽然喜如用几个月的工资,买了一件"三宅一生",但也只是挂在了衣橱里。她还是更愿意站在天桥上看那幅广告,像是有一个念想挂在那儿,就能把她的心填满一会儿。她想,可能她更在意的是想拥有的那个念头和盼望吧,而不是具体的某个东西。有时候,喜如觉得自己活得太虚浮了,但生活里也没有什么东西能让她切实地落在地上,她觉得自己就像道边小贩手里的气球,看上去光鲜亮丽,却禁不起轻轻一扎。

喜如认为自己唯一的出格之举,就是找了一个不靠谱的男朋友。何旭在学校时是优秀的学生会干部,她曾经因为何旭爱上她,在宿舍里很是骄傲了一阵子。

可是一切都在毕业之后变了味。

何旭不仅没有去找工作,反而一个人跑到农村郊区,吃住在一个租来的小屋里,向周围的村民推行垃圾分类。喜如不能理解何旭的选择,她认为那应该是政府做的事情,不是个人所能完成的。何旭却不同意她的说法,他说,有些事总要有人去推动的,不能完全等着政府。她以为何旭只是一时的热情,他没有收入,又瞒着父母,只靠写一些稿子维持生活,很多时候还要喜如接济,这样的日子能坚持多久呢?何旭不过是一个理想主义者,在充满热情地做一件注定要失败的事。可是,已经毕业三年了,何旭根本没有停下来的意思,也没有结婚的意思。这让喜如绝望,她等不起了,她的父母也坚决不同意她和何旭结婚。

最让喜如接受不了的是,她个人的事情竟然成了单位的话题。因为何旭,她也成了个不正常的人。有一回,她刚走到办公室门口,就听到门背后那些刻薄的声音:"他男朋友是不是脑子不清楚啊,去做傻瓜也不会去做的事。"

她硬着头皮推开门,所有的声音瞬间消失了,一片寂静。喜如用指甲掐住自己的掌心,才能镇定地坐在办公桌前。片刻之后,克制不住的咳嗽声、喝水声、开门声,一切动静又都消失了。过了好一会儿,喜如迟疑地站起身来,整个办公室空空荡荡。

那天晚上,喜如与何旭爆发了一场激烈的争吵,她把同事加给她的羞辱全都发泄到何旭身上。喜如的抱怨和愤懑像子弹,密不透风,弹无虚发,何旭根本招架不住,你、你、你了半天,只说出一句:"你怎么变成这样?"

"我什么样?"喜如不甘示弱。

"精致的利己主义者。"何旭突然冒出这么一句。

喜如差点被气笑了。何旭居然把这么热的一个词,这么大的一个帽子扣到她头上。

"利己有什么不好,不是每个人都会像你,不切实际地生活。"

过了很久,何旭发过来一句话:"对你来说,什么才是重要的?"

喜如有些回答不上来,她没想过这个问题,虽然目前的生活也不是她想要的。但她也不想要何旭那样的生活,尽管他目标明确,坚定不移,但毕竟和这个社会认可的价值背道而驰。她知道自己的话损害了对于何旭来说非常宝贵的东西,全世界都在质疑他,他不希望喜如质疑他,那是他最后的也是最脆弱的男性空间。

但是喜如累了,不想再为这些事情烦恼了,疲倦地说道:"那我这个精致的利己主义者向理想主义者致敬。以后,大家各自安好吧。"然后,挂了电话。

之后,何旭再没有打来电话。

喜如不觉得自己有错，这个世界就是这样运行的，是何旭不符合运行规则，不是她。

嘎查看上去不大，可是，一天走下来，才走了十来户人家。每到一家，人们都特别热情，一定要倒上奶茶，端上奶食，拉着雪雁说个不停。老百姓汉语、蒙古语一起说，喜如仅能听懂一点点，她听出一个频率很高的词，就是"赛拜努书记"。她不禁暗自笑了笑。雪雁倒是都能听懂，两只手比画着，愉快地和人们聊着。

晚上九点多了，两个人才到家。

喜如看了看手机上的微信运动，竟然走了两万多步。真是累啊，她想痛痛快快地洗个热水澡，但也只是奢侈地想一下。

雪雁已经埋头开始写扶贫日志了。她每天晚上，无论多晚，都要把白天走访的情况，还有老百姓反映的事情记下来，筛选有致贫风险的农牧户，分析贫困户生产生活中还存在哪些需要解决的困难。老百姓，哪家情况都不一样，也不会一直一样，所以诺勒嘎查建立了扶贫长期跟踪机制，要定期走访贫困户。

喜如细细致致地洗着脸，懊丧地发现脸上出现了晒斑，她知道，那是任何化妆品也无法补救的。她边往脸上拍水，边叹气。

听到她的叹气声，雪雁抬起头，笑着说："人如果做了美的奴隶，精神上就不会自由。"

喜如回过头去，看着雪雁，重复了一遍她刚才说的话，点点头说："这句话好像有点道理噢。"

雪雁笑着说："当然有道理了，这是人家哲学家说的，我只是把胃改成了美。"

喜如问她："即使不做美的奴隶，每天都是这样的工作，这家出，那家进，猪啊鸡啊牛啊羊啊的，你不烦吗？"

雪雁笑了，说："也烦啊，尤其开始的时候，都想做逃兵呢。慢慢地，找到了做事情的感觉，觉得这么多人信任你需要你，心里觉得很满足，觉得自己是有用的人呢。"她想了想，又转过头来，认真地看着喜如说，"我也想做一些波澜壮阔的大事，不想每天都面对这些琐碎的事情，可是，不是每个人都能做成大事，能踏踏实实把小事做好，也不是很容易的事。我就是在扶贫这几年，才想明白这些，把自己活明白了，其实也就把人生的很多事情弄明白了。"

喜如看着俯在桌子前的雪雁，台灯的光打在她的脸上，发出微微的金色，仿佛她把那光吸到了自己的身上，然后缓慢地辐射出来，整个人就成了一个发光体。

夜里，喜如没有睡着。听着雪雁沉实的呼吸，她有些羡慕雪雁，一个用力生活的人，一定是清楚自己要什么的人，并且坚定不移，所以心灵才会是这般轻盈的吧。尽管雪雁对自己的打扮啊，穿着啊，远比喜如粗糙，但喜如就是觉得雪雁比自己美。雪雁身上的那种美感，在于不自知。喜如有时会在雪雁不注意的时候给她拍照，悄悄地把雪雁的走路姿势、说话神态和一些细微动作拍下来。喜如看过波兰摄影师彼得·林德伯格拍的素颜出镜的章子怡，她觉得雪雁身上就带着那样的气质，让人能够感受到生命本身的美，天然的美。

喜如的心渐渐被新的事物填满了。

她跟着雪雁竟然把嘎查里的每户人家都走了一遍。远处的田野，路上的鸡、牛、羊，让喜如有时候会产生片刻的时空混乱之感。她觉得天桥上无所事事的女孩离自己太遥远了，她几乎没有时间看朋友圈，那些美食啊，旅行啊，岁月静好啊，远远没有眼前一只生了病的羊羔重要。

格日乐是喜如走访的最后一家贫困户。

格日乐家住在嘎查的边缘。院子里种着各种蔬菜，几只牛在圈里吃草。屋子里的地是水泥地，但是打扫得干干净净，还洒着水。墙上的装饰是一张习总书记的画像，旁边的木质镜框里整齐地贴着家人的相片。格日乐的丈夫是突发性脑出血，已经瘫痪了整整十年，歪着头坐在轮椅上。女儿在旗里上高中，假期才能回来。格日乐家的情况属于特困户，但看不到一点愁苦的样子。喜如想到一个词，"清洁的贫困"。格日乐的汉语不太好，站在轮椅边扶着丈夫，腼腆地微笑着。

看着那张笑脸，喜如觉得自己的感悟太肤浅了。她一直活在生活的表层，从来不曾关注过这些生活在贫困之中的人们，他们的坚强，他们的乐观，让她突然产生了一种从未有过的感动，自己应该做一些什么。

格日乐想把圈里的牛卖了，养改良牛。雪雁很支持格日乐的想法，答应帮格日乐再申请产业资金。改良牛也是雪雁抓的一个养殖项目。为了发展嘎查的养殖业，她从百十公里外请来养殖专家向大家传授和指导科学养牛。她还建立了"诺勒养殖"微信群，方便大家向专家咨询，养殖专家也会定期在群里讲课。

中午了，格日乐一定要留下两个人吃饭，手扒肉，大碗羊肉面。

喜如吃不下去，没有一点胃口，看着眼前的那碗面，不知如何应对。格日乐浑然不觉，还在热情地让着她。喜如突然涌上来一种羞耻感，为自己的不近情理。但她确实无法硬着头皮吃下这碗面。雪雁笑着说："格日乐姐姐，我忘记和你说了，喜如记者吃素，不吃肉。这面这么好吃，我吃她那碗。"说着把喜如面前的那碗面端到自己面前。

喜如的心一下放松了，格日乐恍然大悟般地笑了，冲着喜如说："哟，这样啊，那吃点奶食吧。"面对简单天真的格日乐，喜如的脸红了，赶紧抓起几根奶酪放进嘴里，慢慢嚼着。格日乐做的奶食别有一番风味，喜如意犹未尽，不自觉地又抓了几根。格日乐把盘子放在喜如面前，说："好吃，多吃点。"喜如不敢抬头看格日乐，低下头说："好吃，比我吃过的任何奶食都好吃呢。"

确实，喜如爱吃奶制品，常常网购。突然，她心中动念，格日乐的奶食也可以上网卖呢。

回去的路上，雪雁走得很慢，说："今天可是吃得太好了，我都没劲走路了，需要慢慢走呢。"

喜如笑着赔罪："都是我，害你吃成这样。"

雪雁也笑了，说："理解理解，开头，我也这样呢。可是，太把自己当回事，就没办法融入他们的生活，他们咋理解你咋认可你呢。这扶贫工作，磨炼的不仅仅是老百姓，磨炼的也是自己呢。"

"和你说正经事，格日乐家的奶食很有风味，可以做成网红食品呢。"喜如慢悠悠地说。

雪雁眼睛一亮，说："真的？"

喜如说："相信我这个资深吃货吧。"

雪雁兴奋地推着喜如，说："那你赶紧起草一个可研性报告，看看怎样能把这个项目做起来。"

喜如笑她，说："我就知道，一说工作，你就有劲走路啦。"

雪雁也笑了，说："对呀，以后多帮我想想点子，不能净让我替你吃羊肉面呢。"

喜如装出一副郑重其事的样子，学着朝鲁大哥的话："听赛拜努书记的。"

雪雁笑着跑过来捶她。

有雪雁在，就觉得空气里也荡漾着轻快的气息，像生机勃勃的草原。喜如理解了人们为什么喜欢和雪雁待在一起，人们喜欢的就是她带来的生机和活力。喜如觉得自己就像暗处的一潭水，自己冷，看到的人也冷。她真的喜欢自己这个样子吗？那为什么，自己也愿意靠近雪雁，像靠近光，即使是夜里的风吹过来，也觉得是暖的。

喜如决定先拍一个视频放网上，看看反应。

视频就从阿其娅大婶捡拾牛粪开始拍摄。

喜如让雪雁也要上镜，雪雁连连摆手，女孩的羞涩立刻流露出来，说："不行不行。"

这哪里还是那个群众大会上滔滔不绝的第一书记呢，喜如激她："你可是响当当的赛拜努书记呢，这点牺牲也不肯做啊。"雪雁无奈地说："你是真知道我的软肋在哪里啊，你这记者也不是白当的啊。好的，我同意出镜，但你要把我打扮得让人认不出来才行啊。"

雪雁穿着一件借来的蓝色蒙古袍，蒙古袍过于肥大了，喜如找来别针，上下别了一通，再用腰带用劲勒紧。她看着镜头里的雪雁，由衷地夸赞："多漂亮的蒙古族女孩啊！"

夏天，新鲜的牛粪是稀的，圆圆的一摊，自然风干后，就变成了椭圆的硬块。草场都圈起来了，牛少了，干牛粪也少了。阿其娅大婶慢慢地走来走去，对着镜头，坦然自如地笑着。苏拉围着喜如跑来跑去。雪雁迈开大步走路的样子，就如林子里的一头小鹿，轻盈又生机勃勃，明媚动人。

喜如目不转睛地看着镜头，天上的云朵一朵一朵飘了过去，草地青青，雪雁蓝色的蒙古袍，洁白的奶豆腐就像是天上扯下的云朵做成的。尤其雪雁吃奶豆腐的陶醉样子，像是一片云朵在她的嘴里缓慢融化。

她们一遍一遍地拍，雪雁也不怕出镜了，把奶豆腐一块一块放进嘴里，对喜如大叫："我以后再也不吃奶豆腐了。"阿其娅大婶、苏拉都开心地笑着。

喜如看着镜头里的三个人，他们在天空下温柔舒缓的美好样子，像一首长调。

一切都很完美。喜如第一次对自己感到满意。

喜如给小视频起了一个名字《诺勒奶豆腐，云朵的味道》，然后发到了网上。

夜里，喜如兴奋地看着视频点击量竟然到了"十万+"。她根本没想到这个小视频在网上如此受欢迎。她认真看着跟帖的内容，仿佛要捕捉着什么。单位里那几个八卦她的同事居然纷纷点赞，发了表情包。何旭留了一句话："工作的女孩最美丽，你找到自己了。"喜如心里一动，仿佛内心隐秘的管道一下接通了。她给何旭发一句话："我不是在工作，我是喜欢这里的生活。"

一时间，诺勒奶豆腐在网上火了起来。雪雁拿着喜如的可研性报告去找旗长，准备成立"诺勒奶制品合作社"。

雪雁夸奖着喜如："你工作起来的样子，特别迷人呢。你能发现美，而且能够特别完美地呈现出来，多好啊！这种感受并且转化事物的能力，可不是每个人都有呢。"

喜如笑了，说："你也是这样夸赞每一个扶贫对象的吧？"

雪雁摇头，说："你和他们不一样呀，你又不是扶贫对象。"

喜如收起笑容，很认真地说："我觉得我和他们是一样的，只不过，他们是物质贫困，我是心灵贫乏，都需要你这个赛拜努书记来帮扶呢，你对我，是扶心。"

雪雁没想到喜如突然变得这么认真，痴痴地笑着说，"你这么严肃，都把我吓着了呢。"

她好像被喜如的严肃感染了，慢慢收起笑容，说："一个人一辈子，总要活得有些价值吧。这话怎么这么假大空啊，你是不是觉得我就是个假大空啊？"

喜如没有笑，很认真地看着雪雁的眼睛，说："你是我认识的活得最真实的人，可以荣获年度最具价值奖。"

雪雁一愣，看着已经大笑起来的喜如，用劲捶了她几下，两个人笑闹成一团。

喜如知道，自己的话是认真的，发自内心的。

很多人给喜如留言，想继续看她拍的视频。

喜如每天带着苏拉出去拍片子。她决定把自己的公众号名字叫作：诺勒频道。田野里整齐的草垛，草原深处的海子，整齐的村舍，桥下的流水，背景音乐是阿其娅大婶的长调。

喜如觉得自己心里不再空空荡荡，有事情在那里等着，你就觉得时间有了质感，能够握得住。

嘎查西边有一个废弃的马场，里面大片的青草兀自绿着，一匹老了的白马在草场上缓缓溜达。喜如对这匹白马非常感兴趣。白马像是懂得镜头在拍它，开始绕着马场奔跑。白马仿佛又回到了昔日的赛场，大声地嘶鸣着，风吹起它长长的鬃毛，披拂的鬃毛在阳光下闪闪发光。

喜如跟着白马一起奔跑。

突然马的速度慢了下来，立在栅栏边，气力不支地大声喘息。苏拉把手伸进栅栏，抚摸着白马，草原的黄昏是寂静的，喜如看着栅栏外面的苏拉和里面的白马一起立在黄昏中，湿润的眼睛彼此对望着。一时间，喜如觉得不知道身在何处，内心涌动出无尽的潮水，一波一波击打着她，直到她的眼睛涌上泪水。

喜如向雪雁问起那匹马。雪雁说，马场主人巴图原本是个优秀的赛马手，养了很多马，马场渐渐入不敷出，巴图只好把马全部卖掉，一个人去北京谋生了。那匹白马已经老了，巴图就把它放生了。可是，不知道什么时候，它跑了回来，独自在马场徘徊着，嘎查的人们都会去喂它。

人都是恋着故乡的，马也一样。雪雁感叹着。

喜如被雪雁的话打动了。她在视频里开始讲述白马的故事，这个视频也冲上了"十万+"。这样的故事总是感人的，有北京和广东的旅行社联系她，问喜如，诺勒嘎查可不可以做旅游接待。

喜如心动了，如果诺勒真的能够做成旅游区，那可以吸引许多在城里打工的年轻人回故乡发展。她甚至都想好了宣传语：诺勒嘎查，故乡之情，逐梦之旅。

雪雁对喜如的建议大加赞赏，她相信这个文旅项目是创业致富的好点子。扶贫这几年，她深切地感受到老百姓的思维需要触动和唤醒，只有看到了更好的生活，他们才愿意主动去改变。

九月，到了喜如离开的时候。

苏拉也要上学了。喜如从淘宝上给苏拉买了许多学习用具，给阿其娅大婶送去。

喜如决定要资助苏拉上学，直到他大学毕业。她和苏拉说："好好念书，以后去北京念最好的大学，成为有用的人。"喜如觉得这话怎么这么熟悉，她想了想，哑然失笑，这原本是小时候父亲常常和她说的话啊。她用了很多年来实践父亲说的话，结论就是那实在是一句空话。现在，她却用这句话来鼓励另外一个小孩子了。

"成为像额格其这样的人吗？"苏拉抬起头看着她。

喜如有些发窘，自己也算有用的人啊？

苏拉还是一脸崇拜地看着她，说："额格其就是我见过的最厉害的人呢。额嬷格说，就是因为额格其，现在很多外面的人都知道我们诺勒了呢。"

喜如突然涌上一些小小的骄傲，弯下腰，拍着苏拉的脸蛋说："是呢，额格其是有用的人呢。"

傍晚的光线柔和静谧，诺勒嘎查的草地、田野、树木、房屋，甚至路上溜达的牛羊都落上了一层金黄色。窗户散发出柔和的黄色光芒，像一块块融化的黄油。

喜如一个人沿着村子走着。

喜如对嘎查太熟悉了，那些路，她和雪雁一起走了不知多少遍，但是没有一遍像现在这样慢，这样心绪复杂。

喜如觉得自己还没有离开，竟然就开始想念诺勒。她舍不得雪雁，舍不得阿其娅大婶的奶茶，苏拉，还有憨厚的格日乐、朝鲁大哥。是他们把她从天桥上扯了下来，让她踏实地站在大地上。虽然大地上有烂泥，有牛粪，有许多讨厌的东西，不像天上的云，纯洁，美好。可是只有踩在大地上，她才觉得自己是真正活着的。喜如的脑子里一时间涌进来很多想法，那是她过去一直独自摸索，却又不得要领的东西。而现在，她清晰地认识到，人要是没有一个东西系着自己，就会像云一样飘浮。这系着自己的东西，就是所谓活着的意义和价值吧。

回到招待所，屋里很热闹，桌子上摆放着各种食物，人们都来欢送她。

苏拉倚着她，问："额格其，你什么时候回来呀？"

雪雁也笑着挽留，说："你别走了，就留在诺勒吧，我们一起开发文旅项目，带大家致富。"

喜如第一次感觉到被人需要、被人留恋的快乐，心里升起一股暖暖的气流，冲击着她的胸口，她的眼睛。她摸摸苏拉的小脸，笑着说："春天的时候，春天的时候就能见到额格其了，咱们的奶制品还要卖到国外去呢。"

一屋子的人都笑起来。

喜如也笑，但她心里是模糊的，还没有一个清晰的轮廓。她不确定这里的生活就是自己想要的，但是这段日子给了她一个方向。像是一种暗示,落在喜如的心里,一点一点发芽生长。她期待它枝繁叶茂,却又担心它枝繁叶茂。那意味着另一条轨道,通向未知。

春天的时候,那时,她会是什么样子呢?

临睡前,喜如给何旭发了一条微信:"你好好做你的理想主义者吧,大不了,我养你。"然后发了一串拥抱的表情,一排绿色的小人,伸着双臂,向着远方。

分道扬镳

◎吕　斌

王局长胳膊交叉着半伏在桌子上，亲切地看着郭小刚，问："你上大学前家在农村？"

郭小刚坐在王局长桌子斜对面的椅子上，双手扶膝，谨小慎微地看着王局长，答："是！"

王局长从桌子上的烟盒里抽出一根烟，举着问郭小刚："你抽烟吗？"

郭小刚摇摇头说："不会。"

王局长打着打火机点着烟，喷出一个烟圈儿，说："你先在办公室吧，干什么工作陈浩会告诉你。"

郭小刚就去局办公室。局办公室和王局长的办公室隔着一个屋子。郭小刚进屋时，伏在办公桌上写材料的办公室副主任陈浩抬起头，笑笑，站起来，伸出手请郭小刚坐在沙发上，给郭小刚沏了一杯茶。陈浩只比郭小刚早毕业两年，也很年轻，郭小刚有了亲切感，不像见王局长那么紧张了。陈浩回到办公桌后的椅子上，倚着椅背问："王局长咋和你说的？"

郭小刚说:"王局长说先让我在办公室。"

陈浩像早就预料到这样似的点点头,说:"新来的大学毕业生都先在办公室,熟悉局里情况后再往其他科室分。王局长告诉你干什么工作了吗?"

郭小刚前倾着身子,小心谨慎地说:"他说让你跟我说。"

陈浩坐直身子,胳膊交叉在桌子上,一副领导向下级做指示的姿势和神态,说:"咱们局有个扶贫点,就是包扶点,已经包扶三年了,是南沼乡东甸子村,上级要求村子里要常年有人负责。这之前我负责,局长办公会上决定今年由你负责那个包扶点。"

郭小刚没有想到刚工作就接受这样一个任务,这是考验、锻炼还是重用呢?是不是对我工作能力不放心才这么安排的?郭小刚猜测不出这样安排的用意,心中一片茫然。郭小刚原本设想坐办公室,没想到一天办公室没坐,就变相地下乡了。组织上已经这样安排了,努力去做吧。他生长在农村,对农民有着特殊的感情,还是乐意做这种事的。他问:"我都做哪些工作?"

陈浩好像很忧愁,望望窗外,似乎在思索,犹豫不决地说:"现在要种地了,那个村儿有五户贫困户,是咱们局的重点扶贫对象,你去给他们一户送一袋大米,有两户还没有种子种地,我已经和种子公司联系好了,你到种子公司取上种子给这两户送去。"

早晨上班时,司机马友在大门口等着郭小刚。马友二十多岁,脸上的褶子太多了,看上去有三十多岁,脸长,身子也细长。他亲切地拍着郭小刚的肩笑着说:"这活儿让你干了?"

郭小刚和他不熟,谦虚地微笑着说:"是呀是呀!"

马友不怀好意地笑着嘀咕:"没人愿意干的烂活计,推给你个生个子了。"

郭小刚一愣,问:"怎么是烂活计?为啥都不愿意干?"

马友有些打抱不平的神态，说："意思是让新来的青年人干这个工作不是欺生嘛！"猛然觉得失言，拉着郭小刚的胳膊说："上车上车！"拽着郭小刚朝院子里走去，院子里的三菱车已经发动了，突突突地抖动着身子。郭小刚坐在副驾驶员位置上，马友坐好，扶着方向盘，问："直接去吗？"

郭小刚说："先到粮油公司拉上大米，再到种子公司把种子拉上！"

马友骂了一句："这些穷种可真难伺候！"看样子他常去那个村，知道那里的情况。郭小刚觉得马友缺少同情心，扶贫是国家政策，也是我们这些城里人应该做的，准是以前负责这项工作的人没做好，我一定要全身心地做这项工作，让受帮扶的老百姓满意。但他不便于说什么，只是看看马友，马友嘲笑地启动车，车朝大门口驶去，马友盯着前面不再说话。

两个人拉上东西，朝南沼乡驶去。

南沼乡在镇子的东南方向，和镇子相距五十多公里，一条宽阔的柏油路直通乡政府，不到一个小时，车就到了南沼乡，乡政府在公路边百十米处。两个人在乡政府院子里停了车，马友领着郭小刚朝屋子走去。这一路郭小刚反复想咋跟乡长说扶贫帮困的意义，看看乡里对局里有什么要求，乡里打算提供什么方便，他决心把这项工作做得头头是道，让乡里满意，让被帮扶的老百姓感谢他，让局里的领导和同事对他刮目相看。

走进乡长张喜文的办公室时，屋子里坐着四五个人，有两三个男人喷云吐雾，屋子里烟雾弥漫，郭小刚一进屋呛得有点喘不过气来。肥胖的张乡长站起来，听了马友的介绍，他那大圆脸上没有一点表情，走形式似的和郭小刚握握手。郭小刚感觉张乡长那只肥胖的大手软绵绵的，有点发松，他拿不准张乡长是没把他放在眼里还是不看重扶贫这件事。郭小刚打算坐下来和张乡长好好谈谈扶贫这件事，要对今后怎样帮扶贫困户做个打算。张乡长和郭小刚握着手看着另外几个人，好像郭小刚不存在。郭小刚等待张乡长转过脸来说明来意。张乡长松开郭小刚的手，对那几个人说："就这么着，按着咱们商量的办，有不服气的愣点整！"

几个人沉着脸，一副思索状走出屋子。

郭小刚想跟张乡长说话，张乡长好像还没有从刚才商量的事中收回心思，整理桌子上乱扔着的报纸、本子、文件什么的。马友捅捅愣站着的郭小刚，悄声说："坐！"

郭小刚跟着马友坐在靠墙的长条沙发上。沙发很脏，红色的人造革面破了洞。张乡长收拾完，坐在椅子上，一只手托着下巴，侧身对着两个人，问："你们去东甸子村？"郭小刚刚想回答，并做一些说明，马友抢着说："是，给贫困户送点大米和种子。"

张乡长看一眼郭小刚，站起来走了出去。一会儿他领着一个二十七八岁的乡干部走了进来，乡干部笑着和马友握手，马友拍拍那干部的肩，两个人相互说你瘦了你胖了开着玩笑。那个干部看看郭小刚，收起笑容，问马友："这位是……"

马友说："这是局里新来的郭秘书，叫郭小刚。"

乡干部握住郭小刚的手紧摇，十分热情地说："久仰久仰！"

郭小刚的脸热了，心想，我刚参加工作，对自己都不熟，你就久仰了，这也太虚假了，也许他不知道久仰是什么意思，听别人说就跟着学。马友不在乎这些，向郭小刚介绍："这是乡政府秘书王玉国。"

郭小刚见这个秘书个子不高，身材却粗壮，面部白净，一副谦恭的样子，眼光中有讨好、巴结的含义，感觉他很自卑。张乡长说："让王秘书带着你们去吧，我有事不陪你们了。"他表情严肃，有着一乡之长的威严,说完看着三个人。

郭小刚原想乡里一定会留吃饭、汇报情况、表示感谢之类,没有想到乡长这么一副麻木不仁的样子,是不是之前在扶贫的事上发生过无数让他不愉快的事情?郭小刚从乡长的口气和神态中感觉到他们该走了,就说:"咱们走吧!"

乡长没有留他们,什么也没有说,这让郭小刚有些失望。三个人坐车直奔东甸子村。

东甸子村离乡政府三十多公里,远倒是不远,但土路七拐八绕,很不好走。司机马友和王玉国说起去年冬天给贫困户送白面时,因为雪大看不清路,车掉到沟里挨一天冻的事,两个人说得轻松愉快,边说边笑。接着说起东甸子村贫困户的一些笑话,村主任好撒谎,和妇联主任有一腿,还说一个男人钻进一个女人家,没想到放牛的丈夫回来,吓得那个男人从窗户跳了出去,光着腚拎着裤子在草甸子上跑——两个人笑得东倒西歪。郭小刚插不上话,对那些事也没有兴趣。他望着外面,被外面的情景吸引住了——车两边的土地很平,向远处的天边伸展开去,土是黑土,很肥沃,杂草虽然衰败着,但可以看出夏天会有没膝深。在这辽宁与内蒙古交界的大兴安岭余脉山区,这样的土地并不多见。这么好的土地咋还有贫困户呢?在这广阔的土地上,看不见村庄,只是偶尔在远处立着一幢房子,房子是红砖瓦顶,围着铁丝网,野外这种孤独的房子是什么人建的?干什么用的?他问两个人。

王玉国看看远处的房子,说:"是城里人来这儿包地种盖的房子。"

马友说:"收完秋他们就回去了,春天再来。"

郭小刚问:"他们都种什么?"

王玉国说:"大豆,油葵。"

郭小刚问："油葵就是向日葵吗？"

王玉国说："是。"

郭小刚充满好奇心，问："城里人跑到这么老远种地挣着钱了吗？"

王玉国带着惊诧的口气说："这你就外行了，可发大财了。"

马友左右打着方向盘说："你笨寻思，不挣钱他们能跑到这老远来种地吗？"

郭小刚不明白了，问："那么挣钱咱们当地人咋不包地种？"

两个人笑了，那笑有些神秘，也有些嘲笑，又好像是瞧不起当地人了。王玉国望着外面向后移动的土地，嘀咕似的说："越经济落后的地方文化越落后，文化落后观念就落后，观念落后就什么都操蛋。"

郭小刚不太明白王玉国的话，因为他这番话是重复报纸、领导讲话的说法，和要去的贫困村没有联系。马友忽然说："到了！"

郭小刚朝前望去。平展展的地平线上，出现了几间房子的屋顶和几棵树，更多的屋顶渐渐从地平线上升起来，顷刻就一片，七零八落的。车快走进村子时，在寂静的村街上出现一个人，他从村中间出现，朝村头这边走来，走得晃晃荡荡。王玉国说："这个人就是五个贫困户中的一个，他家就在村子这头，他的大米给他就行。"

郭小刚看着那个人，问："他走路怎么来回晃荡？"

马友笑了，他觉得很好笑。王玉国有点不大自然，犹豫一下说："他有病。"

郭小刚问："他有什么病？"

王玉国好像很生气，所答非所问地说："他没病能贫困吗？"

郭小刚一想，是这么回事，但他还是不明白，问："他有病不能劳动，他们家别的人呢？"

王玉国恨铁不成钢地说:"他就是他家,他家就是他。"

马友诚实地说:"他是光杆子一个人。"

郭小刚不作声了,心里不是滋味,一个病人单独过日子多么艰难呀!

车进了村口,驶到那个人面前,停下来。那个人站在旁边看着车,马友说:"看,他知道给他送东西来了,到家门口不进家,专等咱们呢。"

王玉国骂了一句,抢先跳下车,大声对那个人说:"给你送一袋子大米,自己扛回去吧!"他气冲冲地跟着马友去车后备厢里取大米。

郭小刚下车,走到那个人面前,想跟那个人讲一下国家的扶贫政策、上级对贫困户的关怀,要和气,让他感到政府没有抛下他不管,使他鼓起勇气下力气劳动致富。他见这个四十多岁的汉子脸有点红,两眼迷离,站立不稳,身子来回晃悠。他惊讶,这人病得不轻,得拉到医院看看。他刚想上前扶他,猛然闻到这个人呼出来的酒气,他喝酒了?一大早他喝什么酒?王玉国和马友抬着一袋子大米扔到这个人面前,王玉国说:"自己搬回去吧!"拉着郭小刚说,"上车,咱们走。"

郭小刚不忍心,说:"他这样子咋能搬回去!"王玉国拉着郭小刚上车,说:"这个门口就是他的家,给他一袋子大米就够意思了,还给他送进屋?给他做熟得了。"

郭小刚在王玉国的拉扯下,上了车。车朝村子驶去,王玉国说:"马师傅,开到村主任家去吧,这些东西都给村主任,让他给送到户得了。"

马友用余光瞄了一眼郭小刚,郭小刚脑子很乱,一时不知道怎么着好。他猜测王玉国准是发现他知道这个人喝酒了,怕再遇到这种尴尬的事，就不让郭小刚和贫困户接触了。

村主任家是村子里最好的房子，红砖墙，青瓦顶，一溜五间。院子里有一台大拖拉机，一台小拖拉机，屋地是大理石铺面，白灰刷墙。东屋坐着六七个人，那神态显然刚从一种紧张中脱离出来，装给人看的，可能他们在打扑克或是赌博，听说有人来了就收拾起来装作没事。村主任刚四十岁，穿西服扎领带，戴个赵本山式的帽子，三角眼滴溜溜转，很精明的样子，一看就是农村中的人尖子。他把三个人让进西屋，西屋虽然很干净，但很冷，是个没人住的闲屋子。三个人因为冷，无法坐在落着尘土的炕上，只好站着。王玉国介绍了郭小刚，马友和村主任熟，握了手，马友看着村主任的脖子笑着说："村主任这领带精神呀！"

村主任捅马友一下，说："这是你嫂子上北山镇给我买的。"

马友问："我哪个嫂子？"

村主任刚想打马友，看看郭小刚，有点不自在，没有打马友。王玉国说明了来意，村主任爽快地说："行，把大米、种子放到我这儿，我给他们送去。"

郭小刚想到了自己的责任，哪能把东西扔到这儿就走呢，那不是走形式嘛！扶贫是国家行为，不但帮助贫困户解决生活问题，还要帮助他们解决生产问题，更主要的是让他们知道国家关心他们，让他们感到温暖，增强战胜困难的决心，尽早发家致富奔小康。郭小刚说："我还是亲自送去，也和他们见见面。"

村主任看看王玉国，王玉国看看村主任。村主任为难地说："那破家你都没法看。"

"越破我们越应该关心。"郭小刚见村主任和王玉国都不高兴，就说，"我们不单单是送点东西，更主要的是让他们感到有人关心他们，让他们对生活充满信心。"

王玉国转身对村主任说:"郭秘书要去看看,就去看看吧,郭秘书刚毕业参加工作……"

村主任挠挠头皮,无可奈何地说:"去看看就看看吧。"

看的第一家大门是用向日葵杆绑成的,快散架了,一边咧歪着,园子墙豁口连着豁口,像锯齿,孤独的三间房子土皮都脱落了。四个人往院子里走,村主任介绍说:"因为穷,他的媳妇抱着孩子回娘家了。他叫任有富。"

有富,郭小刚心里嘀咕,他的父母对他的希望落空了。村主任推开了屋门。外屋除了一口锅和一个水缸,没有别的东西,东屋炕上躺着一个人,正呼呼睡得香,村主任推着他喊:"有富,有富!"郭小刚看着北墙下的两节破木柜,还有门口立着的一把镐头和一把铁锹,皱起了眉头。他闻到了酒味。

任有富坐起来,揉着惺忪的睡眼,看看来人,打了个长长的哈欠,表情麻木,酒劲儿还没有过。郭小刚奇怪,进村后见到两个贫困户怎么都喝了酒,这儿的人好喝酒,是不是和北方地区的冷有关?

村主任对任有富说:"给你送东西来了,郭干部来看看你。"

任有富瞅着郭小刚笑了,看见司机搬着一袋大米放到地上,用贪婪的目光盯着大米袋子,说:"又是大米,咋不给点粗粮,大米我都吃够了。"

村主任瞪起眼睛训斥他说:"给你大米就不错了,你还挑肥拣瘦!"

任有富下地站着,抱着膀看着郭小刚,说:"郭干部炕上坐,炕上坐!"

郭小刚看一眼炕,很脏,问:"你家几口人?"

任有富瞅着地皮说:"三口,媳妇抱着孩子回娘家了。"

郭小刚问:"你冬天干什么?"

任有富望望窗户外，思量似的说："没啥事，打打扑克，喝点小酒。"

郭小刚把关怀、要他勤劳致富的话咽了回去。这种人，这种气氛，还咋说关怀、致富。他对马友说："马师傅，你把大豆种子也搬进来！"马友出去把大豆种子搬了进来，任有富看着袋子眼睛亮了。郭小刚解开袋子，抓起一把大豆种子向任有富讲解种子怎么种植、注意事项等。任有富盯着大豆种子，闪着惊喜的眼光，赞叹道："这粒儿真大！"

郭小刚愉快地说："这是新品种，你种下就会高产！"他为男人对这种子感兴趣而高兴，种下秋天就会给这个家庭带来丰厚的回报。

郭小刚他们往外走时，任有富蹲在地上看大豆种子，没有送他们。郭小刚想，一个农民，因为有了春播的种子而高兴，不能跟他计较礼节什么的。

第二家贫困户是一幢破败的两间土房，屋子里一个妇女抱着一个孩子，炕上还有两个孩子。炕上没有炕席，铺了一层灰，灰上铺着塑料布，孩子在上面玩儿。村主任问妇女："丛三呢？"妇女答："出去打扑克了。"村主任说："上边给你们送来大米和大豆种子。"马友把种子放到地上。郭小刚把事先想说的上级关怀之类的话全省掉了，直接向妇女介绍这大豆咋种。刚说几句，女人问："这大豆还得种上？"

郭小刚一愣，说："对呀，送给你们就是当种子的。"他不明白妇女为什么这么问他。妇女立起眉毛，说："你们送给我的就是我的了，我吃它还是种它我说了算。"

郭小刚诧异，她怎么一副斗架的架势？村主任说女人："你会说话吧？人家送给你东西，你不倒杯水不请吃饭，还牛上了！"

女人不服气地说："我这屋没热水我咋给你倒水？我请你吃饭你

吃吗?"

村主任来气了,大声说:"就你这破家,留我吃饭我还真不吃!"女人得理不饶人地说:"这不得了,你叫唤啥!"

郭小刚见吵了起来,只好朝外走。他心情很糟,几个人上了车,谁也没说话。

回到局里,郭小刚把去东甸子村的过程跟办公室副主任陈浩说了,陈浩看着郭小刚吃惊地问:"你没给他们的大豆种子拌防虫子药?"

郭小刚说:"没有,那药他们自己还不会拌吗?"

陈浩着急地说:"你没拌也得告诉他们那里面拌了农药。"陈浩望一眼窗外,站起来在地上来回走,焦躁不安。郭小刚看着他非常迷惑。

过了两天,陈浩对郭小刚说:"我又从种子公司联系了点油葵种子,你跟我去东甸子村给贫困户送去。"

郭小刚不理解地问:"不是给他们大豆种子了吗?"陈浩也不作声,沉着脸,带着郭小刚到种子公司取了种子,然后坐着车拉着种子去东甸子村。陈浩不去乡政府,进村也不找村主任,把油葵种子直接送到任有富家。他把种子放到任有富家的地上,打开袋子对任有富说:"这种子拌了农药,吃就药死你,听清楚了吗?"

任有富呆呆地看着种子,说不出话来。陈浩不说别的,又去丛三家,跟丛三媳妇说的也是这番话,说完就朝外走。跟在身后的郭小刚说:"应该问问他们大豆打算怎么种。"

陈浩没好气地说:"你那大豆早变成屎了。"

郭小刚吃惊,又不便问,他知道问陈浩也不会告诉他。上了车,陈浩让马友开着车来到村主任家,村主任比迎接郭小刚时热情,点头哈腰地把陈浩让进屋子里。陈浩坐下,推开村主任送上来的烟,翘起二郎腿，说："任有富和丛三家我们又送去了油葵种子，你监督着他们种上，我们委派你当监督员，出了什么事或者种不上就拿你是问。"

村主任吓得呆住了，看着陈浩说不出话来。郭小刚担心，村主任不当这个监督员咋整，人家没有这个义务呀！陈浩说："苗出来后郭秘书要来检查。"

村主任回过神来，慌忙说："是是，我监督着他们种。"

陈浩对郭小刚说："我们走！"起身朝外走。郭小刚和马友跟着。车出了村，郭小刚问陈浩："雇村主任当监督员，还给他报酬吗？"

陈浩不屑地说："屁个报酬。"

郭小刚说："扶贫是咱们的事，让人家帮忙，不给报酬他干吗？"

陈浩说："他懂啥，你就得吓唬着干，一吓唬他就不知道东南西北了，让他干啥他干啥。"

郭小刚觉得这样不好，可是，不这样又似乎不行。这农村工作和他想象的差得太远了。

郭小刚接二连三地往东甸子村跑，哪次都是村主任留他在家里吃饭。郭小刚要去贫困户家看看，村主任领着，不是门上挂着锁，就是找不到人，村主任把郭小刚领回家，说："我跟你汇报不一样吗，非要见他们干啥。"

庄稼长起来时，郭小刚又来到东甸子村。他跟村主任说非要看看大豆地和油葵地，村主任本不愿意让他看，但他坚持看，村主任只好带着他去看。他们坐在马友开的车上，到了村外的田里，先看了油葵地，油葵长得不算太好，但也说得过去。然后来到大豆地，车在大豆地边慢慢地前行。大豆地有二三百亩，黑绿的豆苗，杆粗叶厚，长势特别茂盛。郭小刚惊喜地说:"太好了,你们这几户贫困户今年可以脱贫了!"

村主任不作声,马友开着车,望着路两边的大豆地,笑微微的。村主任的沉默和马友的笑都让郭小刚狐疑,但他仍沉浸在喜悦中,没有多想。

回到局里,郭小刚忍不住喜悦的心情,把看到的情景跟陈浩说了:"今年这几户脱贫,明年就可以奔小康了,扶贫其实并不难。"

陈浩并不高兴,平静地问:"你看到的大豆田有多大一片?"

郭小刚说:"有好几百亩。"

陈浩问:"几户人家能种那么大一片?"

郭小刚愣住了,傻看着陈浩。陈浩说:"我私下打听了,你送去的大豆种子,早让贫困户炒着吃了或者换酒喝了。"

郭小刚吃惊,心跳。他不懂,问:"他们难道不懂得种上会打出更多的大豆吗?吃种子等于杀鸡取卵,是愚蠢的!"

陈浩说:"那是你的思维,有的农民只知道吃了拉,拉了吃。"他一脸的讥讽。

郭小刚还是不甘心,问:"村主任带我看的大豆地咋回事?"

陈浩说:"他带你看的十有八九是城里人包种的地。"

郭小刚倒吸一口冷气,接着是生气,种地的农民赶不上不种地的城里人!对于村主任撒谎,他十分不理解,他不相信地说:"村主任还能撒谎吗?"

陈浩说:"有些乡下干部专门糊弄上边下来检查的人。"

陈浩的话在郭小刚听来,像是天书,这些事他想都没想过。

秋收,郭小刚为东甸子村联系好了油葵的销路,连油葵杆的销路都联系好了。他兴冲冲地坐着马友的车来到东甸子村,让马友把车直接开到任有富家。一进院,他见园子里堆着油葵,油葵头还在杆上。

他进屋把喝了酒躺在炕上的任有富叫起来,问:"油葵籽搓下来了吗?我给你联系好销路了。"

任有富揉搓着眼睛说:"秋天割回来就扔到园子里了,没搓。"

他也太懒了。"你赶快搓下来,过几天我来取,帮助你卖它。"郭小刚来到院子,又对任有富说,"油葵杆也别扔,三毛钱一根呢,下次我来一起带上给你卖它。"

郭小刚来到丛三家,见园子里乱扔着油葵杆,说明油葵搓下来了。郭小刚很高兴,这家人还挺勤快。进屋,丛三媳妇抱着孩子站在屋地上,看炕上一群男人围着炕桌打扑克。对于郭小刚的到来,丛三媳妇带搭不理的,郭小刚跟她说明了来意,丛三媳妇说:"打的油葵我们都炒着吃了。"

郭小刚怔怔地看着丛三媳妇,生气地问:"那么贵重的东西咋炒着吃了?"

丛三媳妇理由充足地说:"孩子老吵吵着要吃,来打扑克的村里人也要吃,留不住呀!"

郭小刚长叹一声,离开丛三家,愤愤地想,这样过日子还不贫穷。

过了几天,郭小刚和粮油公司联系,再和镇郊种菜户联系,种菜户说他们已经买了一些明年春天架豆角用的油葵杆,用不了那么多,再买就只能一毛钱一根。没办法,市场经济就这样,一毛就一毛吧,咋也比烧火扔了强。

郭小刚找了一辆卡车,来到东甸子村任有富家,抱怨任有富说:"你不早把油葵搓下来,这一耽误油葵杆又贱了,一毛钱一根了。"

任有富瞪大了眼睛,问郭小刚:"你上次来说三毛钱一根,这又说一毛钱一根,你这不是骗人吗?"

郭小刚手一摊,说:"价格变了,我也没办法。"任有富愤怒地说：“你没办法不行，你得赔偿我损失！"

郭小刚没想到会这样，有村民围着看，不好和他争吵，只好开着空车返回镇子里。

任有富不依不饶，第二天来到局里，找到王局长告郭小刚的状，在局长的屋子里高一声低一声地嚷。局里的同事在走廊里相互打听发生了什么事。局长把任有富劝走后，来到郭小刚的办公室，对埋着头装作看报纸、实际心里很乱的郭小刚说："他走了，那油葵秆我帮助他处理。你这一年干得不错，你写个扶贫总结吧！也写写明年的扶贫打算。"局长说完出去了，一点没有生气。

郭小刚坐在屋子里，一天也没有写出一个字。工作没法总结呀，明年干什么也是茫然，还是这么干吗？他想呀想呀，忽然有了领悟，农民和我的想法差别这么大，还不是文化、观念上的差异，给他们吃的用的只能解决他们暂时的生活，长久的生活还要靠他们自己，这就需要文化、观念上产生巨变，这巨变怎么产生？他决定再去一次东甸子村。

郭小刚到东甸子村时，是深秋了。他叫马友在村主任家等他，他要自己出去转转。他在村子里村子外转了一圈，然后来到村小学，小学生正在上课，房子的墙皮都已脱落，透过窗户看见学生的课桌东倒西歪，黑板是在墙上抹上水泥，刷上黑锅灰。他想，明年拿出一部分钱资助学校，并且对学习成绩前十名的学生给予奖励。今后的扶贫工作从东甸子村的孩子做起。郭小刚为自己这个想法激动，欢喜得深一脚浅一脚地往村主任家走。

他没有想过村主任听了怎么说、局里领导听后是什么态度。

村主任的火车梦

◎宁立新

火车就要开过来了。

村主任双手和下颌拄在长拐上,目视着远方的地平线。他披着一身金色的晨光,像一棵等待春风的老树。

晨曦微露,大地还在一片静静的酣睡中。

当火车车轮与铁轨撞击声隐隐传来,村主任脸上露出一抹不易察觉的满足的笑。伴着渐行渐近的火车轰鸣,他将弯曲的脊背一次次挺直,下颌离开了长拐,俨然一位等待检阅的哨兵。火车一声长鸣,从村庄中间穿过,人们在火车的轰鸣声中相续醒来,村庄新的一天就这样开始了。

村庄在北部山区,相对贫穷落后,受特殊地形地貌的限制,附近没有一条像样的公路,通火车成了祖祖辈辈几代人最大的梦想。自从当上村主任的那一天起,他就立志一定要在自己的有生之年完成全村人的这一愿望。可是,铁路修在哪里真的不是村主任所能左右的事。

光阴似箭,就在你稍不注意的时候,一个凌波微步,就跳到了你的身后。村主任老了,腰弯了,背驼了,皱纹爬满了脸,通火车成了一个久远的极不真实的梦，时有恍惚，不敢确认它是否真的存在过。

一天，几个身穿迷彩服、手持测绘仪的人出现在村庄，说是为修一条通过村庄的省际铁路而进行地质勘探和测绘。

村主任呆呆的，不相信自己的耳朵。

村庄沸腾了，人们奔走相告，通火车的消息就像一枚被引爆的炸弹，炸碎了村庄的平静，人们梦想着火车开通后的便捷交通和美好生活。

两个月后，乡长领着施工单位的人找到村主任，将一张施工图纸摆在他的面前。村主任怔怔地看着图纸，他不知乡长的本意。乡长说，通过勘探，铁路要从村中间通过，有几户人家必须对房屋进行拆迁，其中就包括村主任新近为儿子在村口盖的三间红瓦房。乡长说，要在红瓦房的位置建一个车站。还说，政府将对拆迁户给予最优厚的补偿，也可在其他地方为他们重新修建房舍。

村主任看着乡长，不认识一样，以前只听过城里有拆迁的事，一个名不见经传的小村庄，一个做了好几代火车梦的穷乡僻壤，当一个久远的梦将要成为现实的时候，却面临着拆除祖屋，这在远离文明的乡村是大忌。

通火车的喜讯被拆迁的消息撕得支离破碎，人们说哪怕今后爬着走出村庄也不会再提"火车"这两个字。

村主任却忧郁了，他被沉重的思想负担压得喘不过气来，腰似乎愈加弯了。

他参加过抗日战争，在一次阻击战中负了重伤，至今腿上还有未取出的弹片。他十分理解村民，也深知修铁路的重要性。可是，这个工作怎么做呢？不说别人，就是自己家的工作也很难做通，儿子自幼得过癫痫病，虽说控制住了，但是智力却受到了伤害，40岁了尚未成家，经人介绍，年前定下了一个拄双拐的女孩，女孩因自己残疾，家境也不好就勉强同意嫁给村主任的儿子，可是有一条必须在他们结婚前盖好三间新瓦房。为了儿子，他凑钱盖起了房子，而且定下了婚期，本想让儿子快点结婚自己也了却一桩心事，可是，偏偏在这个时候出现了拆迁一事。

当他把拆迁的事说给老伴和儿子听的时候，他们的情绪异常激动，异口同声地说，门儿也没有，谁敢动他们的房子，他们就与其同归于尽。

村主任难啊！他理解老伴，更体贴儿子。可是，修铁路是国家大事，火车通了，交通就会便捷，村里的一些农副产品就会有了更好的销路，村民的日子会过得越来越好。通火车是包括自己在内几代人最大的梦想，不可能因为拆迁伤害个别人的利益就半途而废啊！

风从村庄前的土路上刮过，村主任的心事就像路上的尘土，一层飘过一层又起。

他找到乡长，说就从自家的新房子拆起，而且明天就拆。听了村主任的话，乡长将手狠狠地拍在村主任的肩上，其意不言自明。

第二天早上，当挖掘机和推土机开进村庄的时候，人们纷纷涌向村主任的房子，围了个水泄不通。

当挖掘机高高扬起铲子的时候，人们发出一声声惊叹。当铲子就要落在房子上时，一个意想不到的场面出现了，村主任的儿子左手拿着一瓶汽油，右手拿着打火机爬上了房梁，阳光如瀑，洒在他的身上。

乡长愣住了，拆迁工人愣住了，村主任也愣住了。

阳光飞泄，小村陷入死一般的宁静。

村主任一个健步冲上前，就在儿子正对着的房子下面，哗的一下扯开了衣扣，胸前一道长长的紫色疤痕在阳光下像鞭子一样抽着人们的眼。

村主任说："你个不知生死的畜生，还不给我滚下来！没出息的东西，你老子当年为了保家卫国差一点就没了命，不就拆个房子吗？用得着这样吗？你玩自焚？那好，来吧，把当年日本鬼子没杀死的爹先烧死吧！"

儿子愣住了，一时反应不过来，一向平和的父亲怎么突然变成这样了呢？他愣愣的不知下一步该怎么办。村主任看了看儿子，声泪俱下："儿子啊，这个房子拆了政府还会给盖上，可是铁路一旦改了线几辈子都不会回来了，这可是对子孙万代都有好处的事啊！"

儿子擦了擦流出来的鼻涕和眼泪，仿佛瞬间被唤醒了。他从房上下来，放下手中的汽油，为父亲把衣扣紧好，说："是啊，子孙万代比媳妇重要啊！爸，咱拆。"

村主任紧紧抱住儿子，任泪水在皱纹斑驳的脸上哗哗流淌。

拆迁进行得十分顺利，没有一户提出任何为难政府和施工方的条件。

两条铮亮的铁轨从村庄中间穿过，火车带着村里人走出了村庄，一个久远的梦终于实现了。

每天早晨，村主任都会早早来到村口，将双手和下颌拄在那根长长的拐杖上，迎着朝阳，迎向火车开来的方向，庄严的，静静的，俨然一棵等待春风的老树。

报告文学

YANGGUANG XIA DE FENGJING

脱贫路上追梦人

◎艾 平

既然披上了第一书记的战袍

1

下雨了！雨点像一颗颗小石子，重重地砸在土地上。土地上出现密密麻麻的小水坑，转瞬之间，这些小水坑的水就漫延起来，变成一片无边的水泊。

二〇一七年，赤峰市敖汉旗古鲁板蒿镇孤山子村杨家杖子自然村遭遇了前所未有的一场大雨。

山洪倾泻而来，道路消失了，排水沟被注满了，水流到一家家院里或门槛前。村里的人们害怕了，男女老少相携来到村口的河边，提心吊胆地关注着水势。他们默默地祈求老天，千万不要再下了，否则，一场洪灾将不可避免。

这时候，远处的公路上一辆汽车疾驰而来。车上下来五个人，急匆匆地来到河边，看样子要过河到村里来。河水咆哮着流过，快要把浮桥两侧的凭栏没过了。浮桥在水中左右晃动着，人若是从浮桥上走到对岸,要蹚过腰上半尺的河水,还有可能摔倒,被大水卷走。

对岸的大爷大娘焦急地喊:"孩子们,可不敢过啊,太危险了!"

几个叼着烟卷的年轻村民却在说风凉话:"哥们儿别玩命了,你们不就是来镀个金嘛,开开会就得了呗……"

这五个人停了一下,只见带头的那个人,揩了一把脸上的雨水,大声呼喊:"病重的乡亲们盼着咱们呢,医生们等着咱们呢。同志们,不要怕,咱们把手拉紧,只要我们不松手,一直往前走,冲过去没问题!"

其余四个人的声音随之而起:"不怕!冲过去!"

在这气壮山河的呐喊声中,杨家杖子的数百位老乡见证了一次和平年代的英勇冲锋。

脱贫攻坚驻村第一书记冲在最前头,他的身边是村党支部书记、村干部。他们赤裸着胸膛,把随身带的文件资料,系在脖子上,手挽着手,在大水激荡的桥面上,动如铁甲,稳如磐石,坚毅前行。桥在水中晃着,水在桥上荡着,却没有让其中的任何一个人倒下去,因为他们紧握着彼此的手,仿佛一节节铁链不可断裂,那是同志的手、战友的手、兄弟的手!

这位驻村第一书记,就是黄旭坤。他们今天过河,是因为有一件关乎杨家杖子自然村民生的大事。

杨家杖子自然村有五位大病患者,由于多方面原因,一直得不到应有的救治,现在有的瘫痪在床,有的危在旦夕。黄旭坤为这件事忧心忡忡,寝食不安,虽然去过多家机构联系,却都因种种缘由被婉拒了。最后是黄旭坤的老领导——新洲中医院的院长,承诺到杨家杖子义诊。由于医院每天都要开门接诊,他们多次调整时间,安排最好的医生,才确定下来在明天由院长带领三位优秀医生,到杨家杖子给这五位重病患者义诊。他们临时通知黄旭坤，需要事先到村里，把五位患者以往的病历和检查报告用手机拍照传给医生，并连线接受医生的询问，以便他们准备要携带的诊治器械，并为患者备置一些药品。

黄旭坤一行人终于走过二十多米的浮桥，岸边的乡亲无不啧啧赞叹，说风凉话的小青年也对他们肃然起敬。大家一拥而上，帮他们打伞、擦身子、拿东西，从家里取来热茶……几位患者的家人拉着黄旭坤的手，一把雨水一把热泪，说着感谢话。老村干部任广握着黄旭坤的手，激动地说："我当村干部二十多年，从来没服过人，今天我服气了。谁不知道生命可贵，你们也是上有老下有小啊，这回让我看到新时代共产党员的境界了！"

黄旭坤心头不由一暖，眼泪也流了出来。谢过众人，他们来到五位患者家，按照医生的要求，为第二天的义诊做好了准备。

第二天，雨过天晴，新洲中医院的医务人员来了。他们很快给出了最佳治疗方案，还带了价值一万两千元的对症药物。他们决定长期关注这五位病人，今后入院治疗予以免费，并且派车接送。

五位患者的病况都有明显好转，黄旭坤心里日夜悬着的石头才算落下。

扶贫办的同志给我发来一组黄旭坤的工作照——在贫困户家的火炕上，他盘腿挺背，稳坐如钟；在义务劳动后，他和几个扶贫干部一起吃快餐，大家都坐在台阶上，唯有他蹲着，那腿脚像凳子一样牢靠。

黄旭坤参过军，曾在辽宁武警部队当过轮训教员。他来到我面前，目光炯炯，仪表堂堂。立定，握手，落座，开口说话，行为举止尽显当初的训练有素，使人想到军歌嘹亮的演兵场。

这是一个有四年军龄、三十年党龄、三十年工作履历的干部。二〇一五年，在敖汉旗综合执法大队副大队长的岗位上，被组织选派到古鲁板蒿镇康家营子村任脱贫攻坚驻村第一书记。

到了康家营子,看到当地村民的生存状况,他雷厉风行,以最快的速度解决了每个自然村之间通水泥公路的问题,同时想方设法为全村安装了有线电视,给各个自然村修建了文化活动场所。现在正因户施策,为贫困户谋求脱贫致富的项目。

黄旭坤在康家营子村干得热火朝天,突然接到一个原单位领导的电话,说要和他谈谈。

原来,为了落实党的十九大坚决打赢脱贫攻坚战的部署,聚焦深度贫困地区脱贫攻坚的"坚中之坚",组织上想把黄旭坤调离康家营子,交给他一个更艰巨的任务,到古鲁板蒿镇孤山子村任脱贫攻坚驻村第一书记。

黄旭坤对孤山子村的情况略知一二,那是个由三个村合并成的大村,天气冷,风沙大,降雨不均,山地多,养殖业和种植业局限于养羊和种玉米,很难寻求新的致富项目。这三个村子的民风民俗各有千秋,互相极不认同,各村内宗族之间也存在旷日持久的矛盾,往往一有涉及利益的事情,就会闹出种种事端,当地村干部束手无策。

领导也了解这些情况,就给黄旭坤做工作:"这是咱们单位结对帮扶对象,又是老大难村,不派一个强有力的干部,拿不下来。大家一致认为你在康家营子干得很好,一定能担起这副重担。当然,你有权利选择留在工作已经轻车熟路的康家营子……你还记得总书记说过这样一句话吗:惟其艰难,才更显勇毅;惟其笃行,才弥足珍贵。"黄旭坤为之一振,他把所有的为难和犹豫吞进肚子,二话没说,接受了组织的委派。

2

黄旭坤说话简洁利落,掷地有声。他说:"沧海横流,方显英雄本色；谷壑纵横，才见赤子之心。在脱贫攻坚这场举国大战中，我是万马千军中的一个战士，既然披上了孤山子村脱贫攻坚驻村第一书记的战袍，不干则已，干就干好。"

二〇一六年的一天，黄旭坤从车上卸下简单的行李，走进了村委会办公室。

村委会给人的感觉像一个弃屋，桌椅板凳歪歪斜斜，破旧不堪，桌子上没有办公用品，墙上地上都是灰尘，水壶里没有一滴水，只有黄色的水锈挂在壶嘴上。院子里没有卫生间，没有花圃菜畦。一面晒褪了色的国旗还在门厅上挂着，这让黄旭坤看着想掉眼泪。黄旭坤做的第一件事是在院子里种上了几畦蔬菜，绿油油的菜苗长出来，村民路过时，就知道这回可是动真格的，驻村干部要在这里安营扎寨了。他又从自己的工资里拿出三千元钱，买了米面油，还有很多方便面。上任伊始，他每天平均吃两顿方便面，村委会也没有食堂给扶贫干部做后勤保障。

孤山子村在古鲁板蒿镇南部，有八万九千亩土地，包括耕地三万四千亩、林地三万五千亩、山地两万亩。一共有七个自然村，一千一百六十户，两千九百四十口人。党支部下设十一个党小组，共有八十四名党员。然而，孤山子村并没有呈现出团结一致奔小康的局面，上上下下进取心涣散，宗旨意识淡薄，财务管理混乱，集体经济空壳化。这就是黄旭坤当时所面临的情况。

由于前任村支书已经退休，作为脱贫攻坚驻村第一书记，黄旭坤义无反顾地担起了村党支部的工作。

党员同志，你们在哪里？老村干部，你们在哪里？村里的妇女骨干、青年骨干，你们都在哪里？黄旭坤开始了紧锣密鼓的串门行动。他坐在炕沿上，给大娘点着一袋烟；他走进大爷的场院，随手拿起一把扫帚，成了大爷的帮手；他走进田间地头，跟乡亲们一起掰玉米、起土豆……他的眼睛注视着村里的每一缕炊烟，他的双手触摸着这片土地的每一丝脉动。

乡亲们奔走相告，来了一个黄书记，要领着咱们甩掉穷帽子呢。很快，两委成员到位，党员到位。全村上上下下，等待着黄旭坤的第一步棋。

黄旭坤的第一步棋，就是向镇党委建议，对村党支部和村委会进行调整充实，让年富力强、心怀村民利益的同志进来。第二步棋就是强化制度建设，党务公开、政务公开、财务公开，启动村民代表和检委会的联合监督。他对全体党员说，沧海河流有砥柱，万山磅礴看主峰。谁是砥柱？就是我们这些在党旗下宣誓的共产党员！谁是主峰？就是村民们一票一票选出来的村干部！我们要出来走两步！共产党员就是排头兵。

当村民们走进村委会的时候，眼前不由一亮，鲜艳的五星红旗升起来了，崭新的党旗挂起来了，办公室收拾得窗明几净，桌子上摆放着崭新的档案盒、文件夹、工作手册，并且安装了网络，具备了基本的办公条件。黄旭坤没有说，这是他自掏腰包购买的。他懂得老百姓的心，面对热情洋溢的宣传，他们更愿意看到你所办的实事。

由于没有投资，全体党员干部义务劳动，整治脏乱差，改善全村人居环境。黄旭坤冲在最前头，党支部书记刘庆波家里开着一家鞋店，当即关了店门，带着媳妇和两个店员来参加义务劳动。其他党员和村干部一看，也纷纷领来了家属。这次义务劳动结束，把村里街道彻底清洁整理了一遍，节省了七千余元的劳务费。更重要的是，让老百姓看到党员干部说干就干，不玩花架子，跟着他们脱贫致富大有希望。

后续的实事一件接着一件。村委会打了机井，村子里二十多年拉水吃的历史结束了，连接全村的十八点七公里水泥路修通了，危房旧房改造的一百一十套住房在建，幸福大院养老工程在建，四百万扶贫资金落地。渗金吐、北洼等六个自然村传来日夜不停的机器轰鸣声，七眼饮水井、五眼灌溉井很快完工，一次性解决两千五百口人吃水和两千亩地浇水难题。在党支部和村委会的引领下，孤山子种植合作社成立了，每年收入可达一百四十万元；养殖合作社成立了，年收入一百八十万元；旅游合作社也成立了，年收入一百万元。仅此三项，就带动二十户四十二口人实现了脱贫。

人心齐，泰山移。黄旭坤和村两委的同志们团结奋战，全体村民人人参与，孤山子村的脱贫攻坚之路越走越宽敞。

3

二〇一七年八月十八日，凌晨四点，窗外下着大雨，黄旭坤接到包片干部任亚青的电话，说是邢家营子自然村村民之间发生了冲突，事态十分严重。黄旭坤一个骨碌下了床，启动汽车，瞬间穿入雨雾。

邢家营子离村委会十公里，当时水泥路还没有修好，大雨滂沱，山路起起伏伏，泥泞曲折，很难辨识路况。黄旭坤走到三点四公里处，车轮滑入一个泥坑，保险杠损坏，半个车厢进水，没有办法继续开车前行了。他打开车门，从泥水里爬出来，看看表已经是清晨五点了，打个电话给邢家营子村干部，得知冲突还没有停止。

还有六公里的路程。黄旭坤把鞋里的泥水甩干净，迎着大雨翻过山岗，蹚过泥洼，顾不上衣服被灌木刮破，也没在意胳膊上出现了流血的伤口。他跌倒了，爬起来，泥滚身，身滚泥，时而加速奔跑，时而小心翼翼地挪步，终于到达邢家营子村。

沉疴陋习，总是与贫穷的生活如影随形。争端是因为大雨，雨来了，流入了上一家的田地，上一家垫高田埂，自家的田保住了，下家的田就被淹了。全村的地都是相连的，结果大部分人家都卷入了这场冲突。

突然有个泥人出现在纠纷现场,大喊着:"不要闹了!闹下去有完没完?"

村民们一愣,这大雨天的,谁能来咱们这穷地方?莫非天上掉下个孙悟空?

有人认出来了:"这不是驻村的黄书记吗?这大雨天的,您怎么来了?"

黄旭坤的确一肚子火。他一把夺过村民手中的铁锹和锄头把子,往地下重重一扔,怒吼一声:"不是你们叫我来的吗?你们不打架我能来吗?"

一个孕妇被感动了,无声地走到黄旭坤身边,给他撑起一把伞,毫不在意自己已经被雨水淋湿。现场安静下来。黄旭坤也无须再多说什么,他在前面走,大家都跟在他的身后,回到村里。黄旭坤让村干部通知下去,一家出一个人,到村民组长家开会。

"老祖宗说过,远亲不如近邻,什么意思?就是说乡里乡亲地住着,比你那在北京和赤峰打工的儿子与闺女近多了、有用多了。我就不相信谁家能房顶开门、灶坑打井这辈子用不到邻居帮忙,所以近邻之间,可不能遇着点小事就闹生分!你们细想想,咱为啥要死守着这点庄稼,还不是因为全指着这点庄稼过日子?没有别的来钱道,为啥闹事,就是因为个人顾个人的小利益。要是大家联合起来,共同守着大盘子挣钱,还会有这事儿吗?"

村民们你一言我一语,说:"可不是嘛,黄书记,您把我们的心里话说得透亮透亮的。往后听您的,谋略点大事,咱邢家营子也要脱贫致富奔小康。"

这家说要杀鸡,那家说要宰羊,一定要留黄书记在村里吃顿热乎乎的家常饭。

黄旭坤说:"饭就免了吧。我的汽车还在水坑里泡着呢,请你们帮个忙给拽出来。"

有人开着拖拉机,有人拿着钢丝绳,村民们争先恐后到了现场,把黄旭坤的车从泥坑里拽了出来。黄旭坤掏出五十元钱,说给大家买烟抽。村民组长说:"黄书记,快拿回去,你帮我们解决这么大问题,我们要你的钱,那太丢脸了……"

黄旭坤就这样成了村民的贴心人、主心骨。有困难找黄书记,哪里有困难,哪里就有黄书记。在他们的眼里,黄书记钢筋铁骨,无所不能,是一个浑身智勇、无往不胜的大能人。

村里有位独居老人,七十六岁了,叫王明兰。在烧炕的时候,不小心引起了一场大火,把自己家的房子彻底烧毁了。白发苍苍的老人面对一堆冒着黑烟的灰烬,失声大哭,冷冷的秋风一阵阵袭来,她浑身发抖。黄书记来了,给她带来一个实实在在的承诺:"入冬前,一定让您老人家住上暖暖和和的新房。"他的话掷地有声,一座红砖瓦房很快建成了,有上下水,还有取暖小锅炉,比老人原来的房子宽敞暖和了很多。老人喜极而泣,拉着村干部的手说:"有这样好的干部关心我,我再也不用为年老害怕了,我要好好活下去。"

为给西洼村民组的独居老人李桂兰排解孤独,黄旭坤把自己家的新电视拉来,送给了老人。村里有三十户人家的孩子就学困难,他通过各种渠道请求支援,获得爱心人士一万余元的物质支持,让他们高高兴兴地进入了新学期。

没有人知道,黄书记也有病痛伤心、软弱无助的时候,一个个夜晚,他是怎样躺在宿舍的床上辗转反侧,忍着疼痛坚持到天亮的。由于年轻时军训留下的损伤和长期的劳累,他患有腰椎间盘突出和结肠炎。自从来到孤山子村当驻村第一书记,他的双休日都是在工作中度过的,除夕夜、中秋节、国庆节都是在村里和孤寡老人、困难群众一起度过的。倒是经常有机会到旗里办事、开会，可是每次都忙得过家门而不入，一件事接一件事，都需要和时间赛跑，哪里舍得花时间上医院？平常他只能靠吃药止痛消炎，维持现状。

肉体的磨难可以靠意志扛住，内心的愧疚和伤痛却不是忍一忍就可以忘记的。说到这里，黄旭坤流泪了。

"去年一月二十日，那是一个周六，我本该休息。由于正在进行全村贫困户施策大排查，上级要求不能落下一个符合政策的贫困户，同时也要把以前审查不严时纳入的贫困户重新摸底研判，要求星期一早晨必须上报，此项任务直接关系到下一步全旗的脱贫攻坚工作。我正带着干部紧张工作，下午四点多钟，我叔叔打来电话说：'三啊，你弟弟快不行了，你婶子哭得要命，我也不知道怎么办，你快回来看看吧！'

"我应该立即回去，安慰叔叔和婶子，送别亲爱的堂弟。我的老家在农村，从小我是在叔叔家长大的，这么多年来，叔叔和婶子待我比自己的亲生儿子还亲，弟弟对我也特别亲。小时候，每逢年节，叔叔买点水果或其他好吃的，弟弟总是把最大的那个给我吃。还记得我入伍那年，弟弟十四岁，穿着一双露脚趾的黄胶鞋，到旗武装部送我。在我临出发时，他用手绢包着一百多元钱，塞进了我的衣兜，那是他利用寒暑假挖甘草积攒下来的钱，自己都没舍得花一分。

"我后来转业在城里安了家，每当家里园子下来第一茬菜，弟弟就会赶着毛驴车，步行三十多公里，先给我送来。农村腊月要杀猪准备过年，叔叔全家每年都是等到我回家才杀猪，为的是让我吃上新鲜的杀猪菜。每到那几天，弟弟总是高兴地忙前忙后，走时还得给我带上一个肘子……手头的工作必须按时交卷，亲人远去将永不归来，我心如刀割，假装出去方便，面对老家的方向，让眼泪哗哗地流出来。工作任务没有耽误，可我愧对叔叔婶子的养育之恩，也愧对兄弟的手足之情。"

黄旭坤说，即使现在，他都不敢听别人叫哥哥，不敢看别人家兄弟在一起团聚的场面。

终于，有了令人欣慰的成果：二〇一七年，孤山子村摘掉戴了二十多年的贫困帽子，贫困发生率从百分之三十五点三降至百分之零点四八；贫困户从三百一十六户、六百九十九人，降至七户十四人，顺利通过了自治区验收。孤山子村二〇一九年退出了贫困村行列，被评为脱贫攻坚先进单位。

黄旭坤也被评为"系统优秀共产党员""全旗优秀驻村第一书记""全市扶贫模范""全市脱贫攻坚先进个人"。我在采访结束之前问他："你的任务完成了，是不是该回机关恢复按部就班的状态了？"他这样回答："听从组织安排，不干则已，干就干好。"

长大后，我就成了你

1

对于"九〇"前后的年轻人来说，追星和赶时髦是不可或缺的。若问他们崇拜什么人物，得到的答案往往都是成功者。这些成功者，必定拥有大量的财富，或者站在某一行业的绝对制高点。

刘叶阳和他的同龄人有所不同，他从童年至今一直保持着对父亲的崇拜。"长大后，我要成为你"，这是刘叶阳的人生梦想。

刘叶阳的父亲是赤峰市县级机关里的一个科级干部。他出生在赤峰市喀喇沁旗牛家营子镇团结村，后来读书和工作始终没有离开过这片区域。在最接地气的工作岗位上，他一干就是大半辈子，一步步从民办教师、村宣传委员、乡党办秘书、副乡长走到今天的岗位，总结起来，还真的没有什么轰轰烈烈的壮举。他就是一个踏踏实实、勤勤恳恳的老党员、老公务员。

　　童年的夕阳透出无限的暖意，哪怕脚下是一层厚厚的白雪，寒风把他圆鼓鼓的小脸吹得像个红萝卜，小叶阳也会站在家门口的路边固执地等待。父亲会在这个时刻回家，他总是骑着那辆老旧的自行车，从远处的橘红色光芒中出现，脸上满是汗珠和霜雪。他使劲蹬两下车，飞快地在儿子跟前停住，伸出一只手，把儿子从地上捞起来，放在自行车的大梁上，然后推着儿子一路有说有笑地往家走。小叶阳对父亲口袋里的糖果更感兴趣，但他不知道这是父亲从十分拮据的伙食费里节省出来的。

　　父亲当时在赤峰学院就读，这是他在有了两个孩子之后的选择。别人说，你大可不必吃这份苦，就凭你那脑袋瓜，在家养点牛羊什么的，或者做点小买卖，再不济把地侍弄好了，几年就能发起来，也不至于煎两个鸡蛋还要往里面兑一把面粉，吃得直吧嗒嘴。父亲不为所动，他毅然通过考试，成为一个大龄大学生。赤峰离牛家营子乡四十公里，他一次都没有坐过汽车，就靠一辆自行车走完了两年的求学之路。

　　许多年之后，刘叶阳还记得父亲脚上那双带裂痕的旧皮鞋，还记得父亲肩头那只重重的旧书包。

　　父亲在外读书工作，母亲一个人忙着种地和家务，刘叶阳就成了一个自由自在的小牛犊，贪玩导致他后来面对高考望而却步。父亲并没有发火，一遍遍鼓励儿子，实力是点灯熬油积攒下来的，拼一拼才知道自己到底怎么样。刘叶阳大学毕业之后，又在父亲的支持下，连考三年而不气馁，终于考上了公务员。

　　也许是命运使然，他也像父亲一样，做了牛家营子乡的党办秘书，在这个父亲曾经工作过的单位里，他的同事很多都是长辈，他们见到刘叶阳，第一句话都是：刘永军的儿子肯定错不了。他们告诉刘叶阳，你爸那人啊，大事小事，没有一件事不认真，个人事再大，也总是放在工作后面。在乡镇合并、人事调整的时候，他一没找领导要岗位，二没在原地等消息，而是到外地招商引资去了……刘叶阳在这里工作了三年，上班的时候，父亲是一面无形的镜子，时时刻刻审视着他、砥砺着他；回到家里，父亲就是他随时请教的老师，他永远不能忘记父亲的教诲——事事出于公心，不谋私利，什么时候你都能站住脚。

长大后，我就成了你。

刘叶阳在这个岗位上干了三年，只能干好，不能懈怠。

因此，他也慢慢领会了父亲当年的心思，明白了父亲为什么顶着生活的重压去求学，后来为什么坚持鼓励自己考学读书。他追求的绝不仅仅是一张文凭、一个稳定的工作岗位，而是通过受教育，获得人生的望远镜和显微镜，望远镜瞭望人类的大前景，显微镜体察自己周围的小世界。

2

二〇一六年三月，父亲刘永军被选派到王爷府村当驻村第一书记；在旗委宣传部当干事的儿子刘叶阳，被派到马鞍山村当驻村工作队队员、驻村第一书记。父子俩同时奔赴喀喇沁旗脱贫攻坚的主战场。

第一次作为一个下派干部来到村里，年轻的刘叶阳没有任何经验。尽管是带着一片真心、一腔热情，住在村里简陋的宿舍，吃着村里简朴的伙食，可是，一时还不能走进村民的心里。

他在入户时发现一个年轻人非常放任自流，每天懒洋洋的，在村里晃来晃去，就是不肯上学，于是主动去做思想工作，劝说这个年轻人赶紧回学校读书，告诉他将来整个社会的文化水平提高了，没文化，挑个门户过日子都不成……没想到那个年轻人突然大发雷霆："再让我去上学，我就用砖头拐死你。"

简直是莫名其妙，刘叶阳在手足无措的同时，还有几分畏惧。

第一次主持村民代表会议，议题是评定困难家庭列入贫困户。通知八点半开会，村民代表们十点还没有完全到齐。刘叶阳和另一个工作队队员坐在会议室耐心地等着，村民们好像没看见他们似的，互相聊着张家长李家短，嘻嘻哈哈地开着玩笑。一些人来晚了，还不让问为什么，一问就有点儿恼火。他们说："我们家里一堆活儿等着呢，哪有时间在这儿听你们念文件念政策？啥事儿直说，说多了我们也听不懂。"

其实这天开会，村民并不是真的不关心，而是带着一肚子不满意来的。

刘叶阳说："今天要听听你们的意见，看看咱们村哪些家庭合乎贫困户标准，咱们就列进去，按照政策给予扶贫帮助。"明明是准备评定新年度的贫困户，有人却翻起了旧账：那谁谁家，有车还有房，为什么就当上了贫困户？那谁谁家，有儿女在外面开店做买卖，怎么能当贫困户？我们家老人病到炕上好几年了，怎么我们就评不上贫困户？

不知道谁开的头：你们工作队给我们这些村民带来啥好处了？是有钱还是有物……你们不公平……

刘叶阳站起来，示意大家静下来，但根本没有人听他的。他大喊一声："你们听我说！"眼泪就没出息地流了出来。

大家静了，不一会儿就在底下嘀咕："看吧，嘴上没毛，干事儿不牢，一整就哭，算啥本事？"

听到这句话，刘叶阳不由火冒三丈。他狠狠抹一把眼泪，说："你们能不能尊重点事实，我们怎么就不公平了？二〇一四年和二〇一五年的贫困户是我们工作队定的吗？还不是你们村民代表自己选出来的！你们当时拉帮结伙，投关系票，有话不说，装在肚子里发芽，现在来章程了。我们工作队是二〇一六年进来的，那一年你们也看到了，我们工作做得有多细致，对贫困户条件审查得多严格，你们刚才说了半天，有一户是二〇一六年评的吗？你们说呀？"

这一回带头的人没底气了，刘叶阳绷着脸，主持履行了会议程序，票选认定了新年度的贫困户。

周末回到家，眼看妻子怀有身孕，一边照顾大女儿，一边还要上班，同时还承担了贫困户定点帮扶的工作任务，累得无精打采。他想着自己工作没干好不说，家里也没照顾上，非常沮丧。父亲看出他情绪不好，刘叶阳含着眼泪把事情跟父亲学了一遍。

父亲笑了，拍拍儿子的肩膀，给了三点建议。第一，对待老乡要有耐心，让他们认识新事物需要一个过程。第二，过去我们下乡往往是走过场，给老百姓留下了印象，所以老乡不爱听大道理，不爱听套话，就看你办不办实事。当你帮他们把困难解决了，他们就会信任你。第三，紧紧依靠村两委，因为他们了解情况，又有工作经验。

刘叶阳回到村里，心情不再波动。他走家入户，不论是不是贫困户，都嘘寒问暖，耐心了解他们的生产生活情况。进门见到活儿就动手帮着干，遇到老乡家的困难事，就拿出小本子记下来，尽快张罗解决。

在入户的过程中，他和一位六十四岁的老人熟悉了。这位老人生活困难，老伴还是聋哑人。有一天夜里刮大风，把他家的电视接收天线刮得移位了，看不了电视，老两口只好坐在门口的石头上打瞌睡。当他把这事告诉了刘叶阳，刘叶阳马上说："大爷别急，让我上去看看。"

虽然刘叶阳是农村长大的孩子，可是一直上学、考试、考试、上学,后来在机关写材料,登高上房、下地种田的活儿真没干过。

老人家的房子有三米多高,梯子只能够到瓦下面。刘叶阳本身有点恐高,登上梯子,两腿打战,上不了房。他不想让老人看出他在害怕,两手按住房檐,胳膊一撑,悠上了屋顶。他不敢往四周看,半蹲半爬,降低身体重心,拿着小锅形的天线,从几个方向寻找,找到了信号,又用砖头瓦块把天线固定好。当他听到大爷在底下喊"有了,这回有了"的时候,高兴得笑出了声。

贫困户郭瑞城四十三岁,家里三口人,只有六亩地,没有像别人家那样种山葡萄致富,还在种杂粮,每亩只能收入七百元,生活十分困难。有一天,刘叶阳到他家走访,看到沙发上坐着一个小姑娘,低着头,一句话也不说,便问:"小朋友,几年级了?你爸爸在家吗?"小姑娘还是不抬头,不说话。郭瑞城从厨房里出来,告诉刘叶阳:"我们丫头眼睛不好,看不见了。"

刘叶阳心里一酸。细问得知,郭瑞城的女儿六岁时左眼得了青光眼,右眼得了白内障,视力下降很快,只好辍学。孩子的妈妈一看这种情况,就扔下孩子走了,再无音讯。从此,郭瑞城既当爹又当娘,每天给孩子洗脸喂饭,同时还要照顾他久病在床的老母亲。他对刘叶阳说:"我看着人家致富,能不着急吗?可是我只有两只手啊,顾上家里,就顾不上外面,真是愁死了。"

刘叶阳问:"这孩子有残疾证吗?"

郭瑞城说:"残疾人还有证?"

刘叶阳联系了医院,给郭瑞城的女儿做了检查,并把她的残疾证办了下来,又给郭瑞城的老母亲解决了低保问题。郭瑞城一家,每年有了三千余元的补贴。

这时候一位从北京下派的扶贫干部到马鞍山来调研,刘叶阳抓住这个机会,向他反映了郭瑞城女儿的情况。在多方支持下,郭瑞城带着女儿来到北京同仁医院，为孩子治疗眼疾。经过多次专家会诊，精心治疗，结果令人遗憾，由于时间拖得太久，孩子眼底的血管已经失去功能，视力无法恢复。

极度失望的郭瑞城冲着刘叶阳发牢骚："都是你，非让我们上北京治，结果也没治好，还耽误一个多月。"

刘叶阳默默地把委屈咽下。他想起了父亲的话：有耐心，办实事。

喀喇沁旗的特殊教育学校没有盲人教师。刘叶阳又到赤峰市的特殊教育学校打听，学校回复，只要孩子智力正常，我们愿意接收入学。

刘叶阳问郭瑞城："愿不愿意让孩子上学？"郭瑞城说："怎么不想啊，孩子就这么在家待着，慢慢就傻了。"

刘叶阳帮助郭瑞城给女儿准备了行李物品，开车带着他们来到学校。学校的生活条件很好，老师和校长也十分和蔼。可是孩子就是一句话问不出来。郭瑞城连哄带逼，孩子总算开口，讲了讲自己的病情。校长说："好了，放假的时候，我保证让你见到一个活泼开朗的丫头。"

临别，郭瑞城和女儿抱着痛哭。这些年来，他把女儿放在心尖上养着，家里再困难，孩子没冷过，没饿过，总是穿得干干净净的。刘叶阳一边劝慰，一边跟着流泪。他暗暗捏紧了拳头，一定要在脱贫攻坚的岗位上，干出成绩来。见识了苦难，他对脱贫的紧迫性有了更深入的理解。

郭瑞城的女儿放假回来，简直像换了个人似的，和大人有说有笑，自己洗脸、吃饭、洗衣服，还帮着父亲做一些力所能及的家务。老师从学校发来视频，女儿打扮得漂漂亮亮，正在台上朗诵呢。

在孩子上学期间，刘叶阳帮助郭瑞城申请了一个保洁公益岗，每月有七百余元的收入。同时劝他放弃了杂粮，开始种植山葡萄，每亩可以收入三千元左右。他们家里的生活大有改善。

工作越来越得心应手，刘叶阳的决心更加坚定。他的小本子上面记满了每天要做的事情，不论是贫困户的事，还是一般村民的事，他都耐心、细心询问，上心、精心地去做好。

村里的乡亲们开始对刘叶阳刮目相看，由原来的爱答不理，变为见面唠个没完，有什么心里话争着告诉这个胖乎乎的第一书记。

有一个贫困户，通过工作队帮助，选择了菜单式扶贫的养牛项目，达到了脱贫致富，一年卖牛的收入六万多元，家里还存栏八头牛。年底，赤峰农村家家杀年猪，这个贫困户没有养猪，特意花钱买了一头猪，置办了宴席，专门请工作队吃杀猪菜。考虑到纪律，刘叶阳和工作队成员都没有参加。第二天，这位乡亲又专门来邀请，那实心实意的劲儿，让人不知道怎么拒绝。经过请示上级，他们接受了邀请。一看桌子上除了五花肉炖酸菜、猪心、猪肝、猪肚、猪血肠等全套头蹄下水一应俱全。在当地，这是最讲究的菜品，他们家自己没舍得吃，一直给最尊贵的客人留着。

扶贫先扶志。帮助村里出名的懒汉王玉柱从冷被窝里爬出来，真比让一棵躺倒的树起死回生还要难。

王玉柱四十五岁，正值壮年，以前也有一个幸福的家庭。由于染上了赌博，家渐渐地被他败光了，不仅在外面欠了几十万元，村里的乡亲们也都被他借遍了。妻子气得和他离了婚，带走了女儿，儿子小小年纪也出门独自谋生活去了，很少回来看懒惰的父亲。刘叶阳和村干部走进他家的时候大吃一惊，现实生活中还会有这样的情形。桌子歪着，凳子是断腿的，锅碗瓢盆布满灰尘，炉子里没有灰烬，看来是很久没有用过了。冰凉的炕上被褥脏得跟铁一个颜色，屋里没有一丝热气，连个暖壶也没有。王玉柱躺在被窝里，只露出一张惨白肮脏的脸。看有人进屋，眼珠子动了动，算是打招呼。

他身体没有病，可是他的每一天都是躺在床上度过的。只有白发苍苍的老母亲惦记着他，每天在二儿子家做好饭，冷风热气地步行两公里多地送给他吃。他已经完全放弃了自己，老母亲怎么劝也不听，就是躺在炕上等死，没想到还会有人来关心他。

按照"两不愁，三保障"的标准，工作队很快把王玉柱列入帮扶对象。刘叶阳苦口婆心，一步步跟他深谈，告诉他："脱贫攻坚一个都不能落，这是你绝处逢生的大好机会。我们给你提供粮食，你先自己起来做点饭，慢慢地恢复身体，恢复和外面的联系。"

刘叶阳住在村里，每天起床很早，就在村里这家看看，那家走走，了解各家的情况。有一天抬头一看，发现王玉柱家的烟囱开始冒烟了。刘叶阳非常高兴。

他再次来到王玉柱家，动员他出来干活，说："你看看别人家干得多红火，咱们先从公益岗开始，不累，还有固定收入。"王玉柱埋头不语，刘叶阳又说："是不是有畏难情绪？你放心，我们做好工作，村里人不会朝你要债。"

王玉柱半天吭哧出来一句话："我有病你不知道啊？"

刘叶阳说："你没病，你要有病，这么冷的房子，躺一冬天，你挺不到现在。"

"我就是有病，我头疼腿疼腰疼浑身都疼。"

刘叶阳知道他的病是心病，正面说服对他一时还起不了作用，于是说："有病咱们抓紧治，治好了也和大伙儿一样脱贫致富。"

刘叶阳联系好旗中蒙医院，用车拉着王玉柱，去做了一个全身体检。报告单出来了，他给王玉柱看，和他开着玩笑："你这头蹄下水血脂血压血糖都好好的，你再说有病就是糊弄人了。"

没过几天，王玉柱穿上了干净的衣服，出现在自己家门前，溜溜达达的，就是不敢往远处走，可能是不好意思见乡亲。事先，刘叶阳做了些工作，乡亲们表现得十分厚道，谁也不跟他提欠钱的事儿，就是逗他："哎呀，好久不见，起死回生了？快告诉我们阎王爷为啥把你给打发回来了？"

村民代表王广发倡议村民帮助王玉柱，很快，这家十斤米、那家一袋面，给王玉柱送来了。由于欠电费，王玉柱家的电源被断多时了，村委会又出面重新给他拉上电，给他买了电褥子，让他不再挨冻。刘叶阳进城把王玉柱的儿子找了回来，让他做做父亲的思想工作。村主任帮忙联系，在一个施工队里给他找了个活儿……

王玉柱说："就是一块石头，也能让你们的热手给焐化了。"

现在的王玉柱好像换了个人儿一样，穿得整整齐齐，脸上带着红润的光泽。他靠打工脱贫，每年可以挣四五万元。他见到工作队和村委会的干部，就拉着手说："走走，我买点儿熟食，到我家喝酒去。"他过年置办了新家具，把家收拾得挺像样。刘叶阳逗他："告诉你呀，柱大哥，就差个媳妇了……"

成功帮助王玉柱脱贫这件事，让刘叶阳心里有了成就感，有了自信。

3

自治区扶贫工作考核组到喀喇沁旗考核，在王爷府村看到满头白发的驻村第一书记刘永军，不由发出感叹——这把年纪的老同志还在第一线冲锋陷阵，真是难能可贵！考核中刘永军上报的电子文件表格，内容翔实、清晰，格式非常专业、规范，这也让考核组眼前一亮。

自从入村当第一书记，刘永军就意识到补上电脑这一课刻不容缓，他的老师自然就是儿子刘叶阳了。儿子在家的时间很少，父子俩就在线上交流,老同志反应慢,却有股韧劲,虽然常常一个问题重复咨询好几遍,最终还是达到了适应工作的目的。电脑也自然成为不能常回家看看的刘叶阳和父亲的交流工具。

自信满满的刘叶阳在线上告诉了父亲两件事,第一件就是成功帮扶王玉柱的事,父亲给他送来一朵大大的鲜花。

第二件也是刘叶阳自认为非常值得父亲首肯的事。

入村以后,刘叶阳发现村委会的工作人员一般年龄偏大,基本都不会使用电脑,很不适应上通下达的需要。他就顺便普及了一下电脑的使用方法。有一位村民大姐,和他父亲一样,学了忘,忘了又来学,刘叶阳不厌其烦,终于教会了这位大姐。

几场春雨之后,山上的林子里长出了一种叫地扣的野生蘑菇,白生生的,很肥硕,口感鲜美,是罕见的山珍。这位大姐起早蹚着露水,采回了一大筐,挑选最好的,把蘑菇根用薄木片切得干干净净,托了村委会主任,让他送给刘叶阳,表示感谢。刘叶阳说:"我一个扶贫干部,帮助村民都是应该的,不能要人家的东西,坚决退了回去。后来村委会主任说,那位大姐都哭了,但我还是没有收。"这件事,父亲没有给他送花,而是发来两个字——不妥。

刘叶阳说:"有规定,为何不妥?"父亲说:"有时间和你聊。"中央电视台第十七频道有一个栏目叫《遍地英雄》,邀请刘永军、刘叶阳父子俩同时到现场,讲述他们担任驻村第一书记的工作经历。

刘永军讲了一个这样的故事。

王爷府村有九百多户,刘永军走了个遍,哪家是贫困户、哪家是边缘户、谁家的仓里没有粮、谁家的冰箱是空的,都做到了心里有数。他发现一个单身汉还住在一座中华人民共和国成立前盖的旧平房里,房子很破旧,有潜在的危险。于是,工作队按照"两不愁,三保障"要求，将他列入贫困户。

在给这位老哥家进行危房改造时，他向工作队提出要求："要给我重盖房子，就盖六十平方米的，盖四十平方米的我就不盖了。"

刘永军耐心做工作，告诉他："政策不是咱们随便可以更改的，如果你想要扩大一点儿，就自己添点钱，我们帮你打个地基，你方便时自己再加盖。"这人还是不通情达理，说："那我就不盖了。"

不能因为一个人拖全村脱贫攻坚的后腿。刘永军找来几个和他关系好的乡亲劝说，这位老哥就是不答应。后来没办法，刘永军安排好了摄像和录音，在他家摆开阵势，然后和他谈，说："你再想想，如果还是不同意拆房重建，那你就签字吧。要知道，你是因为没有安全住房，达不到'两不愁，三保障'标准才被定为贫困户的，你认为你的房子安全有保障，那就不能当贫困户了。"这个单身汉一听，贫困户的种种优惠政策可不能丢，于是赶紧签了拆迁合同。

刘永军讲到这里，大屏幕上出现了新旧两座房子的图片，旧房破旧得不堪入目，新房红砖白瓦，结实漂亮。场上响起一阵掌声。但是故事并没有结束，这位老哥心里敞亮了，劲头也上来了，拼命干活挣钱，现在生活富裕，无忧无虑。他养了几只鸡，慢慢攒了一筐鸡蛋。有一天，他端着这筐鸡蛋，把刘永军堵在了宿舍门口。他也不会说什么客气话，还是带着那股子犟劲："刘书记，你要不收下这筐鸡蛋，我就站在这里不走了。"

刘永军被感动了，他知道这位村民是在表达内心的真情，虽然工作队有纪律，但是不能让老百姓觉得驻村干部跟他们外道，有距离，于是他双手接过这筐鸡蛋，表示了谢意。刘永军的讲述，告诉所有的听众，也告诉儿子，今后自己会通过为村民多做好事的方式回报这位老哥，也让更多的百姓受益。

不用再聊了，眼窝子浅的刘叶阳又流出了眼泪。

长大后，我就成了你……他知道自己还年轻。

自从开展脱贫攻坚以来，刘叶阳所在的马鞍山村已经发生了很大的变化，山葡萄种植和乡村旅游的发展，使这里摆脱了贫穷的阴影，在二〇一七年摘掉了贫困村帽子。二〇一九年七月十五日，习近平总书记来到马鞍山村考察调研，刘叶阳作为当地扶贫干部，负责向总书记汇报工作。

总书记来到驻村干部之家，亲切地问刘叶阳："你们什么时候撤呀？"刘叶阳的心里话脱口而出："不获全胜，决不收兵！"

党桂梅的幸福不是一朵花

她是党桂梅。

在和我交谈的全程中，她的脸上始终带着笑，有时微微露齿，有时朗朗盛开。笑容透出她内心的阳光，让我想到一句话——幸福像花儿一样。

党桂梅五十一岁了。我坐在她对面听她讲述，随着她的故事，进入远去的岁月。我大脑里的蒙太奇不由拂去她脸上的沧桑，拂去她两鬓探出的银麦芒，于是我看到了一个身材苗条、面色白皙、不失俊秀的女子。我想，若是在优渥的环境里，她这个年龄的女人，依然可以婀娜娇嫩，可以时尚拉风，可以像花一样绽放芳华。而党桂梅，这个常年躬耕土地的农妇，这个半辈子呕心沥血的母亲，这个几十年如一日、咬定青山不放松的追梦人，在我们看到她终于甩掉身后那个巨大的贫穷阴影，缔造了崭新生活之时，用一朵花来比喻她的幸福感，显然有些矫情。

党桂梅的幸福来得扎扎实实，使我想到的不是一朵花，而是一棵树，一棵在原野上栉风沐雨的树。当然，她的旁边还有另一棵树，与她并肩而立。这两棵树一起在风雨中挣扎，同呼吸共命运，含辛茹苦，百折不挠，奋力汲取生命的营养。当枝头稀疏的绿叶终于变成了浓荫，彼此的根已经成为一体。

刘玉国比党桂梅大三岁，他们的婚姻和诸多中国农村式婚姻一样，是经人保媒开始的。媒人说，刘玉国老实厚道，心灵手巧。党桂梅一看，这人长得挺周正，说话也本分，就同意了。许多年过去了，有时候老两口拌嘴，刘玉国上来倔劲，三头老牛拉不回来。党桂梅便退一步地阔天宽，跟他说："我也会吵架，话赶话我比你来得快，我不过是大人有大量，我让着你，行不行？"说着她自己在一边就笑了。这是因为在党桂梅心里，嫁给刘玉国，不管日子是穷是富，是顺利还是困难，她都没有后悔过。这是她不会动真格生气的根本原因。

刘玉国家兄弟姊妹多，父母没有钱给他们办婚事，党桂梅一进老刘家的门，就背上了三千七百元的饥荒。那是二十世纪八十年代的事情，一个鸡蛋卖一角钱，一斤玉米卖几分钱，一亩地连二百斤玉米都收不了，一百五十亩地收入三千元，交公粮一千多元，平常日子还得供日常生活呢。就是说，要还清这些饥荒，意味着小两口需要付出大半辈子的辛苦。

"谁说爱情不能当饭吃？俺家就能。"说完了这句话，党桂梅突然意识到什么，瞅瞅我，像个新过门的小媳妇似的，羞答答地捂上了微红的脸。

党桂梅和刘玉国，先结婚后恋爱。相处时间一长，刘玉国发现这个媳妇正是自己梦中的那个人儿，会过日子，凡事先算计，想妥了，就去做。你让她给自己放个假，歇下来，嗑点儿葵花籽，扯个闲话，她一分钟都受不了，一干上活儿便不愿意撒手。党桂梅觉得，自己想到的事，丈夫早想到前头去了，他虽然不说啥，行动起来却比谁都快。为了未来的幸福生活，刘玉国有心劲，雷厉风行；党桂梅呢，嘴一份，手一份，说干就干。真是不是一家人不进一家门。小两口你恩我爱，拧成一股绳拉车，相信铁杵一定能够磨成针，好日子虽然来得慢一点，但是肯定就在前面等着他们。那时候，他们俩好像上了发条，力气足足的。

二十多年前，党桂梅家的脱贫战，已经在只有一座泥房的庄稼院里打响了。尽快把饥荒还清是他们夫妻的第一个目标，至于未来，他们不敢想也想不到楼上楼下、汽车电话之类的锦绣蓝图，只要有一院子牛羊驴鸡鸭猪，手里有个存折，存折上面有几百元钱，就是天大的幸福了。党桂梅说："一分钱难倒英雄汉，没钱的滋味我知道。手里有两个钱，遇到事不受憋屈。"

内蒙古赤峰市北倚大兴安岭山脉，南仰燕山屏障，处于两山之间。党桂梅和刘玉国所在的北房身村，属于巴林左旗哈拉哈达镇，地处赤峰市东北部大兴安岭脚下的林缘地带。哈拉哈为屏障，哈达是山的意思，用蒙古文一翻译，就知道这里的地形地貌了。这个镇子，包括其中的北房身村，就靠在大兴安岭山根底下，山地丛林，沟壑纵横，可耕种的田地大小不一，像一块块补丁似的散落在山间。这一带历史上是契丹的发祥地，无法考据当地的游牧生产是否与此有关。到了清代康熙年间实施戍边，农耕文化开始进入此地。北房身这个村名，明显来自汉语。这样的历史背景、半干旱草原的气候环境，让我们不难理解，为何直至当今这里的百姓依然以半农半牧为生。良田不足，山地贫瘠，气候偏冷，使这片土地从未离开过贫穷的笼罩。

党桂梅出生在北房身村附近的一个营子，营子就是自然村，往往只有十户八户、二三十户的人家。叫营子，应当是游牧时代屯兵记忆的一种延续。党桂梅在家中排行老三，有两个姐姐。读到小学三年级，父母不让她接着念了，当然是供不起了。家里所有的哥哥姐姐，不管是否成年，都要下地干活，而党桂梅这个还没有告别童年的小姑娘，需要在家看弟弟、做饭、打扫卫生，为下地劳动的人做好后勤工作。她哭，一哭就是一整天，夜里躺在床上还在抹眼泪。要说学习成绩，党桂梅在班上始终是状元级的，全班六十多个学生，第一批戴上红领巾的只有一个男生和一个女生，那个女生就是她。作为一个好学生，党桂梅每天都是兴高采烈的，唱着"太阳当空照，花儿对我笑"上学，捧着鲜红的一百分回家。虽然到了家，放下书包就得出去放羊采野菜，但她是快乐的，从不知忧为何物。

姐姐说："三儿呀，别哭了，好歹你还上了三年级，一分钱大的字认识了两口袋，会写自己的名字，会写咱妈咱爹的名字，还能分清林东怎么写，林西怎么写。你看看你这两个姐姐，进了屋认识锅台，出门认识垄沟，不是也得活着？"

党桂梅看看大姐和二姐，不哭了，一连好几天谁也不理。她把嘴唇咬出血来，把话咽在肚子里，告诉自己——上不了学，也要好好活一把，绝不能听天由命。

昔日的同学放学回来，从自己家门口路过，党桂梅立刻扭过头去，不看人家怜悯的目光，也不看人家肩头那叫人眼红的书包。但是她没有忍住，到底还是把同学拦在家门口，问人家今天学校里都学啥了。同学讲给她听，她一只手抱着弟弟，另一只手拿根柳条在地上写，把生字用拼音注上，用加减乘除，把家里的玉米、土豆和辣椒算了一遍又一遍。一天两天，一年两年，党桂梅有了几分自信："你们坐在教室里，五年级小学毕业；我坐在大门口，课本上的生字我也念下来了，加减乘除，我也会使用了。"

这件事对于她今后的意义有多大，年少的党桂梅并没有意识到。时隔多年，面对我的采访，说起这件事，她灵光一现，拍了一下脑壳说："对劲儿啊！村里和乡里的领导们说我是脱贫路上敢做梦的女人。我这个敢做梦啊，八成就是从那个时候开始的。"

面对三千七百元的饥荒，她对丈夫说："人有两件宝，双手和大脑，咱们不能让它们闲下来。"丈夫说："哈下腰杆往上走，多高的山也会给咱们留一条道。"

巴林左旗的林缘草原和山地，出产黄芪、沙参、防风等多种中草药，由于天旱，日光照射强烈，质量是一等一的好，只是当时市场还没有形成，中草药的价格很低。中草药长在杂草和灌木丛中，不好认，好不容易找到了，根子很深，十分难挖。有时候，为了一棵完整的药材，要将死硬的土地深挖好几尺。挖药这活儿，吃苦不说，也有危险，要时时提防被毒蚊虫叮，要小心爬山踩空，还要躲着荆棘以免划伤手脚，即使在十分贫穷的巴林左旗，也很少有人靠挖药谋生活。从前挖过药的老人说，猫一天，狗一天，平均下来一天能挣到两三元钱就顶天了。小两口商量了好几次，把眼前能挣钱的事排了个队，发现只有挖药不用先投入成本。况且地里春种秋收，打理好庄稼，人还有空闲，可以做到两不耽误。中草药一般都不是一年生植物，所以，挖药这活儿春夏秋三季都可以干。

当他们在夕阳落山的时候，提着半篮子中草药，脸上带着被树枝划破的血印子，身上满是茅草和沙尘地回到村里时，邻居说："傻呀，这活儿也干，这点钱就把你们支使成这样。"

他们哭笑不得，但没有放弃。后来掌握了挖药的技术，驾轻就熟，每天可以收入大约十二元。他们一个十二元一个十二元地攒起来，加上平时省吃俭用从指缝和嘴巴里挤出来的零钱，第三年就还上了三千七百元的饥荒。

无债一身轻，虽然作为年轻媳妇的党桂梅，过年都舍不得买一件流行的新衣服；虽然到了集市上，面对小商铺里五红大绿地挂着的纱巾，也只能停下脚步看了又看，然后像没听见老板招呼似的，扭头就走。但是，她觉得这日子已经很让人满足了。

党桂梅告诉我:"住在我家里的婆婆,每天可以吃上一个鸡蛋了,有时下在面条里做个荷包蛋,有时还可以让老人换个口味,把鸡蛋用豆油煎一煎。往锅里放油的时候,也不必那么小心翼翼地一滴一滴地滴了,多倒一点也不用那么心疼了。我有了身孕的时候,想喝一口酸奶,老公说,咱们去打牛奶,回来自己发酵。拿上钱,拿上盆,就把牛奶打回来了。

"儿子出生了,长得虎头虎脑,结结实实的,一逗就咯咯地笑。院子里也养了鸡,养了一头大母驴。我们有了儿子,才理解老人们说的话,人心真的都是往下长的。看着自己身上掉下来的肉,看着儿子活泼可爱的样子,我们两口子心里那个爱呀,就像吃了甜菜疙瘩那么甜。我跟他爸说,我这辈子最委屈的就是没好好上学,我要是好好上学,现在没准儿也能当个东方之子,上个电视啥的呢。那时候中央电视台有个栏目叫《东方时空》,介绍过好几位女科学家、女教授,都是国家的顶梁柱。我特爱看那个节目,有时看着看着,就忍不住掉眼泪,心想她们虽然不容易,但人家毕竟成功了……我每回说起这话,我们家刘玉国就会接——供、供、供,咱儿子在乡里上了小学,到林东上中学,然后到北京、上海念大学,等他有了儿子,就到联合国去念,做个决定世界大事的人。到那个时候,党桂梅就出名了,人人都知道党桂梅老奶奶不是一般人……玩笑虽然开得有点大,但是再苦再累,也要把孩子供出来,是我们像铁一样实实在在的想法。

"可能是由于我长年劳累,早早就没了母乳,给儿子喝米汤,加点牛奶,孩子眼看着就瘦下去了,六个月,连二斤肉都没有长出来。我们心里那个难受啊,缺钱,怎么办呢?挖药,种地,土里刨食的办法是解决不了问题的。这时候农村的集市活跃起来了,我们这一片的集市也很热闹。看着那些林西镇和林东镇的人,从大城市带来了洗发液、电熨斗、方便面到集市上卖,是挺赚钱的。可是我们没本钱,家里有孩子、有地,也出不了远门,我们能卖点儿什么呢?

"山根、河套、庄稼地,长啥卖啥吧。玉国手巧,就到河套割了些柳条子,在自己家编土篮,每天干完地里的活儿,我给他剪柳条,打下手,我们俩一直干到半夜。后来他也把我教会了,他编大筐,我编小篓。十天一个集,赶集的地方离我们北房身村八十华里,他骑着个加重的自行车,带着我,前面车把挂着五个土篮子,我的肩上挎着五个土篮子,再装上点儿葵花籽、山杏仁,偶尔带点冰糖红糖,过年过节带些对联去卖。我们挣钱虽然不太多,几年下来也把儿子养大了,还置上了一公一母两头驴、二十多只下蛋的鸡,后来又抓了一头小母猪,每年能卖出一窝小猪仔。家里的日子真是好多了,有盼头了,这时候丫头也出生了,我们也成了儿女双全、不愁吃穿的户了。"

儿子听话又聪明,女儿虽然小,但是伶俐,不到三岁,就能把电视里动画片的的故事照讲一遍。党桂梅两口子就盼着两头驴生小驴驹子,慢慢繁殖起来,到时候借上大力,供两个孩子上学的钱就不愁了。好日子的缰绳已经被他们抓在了手里,只要平平安安地过下去就好了。

万万想不到的事情,没有任何预兆地来了。儿子十六岁那年,突然身体和精神出现了怪异现象,乱发脾气,乱砸东西,在很短的时间内愈演愈烈,最后到了无法控制的程度。刘玉国和党桂梅赶紧带着儿子到巴林左旗和赤峰市的医院,结果为精神性疾病。这个消息简直不啻晴天霹雳,令这个刚刚过上安稳日子的家彻底地塌陷了。

刘玉国知道党桂梅患有高血压,经不住打击,就劝妻子说,孩子小,正是长身体的时候,咱们咬牙使劲干,有了钱肯定能治好。说是说,刘玉国的心里压着一块大石头,他一个人坐在地头上抽烟,一坐就是一下午。家里所有的存款都花光了,亲戚朋友的资助也用光了。

他们开始借高利贷，想着即使倾家荡产也得借，不能把儿子耽误了。里里外外，他们花了二十八万。最后实在没有钱了，儿子无法住院，只能在家里服药治疗，效果显然就差多了。一天天劳心劳力地照顾着处于异常状态的儿子，党桂梅感觉自己越来越没劲，早上起来从炕上往地下一站，两条腿好像是别人的，泥一样地堆下去。降压药加了剂量，血压看着是降下来了，压差却拉大了。

她硬挺着，暗暗告诉自己，你可不能倒下去，儿子病了，女儿还小，你要是再倒下，让玉国一个人怎么扛得了？在丈夫面前，她说："我就是急火攻心，吃点牛黄上清片就好了。"在刚刚上小学的女儿面前，她还是那个无所不能的妈妈，每天问孩子的功课，让她吃好穿暖，给她打扮得漂漂亮亮的，送到大门口。

一天早晨，她起身时感觉身上很难受，眼前突然一黑，就晕了过去。等到醒来，她一睁开眼睛，天哪，谁给我脑袋上蒙了一块红布？从头上到脚底，都黑红黑红的，窗台上绿色的龙角菊是红的，饭桌上黄色的小米粥也是红的，看看天，天花板是旋转的，墙角转成了锅沿……

住进医院，党桂梅的病情也没见好转，医生说还需要做一些检查，请专家会诊，需要的治疗费也不少。刘玉国在门外和大夫的对话，党桂梅隐隐约约地听到几句，和她猜想的差不多。她闭上眼睛，不吱声，静静地躺了一天一宿，第二天起来，就喊丈夫。她想好了，换下医院的病号服，穿上自己的羽绒服，回家，不治了。

她说："我当时想了，回去养一阵子，好了就好了，不好也不浪费钱。家里的鸡鸭猪，还有攒下来的几百斤小米和干黄芪，全都卖光了，就剩下两头驴，可不敢再卖了。女儿小，儿子病，往后不得把个闷葫芦似的男人愁死啊？留下驴，慢慢养，年年下两头小驴驹，还有个活钱，怎么难也要把女儿供出来，将来有个旱涝保收的工作。等到没有我那一天，她爸干不动的时候，也有人养老不是？她哥也得有人管啊。"

叫了几遍，也没有听到丈夫回答。到了下午，刘玉国才一头热汗地进了病房。他告诉党玉梅不用急了，大夫说，这点病不算啥，住一阵子院治治就没事了。

党桂梅说："你是不是把我的驴给卖了？"

刘玉国说："没有没有。"

党桂梅一连问了好几遍："那你哪来的钱？"

刘玉国脸一绷，呵斥她："你这个女人怎么回事？天塌下来有老爷们儿顶着，都病成这样了能不能省点心？"

后来，党桂梅出院回家。一进院子，眼泪就止不住了。院子里果然空空荡荡，安静极了，没有鸡鸣，也听不见驴叫，就连原来准备修房子的砖也不见了。儿子站在门口，一脚门里一脚门外，直愣愣地看着母亲，就好像不认识一样。女儿小，但是很懂事，专挑高兴的事说："妈妈妈妈，我们老师表扬你了，说如果不是你教育得好，我当不上班长。"

一家四口人搂在一起，默默流了半天眼泪。党桂梅擦干泪水，把灶火点燃，然后下了一把面条，到地里薅了点青菜，全家吃了灾难之后的第一顿团圆饭。她知道，一切都得重新开始。

刘玉国和党桂梅刚刚尝到的幸福生活，就这样不翼而飞了。他们家的日子已经变成了一条无助的小船，在看不到绿洲的汪洋里勉强地漂泊着。

党桂梅出院以后，身体还是弱弱的，还需要吃药和继续治疗。这三年时间，一个四十多岁的女人，头发都白得差不多了。她挣扎着，跟在丈夫后面下地干活，院里院外地张罗一家人的生活，每天累得直不起腰来。他们种了十五亩地，舍不得雇工，全是夫妻俩没黑没白地春种秋收,为的是把从前的日子找回来。可是,毕竟负担过重,力不从心,生活依旧像不能开花结果的树,冷漠地面对着这苦苦追求的夫妻。

二〇一七年,他们家因病返贫,被识别为建档立卡贫困户。按政策规定,接受扶贫项目资金,养了七只基础母羊,开始发展家庭牧业。两年后,他们出售了八只羊羔,又买了两头小猪,日子开始有了转机。

镇里的领导、村里的干部、驻村第一书记,都在为他们家寻找挣钱的路子。刘玉国和党桂梅说,政策虽好,咱也不能等靠要。村干部说,十三敖包村和新井子村的村民绑笤帚挺挣钱,我先跟着村干部去,看能不能学会。刘玉国本来就心灵手巧,到了邻村的笤帚加工车间,一看人家那里干得很红火,一些参与的贫困户都有了收益,便煞下心来,开始学这项技术。

要过年了,驻村第一书记刘凤鸣来到党桂梅家,给她生病的儿子带来一套新衣服,是用从自己工资中挤出来的钱买的。自从刘凤鸣包户进入这个院子,他就给这个饱经创伤的家庭带来了无数温暖,也带来了很多好建议,帮助他们解决了不少困难。他也被这对夫妻自强不息的精神深深打动了。他发现在这个家庭里做扶贫工作,不存在扶贫先扶志这个程序,只要给夫妻俩提供切合实际的项目,他们总是做得超出预期。

刘凤鸣看看院子里的鸡圈,空的。他们家的鸡每天要出去溜达溜达,吃点小昆虫、小草籽,平日的饲料全是苞米、瘪谷子,没有任何非天然的饲料。她家小鸡下的蛋,蛋壳硬硬实实的,打开往碗里一倒,橘色的蛋黄外面有两层蛋清,里面的稠,外面的清亮,鸡蛋煮熟了,一敲裂壳,满桌子香气。

看看她家的羊圈,地上总是干爽的,一点没有屎尿的膻臊气。党桂梅每天都要出去一趟，一并放着羊，赶着鸡，还要带个篮子捎些羊草和野菜回来。她家的羊，不会整天圈在圈里吃喝拉撒，无论基础母羊还是羔子，都白得跟雪团儿似的，招人喜欢。

党桂梅的儿子谢过刘哥，接过这套衣服。他自己没有穿，而是来到妈妈的面前。他说："妈妈，你整日辛苦，过年了，都没有新衣服穿，这衣服你穿吧！"

党桂梅一下愣在了那里。

自从儿子得病以后，她每天不知道盯着儿子的眼睛看了多少遍。儿子的眼神直接反映出他的精神状态。她每每看着儿子的眼神，都心痛得如刀割一般。那是混沌的眼神，冷冰冰的眼神，痴呆呆的眼神。此刻，她盯着儿子的眼神看了半天，一把抱住儿子，把他的脸贴在自己眼前……的确，儿子的眼神变了，有了正常人的情感，儿子说话的表情也是那样亲切、那样自然。

党桂梅激动得两手发抖，竭力让自己平静下来，像什么也没有发现似的对儿子说："这衣服是男式的，我大儿子穿正好。"

儿子说："妈妈，那你过年还没有新衣服呢。要不我不要压岁钱了，你自己留着买件新衣服吧。"

党桂梅强抑制住自己的心跳说："大儿子，好儿子，妈妈听你的。"

女儿叫刘慧怡，从小受党桂梅的影响，要强，上进，善解人意。

她也看出哥哥的变化，聪明的女儿不露声色，附和哥哥说："妈妈，我也不要压岁钱了，你留着买件新衣服穿。你看你，身上的棉袄袖子都磨漏了……"

党桂梅一把搂住两个孩子，紧紧地贴在自己的胸口，眼泪再也止不住了。难道从前的幸福要回来了？

这一天，党桂梅比什么时候都盼着刘玉国回家，她要把这个好消息告诉丈夫。

往常,党桂梅心疼劳累了一天的丈夫,总是先招呼丈夫坐下来,全家一起吃了饭,让他抽根烟,歇一歇。到了很晚,夫妻俩才有时间说点话,商量点事。此刻,她实在按捺不住激动的心情。

刘玉国一进门,她就把丈夫拉进里屋,说:"我有一个好消息要告诉你。"

刘玉国说:"我也有个好消息要告诉你。你看看,外屋我给你带来啥好东西了。"

党桂梅说:"你让我先说。"说着,眼泪就流出来了……

刘玉国给党桂梅带回来的是两把笤帚。这两把笤帚是他自己学着绑的,是他在外村学习的毕业作品。

内蒙古东北部大兴安岭东南部的农村,有五十多年种植笤帚糜子的历史,不过所产的糜子都廉价卖给了外地客商,当地农民自己制作笤帚,是在全国上下开始脱贫攻坚之后。刘玉国拿回来的成品笤帚,和当时外村乡亲们绑的成品有所不同,更精巧、更漂亮一些。

刘玉国说:"你看没看出点门道?"

党桂梅说:"我知道,你把塑料绳和丝绸带子都扎进去了,变出花样了。"

刘玉国说:"我的基本功还是不行,手劲不匀,分缕也不准,但是咱下力气学,也不是啥难事。现在手工活受欢迎,消费者买啥东西都喜欢精致的。要是弄好了,一把小笤帚就能卖五十元钱呢,大笤帚卖一百元也不是问题呀。"

党桂梅飞快地算了一笔账,家里的十五亩地,过去种笤帚苗子,能卖出四五千元,要是用自家的原料绑笤帚,收入可要翻上七八倍呢!

邻居大嫂在村里遇到党桂梅,很疑惑地问她:"桂梅,你家电灯开关是不是不好使了，怎么晚上老也不闭灯啊？"大嫂不知道，这两口子又像当年上山挖药一般疯干了，起早贪黑一个月，他俩拿下绑笤帚的技术，还开始了自己对自己的挑战，学着设计花样、设计造型。心情好，身体就好，党桂梅似乎把有病在身的事情都忘记了，每天忙得不亦乐乎。家里有了钱，儿子得到更好的治疗，身体和精神也一天天恢复向好，可以帮助父亲照看牲畜，帮助母亲干一些体力活了。党桂梅跟我说："真的，是脱贫攻坚的好政策，让我们家登上了顺风的大船，跟上了时代的脚步。"

收获总是属于不辞辛苦的人。刘玉国和党桂梅成了远近闻名的绑扎能手。他们把自己绑的笤帚拿到市场上销售，有结实的扫地笤帚，有轻巧的扫炕笤帚，有很多种装饰用的观赏笤帚。根据市场的需求，他们不停地探索出新的花样笤帚，如民俗中给婴儿放在枕边压惊的迷你小笤帚、放在汽车里除尘用的长把短头笤帚、老人喜欢的摇摇乐等。喜欢的人越来越多，第一桶金就这样来了。党桂梅算了又算，如果按照这个路子做下去，不出两年，他们一家就会过上富裕的日子。

如果在绝地翻身伊始，埋头自扫门前雪，一心一意把自己家的致富工程经营好，也是无可厚非的。但是党桂梅和刘玉国心里正琢磨着的是，哈拉哈达镇北房身村，有一百多户，一般一口人三亩地，基础很薄，卧床不起的、一家有两个残疾人的、因事致贫的，比自己贫困的还有不少人家。党的政策帮助了咱，咱好意思看着他们受穷吗？

为了能带动其他贫困户一起从事笤帚加工，夫妻俩把自家的两间屋子收拾出来当车间，但手头只有几十元钱，不够用。聪明手巧的刘玉国就自己制图，自己动手焊接，用废弃的自行车改装出一套笤帚苗绑扎架子。接着边用边改进，制作出集绑扎工具和案台于一体、同时容纳六人操作的绑扎工作设备，大大提高了工作效率。刘玉国和党桂梅当师傅，把绑笤帚的技术传授给了二十多位村民，让他们到车间学会技术，各自回家绑笤帚，然后借助扶贫创业车间的市场渠道出售。

我走进党桂梅家的场院和住房，远远就听到妇女们快乐的说笑声。现在，乡里用扶贫资金给她家修建了专门置放笤帚苗子的大仓库，又更新了扶贫车间的生产设备。村里的妇女和老人乡亲们，也有了用武之地，不用风餐露宿、单独经营，只要学了技术，就可以来他们家的扶贫车间挣到钱，过舒心日子。

党桂梅和刘玉国被评为"脱贫攻坚内生动力示范户"。二〇一八年妇女节，党桂梅在镇政府举办的"笤帚苗加工技能比赛"中荣获优秀奖，他们家彻底甩掉了贫困户的帽子。二〇一九年，他们种植三十多亩笤帚糜子，带动十个贫困户一起脱贫。他们的精品笤帚，在市场上走红，已经卖到了北京、天津、石家庄，有一位著名的影视演员一次就购买了三百多把。

底气足了，党桂梅侃侃而谈。在采访结束的时候，党桂梅说："咱们俩加微信吧。"我看到她给自己起了个网名，叫"红星向党"，很多人在微信上订购她的笤帚。

我起身告别，党桂梅拉着我的手不让我走，非让我去看看她女儿的奖状。

党桂梅告诉我，她去学校给女儿开家长会。老师告诉她："刘慧怡学习好，又谦让，对于有缺点、有困难的同学很热心。"党桂梅说："我心里明白，我们平日里对女儿的教育，如今显了效果——能站起来走路，没人会愿意爬着走。咱们困难过、穷过，要是没有人帮，能站起来吗？所以咱们到啥时候也不要看不起穷人，看不起弱者。你手心里有硬币，就不要攥着握着，要用手托着，递给这个世界。"

回来的路上，党桂梅去了书店，买了一套四大名著，作为对女儿的奖励。

西沟村的郝彦波

内蒙古赤峰市喀喇沁旗地处燕山山脉和大兴安岭山脉之间的丘陵草原，春季风大干燥，夏季多雨高温，适合种植沙参、黄芪、防风、桔梗等中草药。这里有个西沟村，出了个机械公司，已经成为国内中草药种植机械产业脱贫的领衔企业。

公司的老板叫郝彦波。三十六七岁，个子不高，身子略显单薄，两只不大的眼睛炯炯有神。

说起扶贫的事情，他说没别的，就靠机器。

眼前是一片药田。九月，到了收获的时候，防风的秧子绿着，却蔫倒了；沙参的秧子枯黄，即将化为泥土的一部分。季节不等人，种植的药材不及时挖出来，根茎就会变黑腐烂。父母眼巴巴盼了两年的收益，就会鸡飞蛋打。药田是自己家的，也就两亩地大小。

郝彦波把肩头的五齿叉子放下来，在药秧根部附近插下去。

原来挖药这事儿，并不好玩。土地坚硬，沙参的根茎扎在地里六十多厘米。他的一只脚踩下去，叉子只入土二十厘米；他的两只脚踩下去，倾尽整个身子的重力，又使劲顿了顿，六十五厘米的叉子深入土层。土又沉又硬，他憋了个大红脸，才算把叉子撅出来。就这样，一叉子挖掘出几根药茎，他挖了一整天，直到最后一丝残阳消失，手上的水泡磨破出血，汗水和泥土把脸涂成了黑盔，仅挖完了不足一分地。他直起身来一看，暮色中，这药田怎么这么大呀，何年何月才能挖到头？

那一年郝彦波十七岁，高中还没毕业。他是西沟村一个农民的独生子，从小生得单薄，个头也矮。虽然家里缺衣少食，但郝彦波不缺少爱，父母把他当作掌中宝，但凡他提出一点要求，父母再难也要变着法地满足他。四五岁时,父亲就看出来一些端倪了,这孩子看电视上的变形金刚,两眼直直的,给他个黏豆包都不动。后来大一点,他就把家里好好的座钟给拆了。父亲进了屋,儿子连头都没抬。他坐在屋地上,裤子沾满尘土,旁边是按顺序摆放的座钟零件,时针、秒针、发条、齿轮、钟摆。他全神贯注要把拆散架子的钟重新装好,可是怎么使劲也装不起来……父亲拍拍他的脑袋,一句责怪都没有。父亲认为儿子念书好,门门功课都不差,跟他从小喜欢动手动脑有关。

上了中学,郝彦波被推选参加全市的数学竞赛,到了赤峰考场,他早早答完了题,看到有些小错误,也不改,交了卷子,就忙三迭四地退场,去看城建工地的大塔吊了。不过他最后的成绩还不错。父亲在村委会门前很谦虚地告诉村干部:"一般一般,赤峰第三。"

考学,儿子一定行!和千千万万个农村孩子的爹娘一样,他们认准了考学是摆脱贫困的唯一途径。父亲收废品,母亲打零工,省吃俭用,把挣到的钱一点点往银行存。聪明的儿子给了他们盼头。

就在这时候的某一天,郝彦波的堂哥去世了。他是一个身强力壮的小伙子,每天在地里挖中药。喀喇沁的秋天寒风刺骨,他总是累得一身大汗,于是光着膀子继续干,不一会儿就渴得嗓子冒火了,捧起身边的凉水就喝,抓起个凉馒头就吃,结果伤了肺,送到医院,人已经没了气息。

郝彦波放学回家,把书包往炕上一推,说:"我不想念了,我得回家帮你们干活。"

父亲说:"你不是想当工程师吗?"

母亲说:"儿啊,力气活儿你打小就没干过,不是逞能的事儿。"

郝彦波不吱声。

父母沉默一夜,第二天一早,把药叉子递到儿子手中。他们觉得，让儿子体验体验也好，他知道脸朝黄土背朝天的劳作是啥滋味，就会把手里的药叉子一丢，重新背上书包回学校。

没想到，儿子把手藏在手套里，不给父母看。他每天照常挖药，还抽空到舅舅的拖拉机跟前转来转去，晚上也不睡觉，点灯熬油地画一张图。地里的药材还没有挖完，郝彦波手里的自动挖药机草图已经改了好几遍。

其实郝彦波在挖药的第一天，就萌生了发明个机器的想法——可不能再出第二个堂兄了，为什么喀喇沁四十年的种药史就不能改一改呢？他把手里的图纸在父母面前展开，说："不采用机械化，咱们十里八乡种药材的农民永远熬不出头。我做一台挖药机，给你们看看中不中？"

父亲领他到废品收购站，收寻回一堆旧机械零件、旧焊条。母亲翻箱倒柜，拿出家里仅有的二百多元钱，接过了儿子手里的药叉子。年幼的郝彦波满心都是梦想中的机器，并没有发现母亲眼中隐隐的泪水。

郝家的院子里响起了金属的撞击声，村里的二婶三叔七姑四舅过来看热闹。他们一出了院，就开始七嘴八舌："这孩子，真是不知天多高地多厚，你个毛孩子能发明挖药机，赤峰城里的那些能人还活不活了？这两口子太惯孩子，非惯出个败家子不可……"

闲言碎语一说就是十四年。从最初设计出第一台样机，到建立工厂成批量生产，到工厂的系列产品在国内和俄罗斯被广泛使用，再到挖药机产业成为中药种植领域的龙头企业，郝彦波苦苦学习了十四年，整整奋斗了十四年。

要把这个图纸上的机器制造出来，并且付诸实施，需要钱，用以交电费、买材料、买工具，更重要的是要买专业书。从机械动力原理，到设计图纸绘制，郝彦波是先下海，后学游泳。他还需要一台拖拉机，用来牵引挖药机，在药田里走动作业。钱不好借，亲戚朋友认为拿出去的钱等于打水漂。母亲给人家赔着笑脸，二十三十地借一点儿，然后细细地花在刀刃上，她也是心里不落底，生怕落下饥荒。拖拉机，大舅家里有一台，大舅喜欢机械，也喜欢这个爱鼓捣机械的外甥。可是姥爷不准许，郝彦波央求了几次，姥爷说："你给你大舅鼓捣坏了，谁花钱修？"郝彦波至今未抱怨过姥爷，他懂那种家家缺钱的生活。好在不久姥爷外出，大舅立刻把拖拉机给郝彦波开来了，还带来一台电焊机。

年轻的郝彦波，洗干净头脸，换上T恤衫，高兴得像花儿遇到春风，那一刻真的没想什么天多高地多厚，他的眼睛里只有一幅画——家家户户的地里都有挖药机在工作，那些长着须毛的沙参和黄芪，从土里露出白生生的根茎，就像胖娃娃从梦中醒来，打个滚儿，跳进了柳条筐。一筐筐的药材上了汽车，摇身一变，就变成一件暖蓬蓬的羽绒服、一条大红色的羊毛围巾，变成一座瓦房铁栅的院落，门前有一辆簇新的摩托车，门旁有一大片猪舍鸡圈，猪探出肥肥的头，鸡脚下是一颗颗洁白的蛋。这是他的梦，梦中有给父母的礼物，有自己未来的家，有美丽的西沟村……"二婶三叔七姑四舅你们闭嘴吧，我的美梦即将成真，新闻发布会就要开始了！"

然而，没有哪匹马能一步跨过大草原。在自家的药田里，郝彦波的机器开始操作，挖药的叉子插入了泥土，第一下挖出了几棵断根的药材，第二下机器发出了异样的响声，接着力臂失控，车身散架。这个完全没有参照物，全凭一个青年的想象力设计、使用废铜烂铁制造的器物，在众目睽睽之下倒了下去。

失败难道就不是财富吗？此后，郝彦波废寝忘食，在失败中寻找成功的因子。这台雏鸟般的机器，幼稚的地方太多，他一丝不苟地一一打磨，慢慢地找到了主要矛盾——液压油缸不过关，他换材料，换油封，经过上百次试验，改进了液压油缸的结构性能。就这样，跌倒了爬起来，爬起来再前行，到了二〇〇五年，郝彦波的挖药机终于研制成功，并获得国家知识产权局授予的知识产权专利。

故事到了这里，不是结尾而是开始。在市场经济的背景下，手攥着宝贝，却不能进入市场，就像一只没有帆的船。一贫如洗的郝彦波，在院子里久久地坐着，天上的小雨什么时候下的，他不知道，母亲叫了几次，他也不想去吃饭。机器的性能可以了，下一步该如何批量生产、推广使用呢？郝彦波需要很多钱。

别无他路可走，郝彦波把研制成功的挖药机放在仓房里，向亲戚借了三百元钱，出发了。他要到城里去打工，然后把梦想进行到底。

西沟村离赤峰四十公里左右，他是骑着一辆旧自行车去的。一路上他默默祈祷，愿这是自己和父母的人生中，最后一次借钱。

他需要找一个住的地方，需要填饱肚子，还需要尽快找到工作，找一个工资高又能学到技术的工作。他走遍了当时赤峰市内的二十多个职业中介，兜里的三百元钱，就像手掌上的一块冰，分分秒秒在缩小。

他小心翼翼地问中介经理："有没有工资高一点儿的工作？"中介经理一伸手说："有，中介费五十元。"他把几张钞票攥出了汗，舍不得拿出来，中介经理便把他当作空气，视而不见。他第二天又来到中介，和中介经理搭讪，结果又当了一天空气。第三天，他还来，往前凑了凑，经理不耐烦了，他依旧赔着笑脸，说："到底哪里招工？"经理说："中介费。"他说："我就问问干啥活儿还不行吗？"

经理说："不行。"他说："我不问清楚干什么活儿，交了钱干不了怎么办？"

经理说："你真磨叽，就是电焊工。"

郝彦波心里一喜，忙稳稳神，做失望状说："电焊，技术活儿，干不了。"抬脚走人。

他在又小又冷的出租屋里，把一本厚厚的赤峰黄页早已翻得烂熟。他知道，整个赤峰只有三家电焊厂。

他来到邮电局，花了不到一元钱，分别给这三家电焊厂打了电话。其中最大的一家正在招电焊工，工资八百到三千元，真是太诱人了。

厂里的总经理和副总经理一起面试。郝彦波不敢夸大自己的电焊技术，他说自己在家里焊过一般的小机器，没敢说也就焊过一台挖药机。总经理绷着脸说："我们不收学徒。"副总经理倒是和颜悦色，说："小伙子找个小厂子练几年再来吧。"郝彦波说："我不要工资，也不吃厂里的伙食还不行吗？"他们摆摆手，把郝彦波扔在了接待室里。

临走，郝彦波拿了副总经理的一张名片。第二天他给那位副总经理打电话："我没别的优点，就是认学。我觉得到你们企业很正规，有前途。我不要工资，只要个机会，领导就给年轻人的上进心一点儿厚爱吧！"

副总经理说："那你就来试试吧。"是郝彦波的最后一句话让他动了恻隐之心。

这家电焊厂主要生产变压器，订单多得做不过来。电焊车间有五个技工，干了十八年了，技术水平相当可以。他们抱团取利，平分项目工资。对郝彦波，他们一开始没当回事，用赤峰话说："这孩子是不是有点儿潮？分文不取你图个啥呢？学徒？没师傅十八年你也学不成。"

时间过去两个月，他们发现这手脚勤快、闷声不语的小伙子不可小觑。因为他交出的零活儿小活儿，十分像样，结结实实、板板正正，不亚于成手的水平。

只有郝彦波自己知道，这两个月自己是怎么过来的。白天，师傅们干活不许他掺和，他在一边干零活儿，远远地偷艺。到了午休和下班之后，他就拿起焊钳，捡来些下脚料，分秒必争地苦练。至于吃饭，就是两个馒头、一杯白开水，盒饭是买不起的，包子是当节日大餐来享受的。

郝彦波想请教五个师傅，自己不抽烟，买了盒烟给师傅点着，被师傅们一横胳膊拨拉开了。他说："师傅们赏个面子喝顿小酒吧！"师傅们连头都没抬。

只要有恒心，铁杵磨成针，机会总是属于有准备的人，这话果然不假。三个月以后，郝彦波靠远观勤练，可以独立完成小型变压器的焊接组装了。他焊好的机器往那里一摆，美观、牢固、严丝合缝，五个师傅啧啧赞叹。这时候，工厂接到一个大订单，焊接一个两千五百千瓦的大变压器，相当于一间小房子大，要求工艺水平高，时间短。五个师傅和老板谈工资，没谈拢，撂挑子不干了。

空空荡荡的车间只剩一个瘦瘦小小的郝彦波在干活。总经理来了，没有认出来他是谁，盯着看他操作，又用挑剔的眼光检查了他做出的成品，好半天才说："给你找几个工人，你带着他们把大变压器拿下来，中不？"郝彦波一听有点不相信自己的耳朵，镇定一下，他老老实实地回答老板："小的中，大的没干过。但是，我一定要干好，说什么也不能影响公司的声誉。"

总经理果然目光如炬，又想到这个年轻人做事能为公司考虑，便给了郝彦波每月八百元的工资和几个帮手，把任务派给了他。郝彦波起五更爬半夜，把每天的生产流程设计到分秒精准，把人力调配到最合理。检查质量，一个焊接缝，牙签那么宽的误差也逃不过他的眼睛，最终如期优质完成任务。这时，郝彦波的焊接水平已经远远超过了那五个干了十八年的师傅，并且在制图设计和技术管理上可以独当一面了。他的工资也三级跳，达到每月五千元。被聘为车间主任之后，总经理交由他来统筹车间的薪酬分配。最高的时候，他手下的技工每月工资八千五百元。

一转眼要过年了，他给母亲打电话："妈，我要回家了，你想吃什么，需要点什么，我给你买回去。"母亲说："快别价，孩子！咱们家用钱的地方多着呢。"郝彦波说："我一个月挣快五千元了呢，不差这点钱。"他没敢说八千多元，他怕母亲不相信。

母亲说："儿子，真的？"

他说："妈，真的。"

电话里传来母亲掩抑着的啜泣，她勉强说出一句话："儿子啊，有个好工作不容易，可要好好把握这个机会啊！"话里透露出一丝担心。

知儿莫如母。二〇〇七年，在打工生活顺风顺水的时候，郝彦波以家里搬迁为理由，向总经理请了长假，怀揣着积攒下来的不足八万元钱，回到了西沟村。他跟父母说："厂里的工作每天都一样，我要干点儿每天都有新意的事儿。"父亲拿出钥匙，打开房门，郝彦波又回到了梦中的挖药机跟前。

挖药机在库房里搁置了两年，但是在郝彦波的脑子里，一天都没有搁置，即使在打工最劳累的时刻，只要一闲下来，就会不由自主地琢磨起挖药机的改进。现在，他有钱了，到了第二次冲刺的时候。他买了一台拖拉机，更新了挖药机的设计，制造出一台完整的新型挖药机，到工商局正式注册了机械制造厂。这时候的郝彦波已经打开视野，学会了研究市场，关注社会需求。他认为，随着人们保健意识的提高，中药的市场需求将会扩大，挖药机的使用势在必行。他鼓动父母，提前种下十亩药材。他经过测算，批量生产挖药机，尚需四十万元左右。一个老同学不怕担风险，要求参与，于是两个人分别贷款，生产出二十台挖药机，准备大干一场。

郝彦波开着拖拉机在药田里作业，引来了人们的围观。挖药机果然不错，虽说速度和精确度还处于初级阶段，但是一台机器顶五六个人工已经没有问题了。附近的药农看了之后跃跃欲试，媒体也来凑热闹——中国第一台挖药机诞生了，从此改变了中药种植的劳动方式。

很快，第一个敢于吃螃蟹的人出现了。可是，当客户把花了三万多元钱买来的机器往地里一开，没等挖完半亩地药材，挖药机就出现了故障。郝彦波赶紧派人修，当时是修理好了，可还没等修机器的师傅回到家，电话又来了，机器又出毛病了。这到底是怎么回事呢？郝彦波整天在客户的药田里琢磨，他发现如果自己亲自操作挖药机，机器会很好用，一旦换个生手，就会故障频频。就这样，好歹挖完了客户地里的药材。这位客户是个厚道的老兄，没有让郝彦波退货，默默地把这台挖药机放在场院里，再也没动。

郝彦波把剩下的十九台挖药机放在自己的院子里，不敢再销售了。这时候已到了年底，银行的贷款利息将近四万。怎么办？郝彦波可以回电焊厂继续打工，挣得多一点儿，最终还上利息，可是这个项目可能彻底夭折了，自己的企业梦也就成了一枕黄粱。出路只有一个，就是继续改进机器，直至完全成功。

郝彦波开始疯狂地研究机器的改进。技术问题，国内没有同行，求教无门；投资问题，也走进了死胡同。现实瞬间回到了多年前，郝彦波整天在家里边学边干，父母出去给人家的耕地拔草，每天拿回来十元，郝彦波花十元，拿回来二十元，郝彦波花二十元。一家人除了吃饭，刮骨熬油一般节省出一点点钱，支撑着郝彦波最后的信念。

债务重，压力大，郝彦波的身体每况愈下，终于有一天，他昏倒在机器旁边。到医院一检查，医生说这个年轻人可惜了，得的是绝症。全家人不肯相信,换了一家医院重新检查,结论一样。最可怕的是,家里已经没有给郝彦波治病的钱了。母亲出去借钱,亲戚朋友的回答让人心凉——得了这种病,弄不好要人财两空啊……母亲借了一圈,只借到几百元钱。

全家被阴云笼罩。母亲每天在地里干活的时候以泪洗面,回到家中看到儿子,又强颜欢笑。郝彦波想:"我还这么年轻,难道就这样完了吗?"他不甘心,真是不甘心哪!他想不开,暗暗地哭了不知多少回。费用太大,他决定放弃治疗,顺其自然。父母、妻子和孩子哭成了一团。

父亲拆了几台挖药机,把零件当废铜烂铁卖,去给儿子买药。郝彦波隔着窗户,看着父亲伛偻的身躯,心如刀绞。

医生要求他避免重体力劳动,保持好心情。他一想,对呀,生命不就是一种心情吗?心情好了,每一天都好。他站在深秋的寒风里,面对冷冷的太阳,做起了扩胸运动,身体里勃发出一团热量。他告诉自己,你要坚强,你青春的肌体、你昂扬的精神、你每天锲而不舍思索的大脑,都没有衰竭的迹象,只要不气馁,就没有过不去的火焰山。

郝彦波每天在家里看孩子,洗衣服,为全家人做饭。他原本一点儿都不喜欢这些家务,此时,却做得全心全意。他在最不应该思考生与死的年纪,体验到活着的每一分钟都值得万分珍惜。他心中最重要的事情,仍然是继续改进挖药机。他每天强迫自己卧床休息几个钟头,待有了一点儿精神,再埋头于图纸上、机器上,一干几个小时,他就这样用一张一弛的方式和死神赛跑。

许多年后,他对记者说:"我当时想,看不到我的挖药机在一家家药田开着,后面有一堆堆白生生的药材,让药农们在一旁竖起大拇指,我就是闭上了眼睛也得睁开啊。"

母亲说:"儿啊,你不要命了吗?"

他说:"娘啊,你放心吧!儿子不仅要命,还要成功,还要让家里过上富裕的日子。你养育了儿子,吃了多少苦,儿子还没回报呢,怎么能丢下你呢?你不是说想去乌兰木统看草原吗?还想去北戴河看看海吗?儿子还要陪着你去呢。咱们坐火车、坐飞机,把梦想变成真的。"

母亲说:"那些我都不想了,只要我儿子好起来,咱们把饥荒还清,我每天心里不总是沉沉的,就知足了。"

心静自然少忧烦。郝彦波想开了,心火就退下去了。他不急不躁,每天敲敲打打、铣铣锯锯,把挖药机的每一个构件、零件重新研究了一遍,还专门请了一个朋友开着挖药机,在各种不同的地里做破坏性试验,终于找到了机器故障的症结。原来是一些构件和零件用料质量较低,一些局部的配置不够精确,而机器的总体设计没有根本性问题。

从一个个坏消息里,郝彦波汲取了正能量。

时间验证了郝彦波的眼光,当初让父母种下十亩中药材是对的,二〇一〇年中药材行情大涨。郝彦波也彻底解决了挖药机设计制造方面的问题,便操作机器在自己家的药田里工作。连续两年,他们家种药收入达到二十多万元,也让先前拒绝使用挖药机的乡亲们蜂拥而来,一时间买光了郝彦波的所有存货。从此,小小西沟村洛阳纸贵,郝彦波的挖药机火了!一家人忙得不亦乐乎,老人和妻子忙着打磨、喷漆、上螺丝,郝彦波全力以赴组织技术人才,扩大生产规模,引进先进设备,研制换代产品,陆续开发出深松(土)机、药材播种机、苗床起垄机、药材移栽机、挖药收获机、药材清洗机、药材烘干机等产品,为中药种植行业提供了一条龙机械。现在,郝彦波的中药种植机械,已经在内蒙古、吉林、辽宁、山东、山西、河北、四川、黑龙江、甘肃、新疆被广泛使用，在俄罗斯和哈萨克斯坦也有了长期用户。可以这样说，自从郝彦波的挖药机率先走上市场，人工种植中药的历史渐渐一去不复返了。

这回郝彦波真的富了。看着父母脸上的笑容，看着每年以百分之三十的速度递增的产值，他的自豪感、成就感瞬间布满心头。他先给家乡算了一笔账。目前，喀喇沁旗还有三十万亩山坡干旱土地没有很好利用，如果种上中药材，按每亩最低收益一千元，就是三亿元，当地百姓足以富起来。第二笔账是目前国内有六千万亩的中草药种植基地，需要至少二十万台挖药机，他们可以提供其中的百分之十以上。那么，自己出售机器的收入可以投资家乡三十万亩山坡干旱土地的流转开发。

他建立了一个中药产业示范园，流转贫困户的土地，引进国内先进经验，种植中草药。他还成立了中药机械作业团队，租用贫困户的挖药机，组织贫困户劳动力到示范区劳动。一举三得，让贫困户从土地租金、机器租金、人工劳动三方面获得收益，摘掉贫困户帽子。

郝彦波说，他下一步的梦想，一个是在窗外辽阔的原野上，他已经公开了中药产业机械的专利，正在把产业园区的种植经验向全国的同行推广；另一个在企业的实验室里，他要一改目前模仿人工的机械模式，引入电子化、智能化，让机器人入场，成为中药机械产业的新龙头。

三十六岁的郝彦波，那明亮的眼睛里充满愿景。

精耕库布其

◎ 肖亦农

一

多少年来,"库布其"这句蒙古语,常被人翻译为弓弦,意即黄河为弓,沙漠为弦。

居住在库布其沙漠腹地的莫日根道尔计跟我讲,幼年时他最爱做的事就是一次次爬上高高的沙丘,向外眺望着。幼时,小莫日根听老人们讲过许多黄河的传说,但从未见到过如弓的黄河。阿妈对他说,待他长大一点,就带他到黄河边上磕头去。在蒙古语中,黄河被称为哈屯高勒,意即母亲河。库布其人守望黄河,就像守望母亲。

眼前不远的地方倒是有一汪清水,还有直伸到沙丘脚下的寸草滩。正是有了这汪碧水,这片草滩,这儿才被称为赛乌素才登,直译成汉语为有好水草的地方。但家乡那片好水,茵茵碧草只是留在莫日根道尔计幼时的记忆里,就像一个遥远的梦。

那是一场黑沙暴过后,小莫日根发现沙丘压上了他家房屋的后山墙,一群山羊跑上家里的房顶,凄凄地咩咩叫着。房顶缝隙处,塞塞窸窸地往下落着细沙。阿妈用双手疯一般挥着红柳编的簸箕，刮着压在房顶上的沙子，屋子的房梁上发出"吱叽叽"的叫声，就像藏着一窝饿极的老鼠。阿爸一身风尘地赶回来，毅然决定扒掉门窗木料，选择一个高处，重砌草坯盖房。这时，小莫日根才发现平常羊儿们饮水的那汪清清的淖尔没有了，沙漠无情地吞噬了那片好水。

　　阿爸默默地不说话，在一处青草茂密的地方，默默地挖了一眼井，并用干枯的沙柳条子围了起来。羊儿又有水喝了，小莫日根觉得阿爸就是库布其沙漠上的罗汉金刚。莫日根道尔计记不得是哪年跟着父母在库布其沙漠上扒沙掏沙的。他冲我憨憨地笑着、思索着，是五岁还是七岁？"咳，六十多年了。"他感叹道。

一

　　那年，当小莫日根舞着双手开始像阿爸阿妈一样扒沙挖沙时，有一个叫徐治民的汉族大叔带着一支治沙队伍，开进了库布其沙漠东端一个叫园子塔拉的地方。但他们不是挖沙扒沙，是要把树、草栽种在荒无人烟的园子塔拉大荒漠里。园子塔拉原本是一片好草场，人们在这里开草原种庄稼，最后起沙了，远处的大沙漠，几场大风过后，突兀地出现在开荒的人们面前。他们扒掉门窗，用牛车载着锅碗瓢盆、铁锹犁杖，哼着"二姑舅捎来一句话，口外那儿有好收成……"继续走他们的西口了。这是典型的"游种"，开一片草场种几年地，一起沙子便拔腿就走，再寻新的草地开荒种地，鄂尔多斯人称之为"倒山种"。

　　"六月的沙蓬无根草，哪搭搭挂住哪搭搭好……""倒山种"人们的歌声刺疼了徐治民。徐治民已经不是在口外揽工种地的受苦汉了，而是翻身农民组织起来的互助组的组长。他带领的这十几位翻身农民是库布其沙漠上第一代种树人。刚开始种树时，风沙大得能把人埋了，栽下的树苗全被沙压死了。人们这才知道在沙漠上种树是件非常不易的事情，人们拨弄着埋在沙里的干枯树苗，不禁有些泄气。有人讥笑他："你这是糟蹋五谷哩！"这是句很重的话，意即只吃饭不干正事。他不服气，领着人们在大沙子的脚底下栽种沙蒿沙柳，苦干了几年，他们栽活大片的沙蒿沙柳，终于挡住了沙头。

他领着人们冬天搞挡沙坝，春天栽沙柳，植树苗，旗里林业站的人还来专门科学指导，建设固沙植物网格，规划林田建设。为了保证林木的成活率，他还在园子塔拉打了多眼水井。春旱时，他就挑水浇树，他和乡亲们的肩膀头压出的老茧一层又一层。二十世纪五十年代，徐治民领着人们在园子塔拉共营造了十八条林带，最长的有十五里。一眼望去绿油油的，浩瀚大漠中透出了绿的春意。许多"倒山种"的老户又回到了园子塔拉，跟着徐治民植树种草。终于，沙子欺负不动人，园子塔拉已是满目翠绿，徐治民这才想起，要将自己的家搬进园子塔拉，屈指一算，这个弃家治沙的人，已经离开家整整七个年头。

二十世纪七十年代，六十多岁的徐治民仍继续带着乡亲们治沙种树，一排排小树苗"嗖嗖"往高蹿，他的腰却慢慢佝偻了。有一天，他一头跌倒在治沙工地上，大口大口地往外喷血。

乡亲们心疼地说："老徐这是撅着了。"

"撅着了"的徐治民开始护树，守护这片林子，驱赶着窜入林地啃树的牲口。谁要是想动他一棵树，他跟人家拼老命的心思都有。二十世纪八十年代中期，达拉特旗人民政府为年届八旬的徐治民立了一块碑，碑文记录了他四十年绿化沙漠的事迹。

一九九一年的春天，我专门去采访徐治民老人。那天，他不在家，我默默地看着老人简陋的土坯房，觉得辛苦种了一辈子树的老人应该过得更宽裕些。他的老伴带我去见老人,路上她告诉我:"老徐这些日子心里麻缠得慌,人们想分成材林换钱,老徐就是不同意。有人嫌他挡了财路,就在碑上乱写乱画。老徐很生气,有空就来碑前看看。"果然我在碑前见到了徐治民老人,一个壮汉站在他身旁说着什么。老人穿着一件蓝色的上衣,戴着顶深蓝色的帽子,佝偻着身子,脸板得就像一块石头。春天的阳光透过树的枝条斑驳弄影在他那苍老的脸上,壮汉几乎是冲他吼:"叔,你倒是说句话呀!"

他的老伴悄声告诉我:"这是老徐的侄子,侄子要建新房,想伐两棵树,做门窗。"已经磨老徐几天了,老伴也劝徐治民道:"你倒是给孩子句话呀!"

徐治民就是不开口,侄子哑着嗓子说:"老叔,咱治几十年沙图了个甚?"

这的确是个问题。鄂尔多斯当时有这样的俚语:远看是讨吃要饭的,近看是治沙站的。还有这样的话:治沙不治穷,到头一场空。那年,我采访库布其、毛乌素沙漠的治沙者们时,确实发现植树种草与富裕之间还有一段距离。那时内蒙古自治区在全区范围内大兴"念草木经,兴畜牧业"理念。伊克昭盟在鄂尔多斯实施"两翼一体"的发展战略,即治理荒漠化,美化绿化贫困山地、沙地,甚至为每户农牧民制定了林地、经济林、水浇地、牲畜的具体数目。各级政府和鄂尔多斯人民投入了极大的热情。那时,大漠上,山地间,到处都是重新治理鄂尔多斯河山的壮士。这种以一家一户为单位的治理模式,呼唤着农牧民脱贫致富的雄心壮志,激励着更大范围的农牧民投身到生态恢复和建设美好家园中来。

那个沙尘暴不断的春天,我驱车行驶在鄂尔多斯大地上,深入到库布其、毛乌素沙漠治沙者的工地,准格尔山地小流域治理工地,感受这山河巨变,曾为茫茫沙漠上铺出的星点绿色,多次泪水盈眶。但贫穷的治沙者和治沙者的贫穷始终萦绕在脑海里,久久挥之不去。

二十世纪九十年代开始,库布其沙漠上成立了"库布其沙漠开发恩格贝试验区",努力尝试一种新的治理荒漠化路子,力图拉近治沙与富裕的距离。后来,鄂尔多斯羊绒集团也参与到这里来,也听说日本的治沙专家远山正瑛将其试验基地搬进了恩格贝。我在恩格贝见到了被日本人尊为"沙丘之父"的远山正瑛,他曾成功治理日本列岛的沿海沙丘。远山正瑛来恩格贝治沙试验区前,已在中国治沙多年,著名的沙坡头治沙工程,也有他的心血和智慧。

三

二十七年后的今天,莫日根道尔计已经是六十多岁的老人了。

这个像父辈一样扒沙掏沙、守护家园已经几十年的他,也变成了沙漠上的铁打金刚。几十年来,莫日根道尔计和他的家人被沙漠撵得搬了多少次家他已记不清了,但他仍苦苦死守着赛乌素才登。他守望着这片浸染着先辈骨血的大沙漠,不屈不挠地在这片沙漠里扒沙挖沙固沙,像一匹吃苦耐劳的马一样守护耕耘着先人放牧的草地。他硬是凭着自己的努力、自己的投入在库布其沙漠的腹地种出了七千多亩人工森林。其中红柳、沙柳、杨柴、柠条、沙棘等耐旱耐寒植物,还有无边无际的牧草,已经构起了自己的生态屏障。绿草地上,汪汪的湿地上积起了一片片碧水,茵茵青草向远方扩展,而逞威几百年的沙漠已不见踪影。莫日根道尔计带我站在一个高处,极目望着眼前这无尽的绿色,感慨地对我说:"就跟做梦似的!"我默默地望着眼前这大海一般的翠绿,心想,沙漠去哪儿了呢?真像莫日根道尔计说的,这是在梦幻之中?

莫日根道尔计告诉我,他的造林治沙之路,是从二十年前参加穿沙公路的修建开始的。那时，饱受库布其沙漠之害的十万儿女，响应旗委、旗政府的号召，出钱出力，在人迹罕见的库布其沙漠上修筑了第一条穿沙公路。为了公路不被沙漠吞噬掉，旗委、旗政府下了死命令，要保护好这条生命线。公路两侧的固沙任务，分段包给了全旗的党政机关、企事业单位和沿线的乡镇苏木。沿线的农牧民也都上了穿沙公路，出力出劳。

莫日根道尔计就是随着几万修路护路大军来到穿沙公路的。看着人们在林业技术人员的指导下，在沙漠上用枯柳、秸草制作方方整整的沙障，而且栽种上各类植被，在道路两边栽起树木，他感到很新鲜，他一直以为草木应是地上自然长出来的，原来草木在沙漠里还能人工种植。他想，为什么不能在赛乌素才登种一种呢？草木固住了沙，就再也不会被风沙撵得满滩跑了，儿孙辈就不用像我这样把日子过得满头大汗。在护路工地上，莫日根道尔计学会了种植技术，回到赛乌素才登后，还试着在自己家房前屋后的大明沙上扎起了网格沙障，并在网格上栽种了几百亩沙柳，冬去春来竟然活了不少。莫日根道尔计和家人连干五年，不怕失败，百折不挠，硬是在大沙漠上种植了五千余亩人工林。终于，明沙也停止移动，莫日根道尔计高兴地对妻子乌日桑道："以后咱再也不用过翻窗出户的日子了。"

在库布其沙漠，哪家哪户的屋门没被沙丘堵过，谁没有无奈翻窗出门的记忆呢？为了活下去，为了放牧的牛羊，库布其的人们修建草库伦，改建水浇地，种植人工林，在茫茫大漠上播撒着星星点点的绿色，在贫瘠的土地上收获着微薄的希望。尽管在库布其沙漠上出现了千百个像徐治民、莫日根道尔计这样的沙漠斗士，但库布其沙漠始终没有摆脱"局部好转，整体恶化"的生态怪圈。世纪之交那几年，鄂尔多斯市碰上了连续三年的大旱，大漠生烟。二〇〇一年，全市八千多万亩草场有一半没有返青，一千六百多万亩草场枯死。鄂尔多斯的沙尘暴越来越疯，被沙压死的牲畜越来越多，人们曾在一只被沙压住的活羊身上抖下二十多斤沙土来。

百折不挠，愈挫愈勇，严酷的大沙漠造就了库布其沙漠儿女的坚强性格。正当莫日根道尔计迎着风沙在自己刚栽的两千亩红柳林里清沙时，离赛乌素才登百余里之外的道图嘎查的蒙古族小伙子孟克达来遇上了一件破天荒的新鲜事。他在荒漠中听到了轰轰隆隆的汽车发动机声。孟克达来急忙攀上高高的沙漠，踮脚眺望着，只见起伏的沙浪之间，上下跳跃着一辆汽车，就像颠簸在沙海上的一只小船。改革开放那年出生的孟克达来当然见过汽车，但在自己的家乡道图嘎查的大沙漠里还是头一次。汽车终于停在了道图海子边，只见车上下来一个中年大叔，看上去略显沧桑。

十八年后，已经中年的孟克达来告诉我，他清楚地记得那人穿着一条红秋裤，挽到了大腿根上。后来，他才知道挽着裤腿下水的，是旗里的书记，人称白老汉。白老汉把道图海子看个透，还转了几个沙窝子，看望了一些世世代代窝在沙窝子里放羊的牧户。后来，孟克达来听牧民们议论，白老汉说了，这次下定决心要搞产业化治沙，不光治沙还要治穷。旗里要在这儿发展旅游业，牧民们牵着马儿让人遛一圈就能赚钱。不久又来了一些考察的人，搞勘测设计的，一拨又一拨，轰鸣的大小车辆生生在沙漠上碾出路来。

后来，王文彪带着亿利集团的人马来了。王文彪雄心十足要对道图海子沙漠实行整体开发，要在这里投资三十个亿建设国家级的沙漠地质公园。他给牧民们讲着道图海子的规划和未来，给大小道图海子更名为"七星湖"，意即对应天上的北斗七星。王文彪说自己也是库布其沙漠中走出的苦孩子，喝着黄河水、顶着库布其的风沙长大。他告诉道图嘎查的牧民们只要勤快，爱动脑筋，肯吃苦，每年挣个十几万不成问题。牧民们听着新鲜但也略有狐疑：那还不是过上满房烧酒气的日子？天天炒米酥油和白糖，胡油烙饼炒鸡蛋？

　　经过多年的打造，"七星湖"现在成为世界瞩目的地方，备受关注的库布其国际沙漠论坛永久地设立在这里。二〇一七年，《联合国防治荒漠化公约》第十三次缔约方大会在鄂尔多斯市召开，并发表了《鄂尔多斯宣言》。

　　现在道图海子方圆几百平方公里的大沙漠披上了绿装，并已控制库布其流沙面积上千平方公里。亿利集团在这里建成了沙生植物研究中心，开辟了几十万亩甘草基地、沙柳基地、种植养殖基地，打通了多条沙漠公路。还有广阔的光伏发电项目，就像在沙漠上建造了一个绿色的湖泊。仅这一个项目投资就达二十七亿元，现年发电收益可达一点五亿。光伏电板下搞起了种植养殖业，不时有鸡鹅从光伏电板绿荫下的草丛中蹿出。同样，这个项目可以安排上百户农牧民，进行光伏电板的擦拭维护工作以及板下绿地开展种植养殖业，许多国家级的贫困户从这里脱了贫走向富庶。

　　孟克达来是十年前搬进亿利集团道图嘎查移民新村的，这些年他的感受是要看沙漠得开着车往里面寻找了。我见到他时，他刚带着一对从广州来的青年男女乘越野车逛沙漠，按规定路线是一小时三百元，可这对青年人非要往见不到绿色的大沙漠里钻。孟克达来只得带着他们往原始沙漠深处钻。沙漠腹地现在恢复得也都有了星星点点的绿色。游客感到不够刺激，有些不满意，孟克达来不禁有些感叹：这些人咋了，见点绿色咋还不满意了呢？

　　孟克达来家的小院里，停着几辆供游客游玩的高轮子沙地车，一辆小轿车，孟克达来的坐骑是一辆丰田山地越野车，进城则换上另一坐骑——一辆小轿车。现在孟克达来想联络村里的一些搞旅游的农户组织个大漠旅行社，吃住行玩一条龙，把项目做大。谈到收益，他告诉我，像现在他这样每年旅游收入达三十万元以上的，有二十几户。

收入达二十万元以上的有四十余户。孟克达来现在是新村的党支部书记，对全村的情况了如指掌。

像亿利集团这样的大型企业进入到治沙领域，给库布其沙漠的治理带来质的变化。产业化治沙靠的是政府引导，企业发挥资金、信息数据、科学管理、新技术应用方面的众多优势，努力把沙产业链拉长，以惠及沙漠地区的千家万户。库布其儿女创建的"库布其模式"横空出世，引起社会的高度关注。

现在库布其沙漠的治理实践告诉人们，科学地利用沙漠、呵护沙漠、精耕沙漠，是治理荒漠化的有效方式。在鄂尔多斯，无论是领导、专家，还是学者、企业家、沙漠治理者，都认为沙漠可以"变害为宝"。当荒漠化治理进入产业化时代，首先要科学地认识沙漠，去粗取精，提高治理区的林分和草分，万不可沉湎于眼前的绿色。当沙漠不再流动，不再侵害我们的生存空间时，我们尽量不去打扰沙漠的安静，而要静下心来，等待沙漠的自我修复。而研究沙漠的光能利用，了解沙漠的土壤构造以及降水周期变化，地下水位和地上风速的变化，了解沙漠动物昆虫菌类以及只有在显微镜下才能看到的活泼生命，才能使我们的产业化更加多元化和科学化。

四

库布其沙漠上的风干圪梁，原本是一片荒漠，几乎没有一点生命的迹象，光听这名字就让人发怵。赵永亮及其所创建的东达蒙古王企业，在这里投巨资进行荒漠化改造，使之巨变。而这一切都源于赵永亮在库布其沙漠上对于一株沙柳和一只獭兔的深度研究和开发利用。

沙柳是固沙的先锋植物，易在沙漠里成活，人类不加干预，它只有三年的生命期。沙柳生根较浅，只吸附地表水和土壤营养，发芽抽枝，可供草原食草动物啃噬和人类作为薪柴使用。它的根部积起薄土供沙生草类菌类生长，而三年后自身枯死。这是一种让人尊敬的植物，它不拼命扎根吸取深层地下水分，根须也不四处扩张夺取营养。而沙柳又有平茬复壮的习性，通过人类对沙柳平茬，它又可抽枝发芽，周而复始，生生不息。但由于经济价值不大，人们往往任其生死，沙漠上经常见到枯死的沙柳枝滚成团，人们背回烧火做饭。沙柳纤维长，韧性好，是建造高质量密度板的上佳材料。赵永亮于是花重金从德国购进先进、环保的热压高密度生产线。仅这一条生产线，就能够消化方圆三百平方公里内荒漠生产的沙柳。有了显著的经济效益，农牧民种沙柳的积极性空前提高，一条先进的生产线，带富了上万名沙柳种植户，保证了三百平方公里荒漠绿色常在。

我曾考察过"翻身村"和"乌兰壕村"两个沙柳种植基地，那里户均沙柳业的收入都在三万元以上，多的高达十万元以上。农牧民普遍使用了小巧的电动平茬机，六十多岁的沙柳种植户李文玉老人告诉我，连他都能掌握使用平茬机的方法，人们再也不用往手心里吐唾沫、抡老镢头平茬了。为了降低农牧民的运输成本，企业还在重点的沙柳基地建立了削片厂，就地将原料转化成半成品送往生产线。这样，大大降低了运输成本，提高了农牧民的收入，激励了农牧民种植沙柳的积极性。在绿色中获取财富，这是产业化引领荒漠化治理的独有魅力。

一株小小的沙柳，竟被赵永亮舞得风生水起……

在风干圪梁建立世界獭兔之都，是赵永亮心中的一个梦想。獭兔是从国外引进的，其皮毛绒厚密实，肉质细嫩，在国内外市场上销路很好。赵永亮经过多次考察、专家论证，决定在库布其沙漠投资打造世界级獭兔之都，选定的就是风干圪梁。这里光照充裕，冬季寒冷，夏季清爽，非常适合獭兔生长。除了皮毛、肉食，其他的产业链也很长。兔的内脏，可以喂貂。貂除皮毛价值外，其内脏可以喂狼，产生的粪便是天然的有机肥料，可以改良沙漠土壤，提高土地肥力。这样，便可带动种植业、养殖业、食品加工业等综合产业发展。现在在风干圪梁围绕兔子转的已经有一万多人，其中有科学家、动物学家、医学专家，更多的还是当地的农牧民。标准化的兔舍，建得又高又大又宽敞，每幢兔舍旁都有同样宽敞明亮的家庭式养兔人住所。我问养兔人李鹏程，在这儿收入怎么样？他告诉我，过去他种了三十多亩地，刨去各类费用，每年也就收入两三万元。十年前，来了风干圪梁，那时艰苦，铲平了大明沙盖兔舍，种草种树。后来包了一棚兔子，收入就上来了。八年来，年纯收入都在十万元以上。

现在的风干圪梁已经是一望无际的绿色，方圆五十八平方公里被绿色覆盖，基本见不到明沙。而其带动的绿色产业已经辐射方圆三百公里。赵永亮认为绿色并不是句号，治理荒漠的产业化应是对绿色的深思熟虑、精耕细作，在绿色中持续不断地创造财富，从而惠及这个产业链上的农牧民。

现在风干圪梁被赵永亮起了一个响亮的名字——风水梁。风水梁已是市政配套和教育医疗科研设施机构齐全、产业集中的现代化小镇。现在镇上常住居民有两万余人，很多人在赵永亮的公司里工作，随着沙产业的做大做强，其远景规划将建成容纳十二万人的沙产业城市。

神奇的风水梁，富裕的养兔人！库布其沙漠神话般的巨变，让人流连忘返。放眼望去，绿色涌来，而沙漠渐渐褪去。即使是大明沙，也在重重绿色的重压之下，改变了状态。在我目及之处，沙漠已由涌动的新月形链状，变成了静态的圆形穹顶状。库布其沙漠圆润了，已经失去了兴风作浪的气势。根据水文气象统计，近十年，库布其沙漠的降水量在年二百零一至四百四十三毫米之间徘徊，大风扬沙天气在年均六次左右。比起治理前的"一年一场风,从春刮到冬",降水在一百毫米以下的恶劣干旱天气,库布其沙漠的沙生植物已经具备了自然修复的气象水文条件。对治理区继续实行精耕,继续拉长产业链,使绿富同兴蓬勃涌动、同生共长。

在恩格贝生态示范区沙漠科学馆,当我见到一粒沙子在显微镜下的状态时,不禁惊呆了:那是红色、黄色、绿色、蓝色、紫色等各种色彩的晶粒组合,就像一颗颗晶莹灿烂的宝石熠熠生辉。我猛然觉得,这仿佛预示着库布其沙漠的灿烂未来。是库布其的沙漠儿女给了库布其精气神,给了千古荒漠这般好容颜。库布其儿女精心守望着这美丽的家园,一往无前地辛勤建设着这幸福的家园。沙漠儿女敞开大海般的胸襟,拥抱着新时代的八面来风,科学地与沙漠共舞共歌。这一切,都是为了他们心中的一个梦,为了金山银山般的绿水青山永驻人间!

哦,库布其哟库布其……

科尔沁之绿

◎李青松

明天不是今天,
明天来自今天。
绿色需要空间的分布,
绿色需要时间的积累。

——题记

一

三北在哪里?三北是西北、华北及东北的统称。三北防护林体系建设工程,涵盖了三北地区风沙危害和水土流失严重的区域。

若干年前,邓小平挥笔写下四个字:绿色长城。

四十年过去了,人与沙的抗争从未停歇。沙,进进进。绿,退退退。人,退退退。忽然有一天,这一切翻转过来了——人,进进进。绿,进进进。沙,退退退。

四十个春秋就是四十个年轮。沧桑巨变,荡气回肠。从沙进人退，到人进沙退，让我们深情地凝望，并且热烈地拥抱它——绿啊！在三北，绿是什么？——绿是根本，绿是控制器，绿是平衡阀。它关乎着我们的今天，也关乎着我们的未来。人与自然的关系，因之绿，而微妙地变化着。固有的传统和固有的逻辑，也因之绿而重新改写着。种树，种树，种树种树——中国三北的无边大漠里每一天都在演绎着关于绿的传奇。

三北防护林体系建设工程，这项与中国改革开放同步进行的生态修复工程，被称为"改造大自然的伟大壮举"。

一九八七年，联合国环境规划署授予三北局"全球五百佳"称号。

三北防护林体系工程建设范围，涉及我国北方十三个省（自治区、直辖市）的五百五十一个县区（旗），西起新疆乌孜别里山口，东到黑龙江省抚远县黑瞎子岛，总面积四百零七万平方公里，占我国国土总面积的四成以上。工程规划从一九七八年开始到二〇五〇年结束，历时七十多年。规划总造林三千五百零八万公顷。力争到二〇五〇年，工程区森林覆盖率提高到百分之十五左右。

在一次新闻发布会上，国家林草局三北防护林建设局局长张炜介绍说，四十年来，三北工程取得了举世瞩目的辉煌成就——累计完成造林保存面积二千九百一十九万公顷，工程区森林覆盖率由一九七七年之前的百分之五提高到百分之十三以上，森林蓄积量由七亿立方米增加到二十一亿立方米。三北工程为改善三北地区生态环境，促进经济社会健康发展做出了重要贡献。

三北人，用汗水和智慧，也用意志和精神，筑起一道绿色长城。

也许，科尔沁沙地的生态巨变，是整个三北地区生态状况的一个缩影。

二

历史上，科尔沁只有草原，没有沙地。那时的科尔沁草原，丰腴肥美，牛羊欢歌。一个重要的原因，辽河打这儿蜿蜒流过，草原及草原上的一切得到了充分的哺育泽润。

早年间，辽河水汹涌澎湃，河面也宽，一般的地方都不好过河。方圆几百里，仅有一个地方河底平，水流缓，好通过。一来二去，那地方就成了个渡口。科尔沁草原上的人来来回回打那里过辽河，或摆渡，或骑马，或拽着马尾巴洇水。水浅时，也可蹚着水过去。可是那地方始终没名字，后来，渐渐就约定俗成，叫它"通辽河的地方"了，简称"通辽"。

科尔沁广大地域本是蒙古达尔罕王的领地，由于达尔罕王住在北京的公馆里，吸食鸦片，赌博，欠了好多债，还不上，就有人给他出主意——放荒招垦，以地租抵债。据说，达尔罕王倒是很讲政治，并未擅自放荒，而是按照程序，向上递了折子，得到袁世凯谕准，才开始勘界，丈量面积，对外正式放荒招垦。

一九一二年十二月，"通辽"二字，作为地名正式出现在官方文书和地图上。

从此，科尔沁草原"一放不可收"。——有了耕地，有了农区，有了城镇，有了商号，有了铁路，有了火车。

大量涌入的流民和垦荒者，在利益的驱动下，垦荒无度，放牧无度。科尔沁草原生态遭到了严重破坏，草原退化、沙化，沙尘暴肆虐，连绵不绝的、辽阔壮美的草原变成了茫茫沙海。嘎达梅林为反抗军阀张作霖和达尔罕王的放垦，誓死保卫草原，流芳百世。

然而，一个嘎达梅林遏制不了草原沙化的进程。有资料显示，到二十世纪八十年代初期，科尔沁草原已经出现了四千八百多万亩沙地，通辽市总土地面积已经有五成严重沙化，并以每年十几米的速度向外扩展。而通辽市沙化最为严重的旗县是科左后旗——这令我陷入久久的沉思。我的少年时代就是在那里度过的呀！心，禁不住悲凉起来。

想起那首歌——《雕花的马鞍》：

> 在我很小很小的时候很小的时候，
> 有一只神奇的摇篮神奇的摇篮。
> 那是一副雕花的马鞍，
> 啊，嗬嗬……
> 伴我度过金色的童年金色的童年，
> 当阿爸将我扶上马背，
> 阿妈发出亲切的呼唤，
> 马背给我草原的胸怀，
> 马背给我无名的勇敢，
> ……

这首歌的词作者印洗尘，是汉族。曲作者宝贵，是蒙古族，为科左后旗本土艺术家。我对他们二位充满敬意。然而，歌中的草原已经不复存在。草原，千疮百孔的草原，是二十世纪七八十年代科尔沁草原真实的写照。

大自然是慈母，也是冷酷的屠夫。

科尔沁，蒙古语，意为"造弓箭者"。它不仅仅是一个地理概念，而且还是一个区域总称，更是一份情感的寄托。通辽是科尔沁草原上的一个重镇。通辽市原为哲里木盟，哲理木亦系蒙古语，意为

"马鞍肚带",因清代内札萨克十旗会盟于哲理木山而得名。二十世纪九十年代,通辽市取代了哲里木盟,在行政版图上,哲理木盟戛然消失了。

在那些糟糕的年月,科尔沁几乎就是风沙的代名词。正如科尔沁沙地里一位老乡说的那样——"我们这里每年两场风,一场刮半年。"有什么样的自然环境就会产生什么样的生活方式。在科尔沁沙区,风镜和纱巾绝不是科尔沁人装扮美的饰物,而是抵御风沙侵害眼睛和面部的防护用具。

三

科尔沁沙地是我国面积最大的沙地,横跨内蒙古、吉林和辽宁三省区,仅内蒙古就占一半以上。

我出生于二十世纪六十年代,小时候,家里缺粮少柴,日子苦寒。为了改变状况,有月光的晚上,我父亲(父亲是木匠,也是种地的好把式)就偷偷到沙地里开荒种地,以图多收几捧粮食,给我们充饥。"种一坡,收一车,打一筐箩,做一锅。"——由于粮食产量极低,只好广种薄收。可是那地种不了两年就沙化了,就成了流动的沙丘了。在那个年代,缺粮不是个别现象,而是家家如是。为了填饱肚子,扩大种粮面积是唯一的办法。无地可扩了,就打山里红棵子(山楂树灌木丛)的主意。公社下令:开山。这里要稍微解释一下,开山是什么意思呢? 我的老家在科尔沁沙地的南缘,那里本是稀疏的灌木草原,山里红棵子是这里的原生植被。棵子是当地土话,应该是量词吧,就是一丛一丛的意思。山里红是野生的灌木,是科尔沁沙地的代表性植物,防风固沙效果特别好。秋天,山里红棵子最美,一嘟噜一嘟噜山里红果,红得令人心醉。我们把山里红果采回家,用黄蒿捂几天，就脱了涩，再吃，又酸又甜，味道甚美。

山里红棵子里还是沙斑鸡出没觅食的天堂。我们就把马尾套布设在沙斑鸡出没的小道上套沙斑鸡，改善伙食，打牙祭。日子虽然苦寒，却也有故事，也有快乐。

而开山，就是把山里红棵子都刨掉，灌木林地变成耕地，种玉米，种谷子，种荞麦。沙地里彩旗招展，社员们挥镐奋战，只消几天时间，山里红棵子就在沙地里所剩无几了。沙地的生态系统顷刻间失衡，沙斑鸡也难见踪影了。当然，种了几年庄稼后，耕地的沙化也就随之而来了。即便再种，也收获不了几粒粮食了。然而，还是要开垦，还是要种下去。没有别的选择，只有这样才能获得食物，获得生活所需的一切。于是，就陷入了滥垦乱种恶性循环的怪圈。

那个年代，灶口吃不饱，柴火不够烧是常态。用树枝、秸秆当柴火未免太奢侈了，更多的人家烧的是干牛粪饼和枯茅草。我小时候，冬天上学要背着粪筐，上学路上要捡牛粪饼，给学校烧炉子用。教室中间是个铁炉子，噜噜燃着，里边烧的就是干牛粪饼。当然，牛粪饼是不能直接点燃的，需要用底柴，那底柴往往就是枯茅草。炉筒子把烟排到室外，可筒节与筒节的衔接处总是有漏洞，一股一股的烟倒排进教室，呛得我们咳咳地咳嗽不止，咳出的痰是黑的，鼻孔里口腔里也全是黑的。

放学路上，也不能空手归，也要捡牛粪饼。不过，这不是给学校的，而是给自己家里的。牛粪饼，并不臭，反而有一种淡淡的草香。它实质就是牛胃消化过的草嘛！我熟悉那种气味，因为我的少年时代，浑身都弥漫着那种气味。

搂茅草是个力气活儿。搂茅草的工具叫大耙。大耙上还带个苓子，是用柳条拧成的。搂满一耙子茅草，要装进苓子里，然后集中到一个山坳里，再用驴车运回家。我估计这种搂茅草的大耙肯定绝迹了，因为如今已经不需要去搂茅草弄柴火了。只要打开开关，天然气蓝色的火苗就舔着锅底，烧饭炒菜全由你了。

但是，当年那个大耙确实对生态造成了严重的破坏。大耙一般有九爪，搂耙时九爪抠到土里，搂了草叶草茎倒也无大碍，问题是草根也被耙爪抠出来了，导致的结果就是加速了沙地更严重的沙化。

沙化又导致人与自然关系的进一步恶化。

故乡何处是，忘了除非醉。

四

历史，最壮怀激烈的一页，在一九七八年的某个黎明掀开。

科尔沁沙地上，到处都是挥锹种树的身影。种树，种树。没有抱怨和绝望，有的只是坚韧与抗争，灵魂与激情。别无选择，或许，种树是防风固沙，改善生态状况最有效的手段。

所谓防风固沙林，是指以通过降低风速，防止或者减缓风蚀、固定沙地，保护耕地、果园、牧场等以及农作物免受风沙侵袭为主要目的，而营造的乔木林和灌木林。比如：油松、樟子松、杨树、柽柳、橡栎、山杏、白蜡、紫穗槐、沙棘、荆条、梭梭、胡枝子等。

防风要有乔木、灌木及草等地被植物的生态分层，也就是通过不同植物及其冠幅盖度，组成一道生态屏障，减弱风速，从而达到防风的作用。而且乔灌草的落叶丰富，能改良土壤。固沙一般选择种植耐旱、根系发达的植物。这些植物具有根系伸展广，根蘖性强，能笼络地表沙粒，固定流沙。何况，它们有生长不定根的能力。不怕风吹裸根，耐沙埋，耐沙蚀。

翁牛特旗位于科尔沁沙地西缘，沙化土地七百三十万亩，有十四万人口饱受风沙危害。三北防护林工程实施后，翁牛特人用了四十年时间,硬是把流动的沙魔驯服了,还意外创造出一个能够富民的沙产业。

要治沙,先固沙。怎么固?翁牛特人的逆向思维——先修穿沙公路。有了简易公路,固沙的物资、器械才能运进去,治沙人才可能在沙漠中搭起帐篷立足,施工作业。翁牛特人在茫茫沙海中,修了十条穿沙公路。通过这些穿沙公路,用车辆把稻草一车一车运进来,设沙障,围草方格,把沙固住。接着,在草方格里插黄柳,柳锁流沙。然后,以穿沙公路为轴,两侧广种柠条、小叶锦鸡儿、沙蒿、踏郎等灌草,同时栽植油松、樟子松等常绿树种,增加绿量。

绿色,向沙漠的深处一寸一寸地顽强延伸。

然而,人工治理沙漠的速度毕竟是缓慢的。翁牛特人治沙从来就不缺少智慧。很快,在白茫茫沙地的上空,有三五架小型飞机飞来飞去。那是飞播造林的飞机,正携带灌草的种子,在空中播撒作业呢。当然,飞播造林往往是在下雨之前作业,否则,飞播的种子就只能喂鸟了。为了保证飞播的种子能够发芽生根成活,用耙耙一遍是最好不过了,但是面积广大的沙地里到处是飞播的种子,哪里耙得过来呢?于是,当地牧民想出一个办法——赶着羊群进飞播区,羊蹄子踩一遍,种子就踩实了,风就轻易刮不走了。结果,蹄窝里长出的苗苗甚是可人。

如今,沙地林果、沙地中药材、沙地马铃薯的种植也发展起来了,沙区人通过治沙取得了实实在在的效益,口袋也一天天鼓起来了。

在翁牛特,沙地初步形成了稳定的生态系统。野鸡、沙斑鸡在灌草丛中出没觅食已成常态。治沙站站长汪海洋告诉我,有个叫白音塔拉的苏木,经常有野猪光顾,其中一头公野猪还极尽风流,跟那里的几头家猪强行交配,使得近年出生的小猪野性十足,生猛无比。那头公野猪，无意中优化了家猪的品种和基因。一时间，传为当地的笑谈。

科尔沁沙地南部的彰武县，是辽宁最大的风沙区。章古台等北部与内蒙古相邻的七个乡镇形成了东西长五十公里、南北宽十五公里的流动沙丘和四十万亩的风沙带。冬春季节，沙尘滚滚。

章古台是彰武县北边的一个小镇。章古台，蒙古语，意思是长苍耳的地方。苍耳是什么呢？——沙地上生长的一种草本植物，说白了就是猪特别爱吃的一种野菜，茎上结满带刺的果。不过，章古台的闻名遐迩不是因为苍耳，而是因为樟子松。

章古台沙地樟子松人工林是世界治沙史上的奇迹。

樟子松的故乡在大兴安岭红花尔基，被章古台人引种成功后，彻底推翻了外国专家"沙地栽松违背自然规律"的错误看法。如今，挺拔不屈的樟子松深深扎根于白沙坨子，耐旱、耐寒、耐瘠薄，枝繁叶茂，生生不息。

彰武是三北防护林重点建设县。在与风沙的长期抗争中，彰武涌现出杨海清、董福财、马辉、李东魁、侯贵等一批治沙先进人物。彰武县委书记刘江义说："四十年来，彰武累计完成三北治沙造林一百二十三万亩，封山育林二十四万亩，飞播造林十八万亩，使一百六十六万亩农田得到保护，粮食产量由中华人民共和国成立初期的一亿公斤增长到现在的十四亿公斤。"

离开科尔沁沙地很多年了，今天的情形如何？终于，三北工程建设的专题采访，让我有机会又回到了那片令我魂牵梦绕的土地。

远远地，我们看到大片大片的防护林带，还有一道道农田林网，经纬昂然地分布于科尔沁沙地，俨然一道绿色的屏障，护卫着城市、村庄、农田、道路、河流等生态安全。树，树树，到处是树。有道是："白天见不到村庄，夜晚见不到灯光，走路晒不着太阳，下雨淋不湿衣裳。"

科左后旗潮海乡二十家村村民、现年七十岁的赵四说:"早先,沙尘暴袭来,除了屋顶,院落里的石碾、石磙、辘轳,还有铁锹、镐头等农具,几乎都被沙粒子掩埋了。"

风沙和岁月就像一把刀,在赵四的脸上无情地刻下了一道道皱纹,他的牙齿大都已经脱落,只有一颗门牙还孤独地、无依无靠地站立着。

赵四叹息一声:"唉,沙压墙,羊上房。"

如此情形,不说发展,当地农民的生存都成了问题。

"四十年前,三北防护林工程启动后,政府号召种树。当时,村主任给村民开会,要求村民种杨树。其实,不用村主任说,大家心里都有数——杨树不挑剔,种上就活,不用过多管它。"

我们瞪大眼睛听着,竟忘了掏出小本本记录。"早先沙进人退,现在人进沙退。"赵四指着自家的三间大瓦房和满园鲜嫩的时令蔬菜继续说,"我住的这个院子原来是沙丘,自从有了三北防护林,生态变好后,沙丘后移,沙地变成了菜园子。这些蔬菜,用的是农家肥,不打农药,除自家吃外,每年还能销出去一些,增加了不少收入。"

是的,只有长期居住在沙漠边缘的人,才会有更深刻的体会——树,意味着什么。

杨树,仍然是三北防护林的主力。那些大片大片的阻沙林带,经纬纵横的农田防护林网,大都是杨树。杨,横树之即生,倒树之即生,折而树之又生,顽强至极。

二十世纪七八十年代营造的以杨树为主的三北防护林,大都已经到龄。因为杨树一般在三十年左右,就进入了过熟期。树与人一样,也有生老病死,也有自己的生命周期。

绿色需要空间分布,也需要时间积累。生态恢复是个渐进的过程，不是一蹴而就，一个早晨就能建立起生态系统的。三北防护林工程刚刚启动的时候，摆在第一位的是要通过种树防风固沙，杨树便成了首选树种，其他任何树种都没有它生长快。

国家林草局三北防护林建设局调研员宫文宁说，三北防护林体系建设初期，种了许多杨树是有原因的。三北地区，或者是干旱风沙区，或者是水土流失地区，造林的立地条件极差，甚至可以说，种活一棵树比养活一个孩子还难。杨树命贱，好活，是最皮实的树。苗木成本也相对较低，大量种杨树是最经济的选择。三四十年来，杨树的生态功能发挥到极致——"小老树"就是例证。它们在恶劣的自然条件下，抵挡着风沙的侵袭，却委屈了自己，也扭曲了自己。

是的，我也这么认为。

树，就像人一样。本身吃不饱穿不暖，长期营养不良，还整天吭哧吭哧干大活儿，个子能长高吗？身体能壮实吗？杨树之所以成为"小老树"，不是杨树本身的罪过，是风沙的罪过。杨树忠诚地履行了自己的使命，防风固沙，功不可没。

我曾在某些场合，听一些所谓的学者说，"小老树"高不盈丈，徒具树之名，缺乏树之实，空有树之形，难为树之用。在用材和观赏方面也没什么价值。当时，我真想抽那些坐而论道的家伙耳光，并大喝一声："请闭上你的臭嘴！"

事实上，我在科尔沁沙地转了五六个旗县，能够看到的大片的林带和农田林网，有一定的面积，有一定的规模，可以称为"林"，而不是"树"的，其实，还都是杨树。尽管，有的是"疙瘩树"，有的是"小老树"，但它们是顽强的战士，以自己的身躯抵挡着风沙，任由风沙蹂躏，折磨，踢打，摧残。

倏忽间，想起茅盾的名篇《白杨礼赞》中的那句话——白杨树实在是不平凡的树呀！

五

在科尔沁沙地，生长着许多老榆树。

那些榆树，有的是天然的，有的是早期三北防护林建设时营造的。榆树，是三北地区的乡土树种。远观，如枪如戟，直指苍穹。近看，那些老榆树的树皮灰褐色，树干粗糙纵裂，虬枝横斜，给人以忍辱负重的感觉。榆树，是科尔沁疏林草原的标志性树种。

在缺吃少穿的年代，榆钱儿可以用来充饥。

春天，榆树在没长出叶子之前，就长出一串一串的榆钱儿了。那样子还真是有些像古代铜钱，一串一串的。歌谣云：正月过得快，二月来得早，三月让小嘎子吃个饱。在科尔沁沙地长大的小嘎子，童年时都有上树采榆钱儿的经历。像猴子一样，嗖嗖爬到树上去，一手抱着树干，一手撸榆钱儿。一边采，一边不忘往嘴里塞。新鲜的榆钱儿，甜丝丝，滑嫩嫩的，满口清香。只消一会儿，就采了满满一兜子。稍不慎，或许还有从树上摔下来，摔得屁股生疼生疼的小意外。甚至，也有被枯枝划得狼狈不堪，划得龇牙咧嘴的情形发生。

总之，那是有故事的童年。

通常，把头脑不开窍、理解能力差的人，称为"榆木疙瘩"。事实上，榆木还真是个好东西。榆木木性坚韧，纹理通达清晰，线条流畅，硬度和强度适中，刨面光滑，花纹漂亮，是做家具的好材料。在北方农村，谁家姑娘出嫁，如果拥有一套榆木家具，那是很体面的一件事。

榆树皮是沙地人的爱物。在我的故乡，手擀面或者荞麦面饸饹里必掺榆树皮面，才有劲，筋道。

刚刚剥下的榆树皮除去外表那层老皮，剩下里面那层嫩皮晒干后放在碾子上碾压，碾成粉面后，用细箩反复筛，筛下的细面面，就是所要的东西了。一般，五六斤榆树皮碾压后，筛出的细面面也不过一两斤。早先，科尔沁沙地一带就流传着老奶奶"四大喜欢"的民谚——

大孙子
老女婿
线笸箩
榆树皮

那意思是，在乡村老奶奶的心里，榆树皮与大孙子、老女婿、线笸箩具有同等重要的地位。当然，根据法律规定，今天，榆树皮不能随便扒了。扒树皮是一种损害树木的违法行为，是要追究法律责任的。然而，榆树及榆钱儿和榆树皮毕竟给我的童年留下了温暖的记忆。

在三北防护林建设中，沙地造林，榆树更是一个不可忽略的树种。

通辽市林业局局长吕国华对我说："榆树属于阳性树种，喜光，耐旱，耐寒，耐瘠薄，不择土壤。"

我问："它有什么生态效益？"

答曰："它的根系发达，抗风保土能力强，而且抗污染，叶面滞尘效果好！"

"哦哦——哦"

六

翘首远眺，沙地里是一片隐隐约约的花。

问：那开花的是什么？

答：哦，是花。

问：是什么花？

答：是开花的花。

我不再问。——知道了，那意思还有不开花的花。

我们都笑了。

其实，那开花的东西叫沙葱。沙葱，是一种像葱不是葱，像韭菜不是韭菜的沙生植物。别名，蒙古韭菜。它细细的，有圆珠笔芯那么粗，筷子那么长，新鲜的沙葱带白霜，几乎没有葱白，长在沙地里，割一茬，长一茬。割一茬，长一茬，一年能割四五茬。

我蹲在沙地上用心观察，唉，沙葱的叶子是实心的（韭菜的叶子也是实心的，但是扁的。葱的叶子是空心的，实际上是气孔，可以呼吸），用手使劲捻一捻，会捻出绿色的汁液，很黏稠。

北京人爱吃涮羊肉，尤其是内蒙古的羊肉。薄薄的羊肉片，在滚烫的铜锅里，就那么涮一涮，羊肉就立时由红变白，鲜嫩无比，还没有膻味。——人人都说内蒙古的羊肉好吃。为什么好吃？——其实也没什么奥秘，无非是内蒙古的羊是吃沙葱的羊，沙葱本身去膻气，羊肉固然就少有膻味了。

沙葱的味道独特，性醇辛，助消化，健脾壮阳。它有葱的辣味，却并不霸道，有韭菜的鲜味，却并不浅薄，是绝佳的沙地美味了。

蒙古族美食——蒙古包子、蒙古馅饼的馅里必有沙葱。沙葱做馅，有一丝微辣，有一丝甘甜，有一丝鲜香，有一丝嫩美，总之，辣甜鲜嫩，都是刚刚好，简直妙不可言。

沙葱烹饪做出的菜品，水分不会流失很多，翠绿，挺直，脆生生的，一嚼，咯吱咯吱咯吱。沙葱煎鸡蛋，沙葱溜里脊，沙葱炒羊肉，随便。

在科尔沁沙地，也有牧民将刚采回的沙葱，简单洗一下就装入罐子里，撒上一点盐，浸之，不消半个时辰就是美味的小菜了。

沙葱开的花，略呈粉白色，结的籽如小葱头的籽。秋天，把采回的沙葱花或者籽摊在苇席上或草帘子上晾干，煮肉时往翻滚的肉锅里撒一把，立刻就会满屋飘香，那汤那肉就要多美有多美了。

据说，成吉思汗爱吃沙葱，吃手扒肉时，必离不开这东西。当年，为了行军打仗携带方便，蒙古骑兵就把它做成耐储存的沙葱酱。做法也非常简单，即将沙葱切碎加盐搅拌，再捣成泥后进行密封保存，两周左右就可食用了。

写《草原英雄小姐妹》《敖包相会》的蒙古族作家玛拉沁夫也爱吃沙葱。他讲起童年在草原生活时采沙葱的故事，滔滔不绝。

在通辽等地蒙古族风味餐馆里，吃手扒肉，吃烤羊腿，怎么可以没有沙葱酱佐餐呢？一定有的。

沙葱根系发达，耐干旱，能防风固沙，能改良土壤，能保持水土。早年间，科尔沁沙地里随处可见。由于长期过度开垦和过度放牧，近些年，野生沙葱日渐稀少了。

科尔沁沙地上有个脑子灵光的农民，他发现种沙葱是一个好项目。种沙葱，一方面防风固沙，保持水土，尽显植物的生态功用，一方面作为一种沙地美物一茬一茬割下后出售，还可以带来可观的收入。在通辽、赤峰、沈阳等地的超市，一盒二百克的沙葱就能卖十几元呢。

他寻遍沙坨子，采集来几斤沙葱种子试种，竟然意想不到地取得了成功。从此，沙葱的面积在科尔沁沙地上一寸一寸地延展着。经济效益也令人惊喜——沙葱一年能割四五茬，每亩产沙葱的收入在七千元左右。销路好得很，未等收割，就被客户网上订购了。

这位农民的名字叫——叶红伟。脸膛黝黑，人很厚道。

给沙葱施的肥是沙子掺羊粪,沙葱喜欢这东西,吃了猛长。

叶红伟家住通辽科尔沁区丰田镇西艾力村,在外打工搞过建筑,搞过园林绿化,也当过木工,后来就回村里承包了上千亩沙地种沙葱。头一年种的沙葱,稀稀拉拉,没长出几棵。种子播得太浅了,几场风刮过,种子就没影了。第二年再种,可又逢春季大旱,虽说沙葱耐旱,可种子发芽也是需要一定湿度的呀。唉,又是稀稀拉拉,没拱出几棵。

望着满目黄沙中那几点可怜巴巴的绿意,叶红伟蹲在沙地边上,抱着头大哭一场。眼泪掉进沙里,迅速被吸收,他愈加伤心,号啕不止。哪知,当他直起身的时候发现,那些眼泪竟然湿了一小片沙。

他用结满厚厚老茧的手,擦干眼泪后,却破涕为笑了。因为,他从滴到沙地上的眼泪,获得了启示——搞滴灌技术,精准用水,精准到把每一滴水直接送到沙葱的根部。后来,他听说,以色列人就是这么干的。

于是,第三年种沙葱终于获得成功。

叶红伟不光种沙葱,也种锦绣海棠,种元宝枫,种文冠果。如今,他成了科尔沁沙地上的名人。电视台记者拿着话筒采访他,他摆摆手说:"没什么好说的,沙子不固住,说啥都没用。"

途经科尔沁区莫力庙苏木时,听说苏木的院子里有一棵文冠果古树,我说,停车去看看。当地的朋友说,这里本来是莫力庙的旧址,后来建苏木办公楼,就把庙拆除了,不过,那棵古树却保护下来。我们一行人进院一看,也没有古树啊?朋友说,在后院呢。于是,我们绕到办公楼的后面,见到了那棵文冠果古树。

文冠果古树像是一个老龙卧在那里,虬枝横生。看树势,主枝多半已经干枯,但生发出的新枝倒是生机勃勃,一派翠绿。

七

在长期的生态建设实践中，沙区人更懂得尊重自然、顺应自然、保护自然的道理。其实，三北防护林体系建设工程，更多的是对植被的恢复和再造。而封山（沙）育林（造林的方式包括三种：人工造林、飞播造林、封山育林）也是植被的恢复和再造的有效方式。

哪里长什么乔木，哪里长什么灌木，哪里长什么草——大自然最清楚不过了。减少人为的干扰或者压根就不去干扰，大自然会按照自己的方式长出该长的东西，只要给它时间。

"千年草籽，万年鱼籽。"这是对自然法则万古不变的生动描述。共和国第一任林业部部长梁希说："封育是一种最经济的办法。"什么是经济？经济就是以最少的投入，去获取最大的效益。他还说："封育要实行三禁，即禁樵采，禁放牧，禁垦荒。"

生态学家认为，生态系统的自然演变是生物进化的自然过程。森林按其自身的生物、生态学特征有自然萌生、发展、衰亡和再生的规律，而这种自然演替是通过种群间的竞争，在自然淘汰中实现的。然而，不是所有的地方都可以封育，封育是需要一定立地条件和一定时间的。人工造林并不排斥封育，目前的三北防护林体系建设中，实行的是先人工造林，后自然封育——"禁樵采，禁放牧，禁开垦"，经过数年的坚持，现在看来效果甚好。

起初，老百姓并不理解。甚至，"封禁令"一度引起不小的地震。科左后旗一位放了一辈子羊的羊倌，听到封禁消息时，气得把烟斗一扔，从炕上跳了起来，指着干部就骂："你们这些当官的，全是吃饱了撑的没球事干，又来折腾老百姓。科尔沁草原自古就是放羊的地儿，不是圈羊的地儿。我爷爷那辈放羊，我爹爹那辈放羊，轮到我这辈怎么就成了不能放羊了呢？"

骂完，这位羊倌抄起羊鞭子，气呼呼地赶着羊，又到沙坨子里放羊去了。抗拒"封禁令"的不只那羊倌一个人。很多人认为，"封禁令"断了老百姓的财路。当然，长期延续下来传统放牧方式一下得到改变，并不那么简单。然而，"封禁令"不讲情面，照放的，罚！

被罚的，傻眼了！——这是动真格的呀！

"封禁令"封住了山，封住了沙坨子，却也禁了羊的口。老百姓的羊怎么办？——舍饲圈养。刚开始的时候，农民不知怎么养，羊舍怎么建，也不知优质的种羊从哪里引进。何况，养羊户更需要一笔不大不小的启动资金——这是农民心里不愿说出来的话。于是，政府搭台，肉类加工企业与农民结成"羊对子"，签订合同，一方出资，一方出工，借羊养羊，养羊还羊，增值分成。出栏的羊全部由肉类加工企业收购，农民没有任何风险，收益还能得大头儿。——数着手里的钞票，农民终于认识到"封禁令"带来的好处，乐得合不拢嘴。

当吃饱了的羊羔羔，在羊舍里尽情撒欢儿的时候，科尔沁沙地在静悄悄地改变着模样。当然，农民的思维和观念，以及生产和生活方式也在静悄悄改变着。

八

科尔沁草原，是蒙古族主要聚集分布区。这里的蒙古族占世界的五分之一，占全国的四分之一，占内蒙古的三分之一。我虽是汉族，但这里也曾是我的故乡，我的家园。——一个令人担忧的情况必须引起我们的警觉——连年严重的干旱正困扰着科尔沁沙地。早先这里用地表水（水泡子星罗棋布）浇地。过去，打井向下挖两三米，就可打出水来。可近年地下水持续下降。如今，新打的井向下挖一二十米，还未见水珠珠呢。

近年来，科尔沁沙地每年绿化面积大于沙化面积。治理速度大于沙化速度，实现了良性逆转。就整体而言，科尔沁沙地治理已经取得了显著成效。但那个可怕的阴影并未彻底远离——局部沙化现象依然存在。譬如，科尔沁沙地的南缘——潮海乡二十家子村南边的水泡子相继被沙魔吞噬了。只有干枯的芦苇和几丛乱蓬蓬的水草，可以证明那里过去是一片鱼虾跳跃的水域。我深一脚浅一脚地爬上了一座沙丘，举目望着白茫茫的天边，忧伤不已。大漠无语，流沙无语。

二十世纪七十年代，那里有一个马场，拥有马匹二百余匹。马匹枣红色居多，个个生猛。因马场在二十家村南面的沙地里，又称"前场子"。据说，这里的马匹都是种马。马场有职工七八个，有场长、会计、牧马员、饲料员，还有一个木工。那个木工就是我的父亲，为马场干一些做车、做犁、做马槽、做围栏等木匠活。

在我十一岁至十三岁时，全家随父亲在"前场子"生活了三年。"前场子"虽说也处在科尔沁沙地上，但那会儿沙地里尽是水泡子——鸭葫芦泡子、菱角泡子、吃水泡子、莲花泡子……泡子里的鱼，有草鱼、鲢鱼、鳙鱼、鲫鱼、鲶鱼、老头鱼、布丁鱼等。有一年早春，我放学回来的路上正赶上闹鱼汛，抓了很多鱼，用柳条串起来，可串不了几条，柳条就断了。急中生智，就把裤子脱下来，裤口用柳条扎紧，裤子就成了装鱼的"鱼桶"。把装得满满的"鱼桶"背回家，倒出来的鱼，整整装了两大盆。

可是，没想到的是，那条裤子无论怎么洗，也都有鱼腥味。有一段时间我走到哪里，都有猫啊狗啊的跟着。那些家伙，日日流着哈喇子，打那条裤子的主意。我高度警惕，生怕自己成为一个没有裤子穿的少年。

几天后，还是趁我睡觉的时候，裤子被叼走了。

猫叼的？狗叼的？谁也说不清呢。

水泡子，那些承载着记忆，承载着故事，承载着一个少年无尽欢乐的水泡子，竟然谜一样地消失了。

是的，绿色长城并非固若金汤。沙地尽头的沙并未死去，它只是疲惫了，悄悄睡着了，一旦醒来，就会大发脾气。

三北的生态状况依然脆弱，三北的生态建设任务依然任重道远。乔木也好，灌木也罢，但凡生物都有自己的生命周期，如果说那些水泡子的消失不是开始，那么它也必然不是结束。也许，就在未来的某一天，沙暴或者沙魔还会来袭，我们所谓的文明就可能葬身沙海，被永远地埋葬。

荒漠化扩展是全球面临的日趋严重的生态问题。中国有近三之一的国土面临荒漠化，有四亿多人口深受沙害之苦。现代科技可以造出机器人，造出无人机代替人，但是否能造出一个稳定的生态系统，我不得而知。人类文明的进程中，无数事例告诉我们，科技使人变得无比强大，但更可能使自然生态变得千疮百孔，支离破碎。——也许，这是科技革命的一个悖论。

科技造不出树，所以我们必须种树。物理学家霍金说："贪婪可能造成整个人类的毁灭。"这位在果壳里也能探索宇宙奥秘的奇人，在人类毁灭之前自己先告别人类走了。人类的贪婪和穷奢极欲，正在摧毁着人类赖以繁荣的根本，也无情地耗尽了支撑文明的生态系统。我们不能改变昨天，但我们可以避免今天犯下的错误。明天不是今天，但明天来自今天。为了明天，为了明天美好的一切，我们要承担起使命和责任。

种树种树！我们别无选择。

我们必须用自己的双手营造更多的绿色！

诺勒日记

◎李文俊

二〇一九年九月十七日

出了乌兰浩特义勒力特机场,薄暮渐渐向我乘坐的车辆逼近,夕阳的余晖把状似雪山的云朵映得通红,须臾又幻化成橙红、朱红和紫色……

过去虽然来兴安盟参加过几次文学艺术活动,但脚步仅止于乌兰浩特;对兴安盟的了解,也仅限于文学艺术这个层面上,而对自己要去帮扶的兴安盟下辖的扎赉特旗胡尔勒镇诺勒嘎查更是一无所知,甚至从未听说过这个地方。

乌兰浩特义勒力特机场距市区不到三十公里,路上车辆稀少,沿途田野上还没有收割的玉米,随着秋风在暮光中摇曳,让人如入幻境。

陪同我前往诺勒嘎查报道的我的前任帮扶队员胡日沁毕力格老师,一路上有说不完的话,可我一句也听不进去,直至踏上兴安盟这片土地,仍感到诺勒嘎查遥不可及。

早在半个月前，诗友樵夫听到我要来诺勒嘎查扶贫的消息，就定下给我接风，没有丝毫商量的余地。与他一同到机场接机的刀客，也是当地知名诗人，记得第一次和刀客见面，两人都喝得扶着墙根走路，彼此留下了不坏的印象。

他们从机场径直把我们拉到蓝天饭店。这是一座五层小楼，经营东北特色饭菜，装修风格颇具东北特色。我们进了二楼的一个包间，里面已坐了六七个人，樵夫一一向我介绍，大多是"诗歌圈"的人。因为考虑到第二天一早去诺勒嘎查，我和胡日沁毕力格老师都没敢多喝。

二〇一九年九月二十日

一觉醒来，发现窗外已经大亮，一看表还不到五点半。这里与呼和浩特市时差近一个小时。

胡日沁毕力格老师与我交接完工作后，第二天就返回呼和浩特。他一走，总感觉空空荡荡，少了点什么。

诺勒嘎查比我想象的要好，村里清一色的砖房，看样子，都是近些年修建的。每户的院子很大，有一亩多的，也有二三亩或五六亩的，单从房舍看，很难区分贫困户与非贫困户。

诺勒嘎查是一个蒙古族达到百分之九十九的村落，老年人大都不懂汉语，像这样的村子在西部很少见。令人诧异的是，大部分村民在蒙古名字前面加一个汉姓，也有些人直接取了汉名。

据史料记载，明万历年间，成吉思汗胞弟哈布图哈撒尔第十五世孙博第达喇将科尔沁部以河为界，划给自己的儿子做牧地，其九子阿敏分得嫩江以西的绰尔河流域，始号扎赉特部。诺勒嘎查位于绰尔河西岸，无疑是扎赉特部的一部分。

后来，我听沙格德尔老人讲，村里也有一些从辽宁阜新和周边草原移民过来的蒙古族。

到诺勒嘎查的第一天，村支书陈长江就给我提供了一组数字：全嘎查总户数三百零八户、一千一百六十人；建档立卡贫困户三十六户，九十八人，全部实现了脱贫。我今后主要是与这些贫困户打交道，巩固脱贫成果。事实上，我是内蒙古团委第五任帮扶队员，在我之前的巴特尔、杭玮、刘智博和胡日沁毕力格都做了不少事，可我真不知道自己能为他们做些什么，只有对每一户的基本情况掌握之后，或许才能理出头绪。

走出屋子，看到太阳已跃出村前黛青色的山峦，将金辉倾倒在秋天的田野上，头顶的天空随之越来越蓝。

二〇一九年十月三十日

康巴图是我走访的最后一户贫困户。我从他家出来，像感冒或受了风寒一样，浑身难受。回宿舍喝了一杯热茶，稍好一点，但不想吃东西。

嘎查会计谢长青与我一同去的康巴图家，当时是下午五点多钟，天色已晚，寂静的村庄被牧归羊群咩咩的叫声打破。

康巴图生于一九八二年，全家四口人，育有一男一女两个孩子，一个上初中，一个上小学，家里共有五十五亩耕地。他过去虽然不是富裕户，但他"肯吃苦耐劳"，小日子过得比上不足，比下有余。

六年前的一天，康巴图的膝关节突然出现肿大，刚开始，他以为是干活累的，没当回事。殊不知，两个月之后，行走也出现了困难，他只好去医院检查。医生说，他患了"贝赫切特综合征"。

我在网上搜索了一下，对这种病的解释是：贝赫切特综合征，又称白塞病，是一种全身性免疫系统疾病，属于血管炎的一种。其可侵害人体多个器官，包括口腔、心脏、肺和神经系统等，重者危及生命。

康巴图说，从那时起，由于疾病的折磨，他几乎丧失了劳动能力，一年中的大部分时间待在医院里。

经过一年多的治疗，他的病情慢慢开始好转，能下地干一些力所能及的活了。恰在此时，他的眼睛又出了问题，一夜之间，右眼什么也看不清了，紧跟着左眼越来越模糊。他从旗里、盟里，辗转来到北京首大眼耳鼻喉医院，被诊断为：右眼黄斑裂孔，右眼黄斑前膜，右眼玻璃体混浊，右眼屈光不正，左眼球萎缩，右眼视神经萎缩。也就是说，倘若不发生奇迹，他的后半生可能要在黑暗中度过。

康巴图家渐渐入不敷出，为了看病，还变卖了家里仅有的十头牛，这是全部家当。

谢长青告诉我，康巴图家是一户典型的因病致贫户。后来，镇里用扶贫资金给他家购买了两头母牛（现在已产下一头牛犊），按农村医疗报销比例报销了一部分医疗费，他家的困难才有所缓解。二〇一九年，他家全年收入三万多元，实现了脱贫。村委会担心康巴图日后返贫，给他入了"低保"，再加上四级伤残，每月能领三百多元的残疾补贴，以后的生活应该会有保障。可谢长青依然顾虑重重，边往回走边对我说，康巴图的右眼基本丧失视力，左眼也快看不见了，一旦双目失明，妻子丢下两个孩子离他而去，那就糟糕了。我说肯定不会，并暗暗祈祷，希望我的直觉不会错。

天气降温了，屋里很冷，我一夜未眠。

二〇一九年十一月十六日

今天是星期六，可在这里工作，没有休息日和节假日。

与村委会第一书记胥永跃约好，上午去赵开花家，这是我第二次入户调查。

其实，早在到诺勒嘎查之前，就听刘智博介绍过赵开花家的情况。她家曾是村里的富裕户，有一百三十七亩耕地、四十四亩草场和一百多只羊，每年收入几万元，三个女儿，两个考上了大学。就是这样一个村里人人羡慕的家庭，却接连遭遇不幸。二〇一四年秋，赵开花的丈夫患了肝癌。仅仅过了一年，她正在内蒙古科技大学读大三的二女儿红玉，被确诊为急性白血病。不到两年时间，父女俩先后患了大病，很快花完了家里的积蓄，并将一百多只羊一只不剩地"赶进了医院"，一时变得捉襟见肘，甚至到了借钱、贷款看病的程度。最后，红玉的父亲先红玉一步撒手人寰。当时，刚刚入驻诺勒嘎查的我的前两任帮扶队员刘智博闻知此事后，四处奔波"化缘"，为红玉募集医疗费用。二〇一六年十二月十二日，通过他的协调，内蒙古青少年发展基金会为红玉搭建捐助平台，发出了《为年轻的生命开辟绿色通道》倡议书，共筹集资金六万一千八百六十九元六角二分，拨付到红玉就诊的兴安盟人民医院。尽管这只是杯水车薪，但一个帮扶队员能做的，也只有这些，况且这是分外的事。刘智博已尽了全力。我想，如果当时换作我，可能连这也做不到。

红玉最终未能挺住，二〇一八年一月二十九日下午，她随父亲而去。刘智博说："红玉走之前去了几个城市，回了一趟学校，见了一些朋友，还在朋友圈晒出了很多照片，每一张照片都笑容灿烂，根本看不出是一个生病的孩子。我当时很担心她，病得那么重还到处跑。后来才明白，她是以这种方式向生命告别，向亲人朋友告别……红玉回家不久，病情加重。家里人准备送她去医院的时候，她却拒绝了，她不想给拖着病体的母亲增加更多负担，不想给家里增添更多外债，不想占用妹妹读大学的学费……"

走进赵开花家,和上次见到她时的情景一样,她正一边吸着烟,一边望着窗外。她的大女儿已成家,小女儿在内蒙古财经大学读大二。几年过去了,仍能从她的脸上看出难以掩饰的伤痛……

下午,我们来到村部邻近的吴和平家,这同样是一户因病致贫的家庭,全家三口人,儿子成家另立门户。妻子五年前患了肝癌,他长期陪护住院的妻子,家里饲养的两头牛(镇里为其购买的扶贫牛)和原有的四十六亩耕地,全权委托亲戚朋友照料、打理。自从他被纳入贫困户后,妻子的医保报销比例在百分之九十以上,他的日子开始好过一些。

我在调查中发现,诺勒嘎查建档立卡的三十六户贫困户,因病致贫的户数竟然高达百分之六十。人原本很脆弱,而我们所依赖的农业经济在现代社会中,更是不堪一击。

返回宿舍的路上,下雪了,顷刻之间,眼前变得白茫茫一片。

二〇一九年十二月五日

早晨起床,看到窗外大雪纷飞,远处的山丘、村庄和田野,笼罩在雪雾之中。我已记不清,这是入冬以来的第四场还是第五场大雪。

时间过得真快,掐指一算,到诺勒嘎查两个多月了,中间去厦门参加了一个培训班,走了几天。现在想想,还是南方好,冬季没有这么严酷,四野依旧郁郁葱葱、花朵灿烂。

前几天谢长青答应,今天带我去见沙格德尔老人。

我一直想搞清楚,诺勒嘎查到底是什么时候开始垦荒种田的,农耕历史有多久。问了很多人,有的说五十多年,有的说几百年,一个比一个不靠谱。我在入户调查中发现,村里多数人喜欢养殖业而不是种植业,他们似乎对牛羊比对玉米和小麦更感兴趣。

扎赉特旗位于内蒙古东北部，地处大兴安岭南麓向松嫩平原延伸的过渡地带，地势西北高，东南低，由西北至东南依次构成低山、丘陵、平原三类地貌。诺勒坐落在"北八乡"，属低山、丘陵区，蒙古语意为避风的港湾，是天然的冬牧场。

沙格德尔是村里年龄最大的一位老人，今年八十一岁，过去是学校的老师。他听了我的来意后说，诺勒的农耕历史并不长，不到一百年时间。一九四六年，他家从胡尔勒另外一个村子移居到诺勒，当时全村二十多户人家，耕地只占全村土地面积的十分之一，或更少，顶多两千亩，其余都是牧场，村民的主要收入来自畜牧业。仅仅过去几十年，耕地扩大到了两万零四十七亩，牧场只剩下一万八千四百三十二亩。

耕地的增加，并不意味着村民观念发生了转变，他们依然保留着游牧民族的基因。刘智博在一份调研报告中也写道："诺勒的农耕只有几十年的历史，有的人到现在还不会种地……"

几代人过去了，一些人仍不愿接受从游牧到农耕的事实。

当然这是为某些贫困户致贫给出的一些理由。

羚毕力格是一个典型的不会种地的农民，家里现有三十七亩耕地，每年或出租或雇人为其耕种，自己则长年外出打工，给别人家放羊。二〇一四年，他被纳入贫困户，靠政府帮扶的两头牛和五口猪，很快脱了贫。

今天陪我采访沙格德尔老人的谢长青，也是一个对耕地缺乏热情的农民。他于一九七五年出生，退伍军人，曾是一个"神枪手"。在部队，他本来有机会改变命运，可他没有把握好。他用"夹生"的汉语和我讲，当年部队为了培养他，选送他进了狙击手"集训队"。有一天，他的几个老乡专程从两百多公里外的连队，赶到"集训队"去看望他。他深受感动，找了一家饭店，设宴招待他们。那天，他们都喝得酩酊大醉，因一些小事与饭店的老板发生了纠纷，最后升级为互殴，砸了饭店。翌日，他酒醒后知道自己闯了祸，并主动赔偿了饭店所有损失。部队领导看他认错态度好，把他退回连队，算是对他的从轻惩处，从此失去了"提干"的机会。他从部队复员后，到村委会当了会计。两年前查出食道癌，做了手术，同时欠了一屁股外债。陈长江准备将他纳入贫困户或低保户时，他断然拒绝了。他说："入了低保或贫困户，会让人瞧不起……"

去年，他预感到羊肉的价格肯定会涨，贷款买了五百只基础母羊，并产下四百多只羔子。今年羊肉价格果然涨了一倍，有人给他算了一笔账，如果他现在将这九百只羊全部出手，除还了贷款，还能净赚二十多万元呢。

从沙格德尔家出来，已是傍晚，雪还在悄无声息地下着，可我感到，每一粒落在我身上的雪，都那么沉重。

二〇二〇年一月一日

今天是新年，太阳没有什么变化，照常从白雪覆盖的山顶上缓缓升起。

上午十点多钟，陈长江打来电话，说包哈敦巴拉中午要请我们吃饭，我回复他："谢谢他的好意，改天我请他吧。"

我总感觉一个扶贫工作队队员，到贫困户家吃饭，有点不合适。

包哈敦巴拉在村里可谓是一个传奇人物。他是一九八〇年生人，据说曾有过一个温暖的小家，可他当年不干正事，成天喝得醉醺醺的，日子越过越艰难，连柴米油盐都成了问题，二〇一四年被纳入贫困户。媳妇对他很失望，跟人私奔了。

媳妇的离去，并没有让他清醒过来，他反而变得更加肆无忌惮，由"酒鬼"升级为"酒神"。

二〇一七年秋天,他喝完酒骑摩托车带着酒友回家,冲到路基下的一个大坑里,酒友当场毙命,他昏迷了四天四夜,才被抢救过来,捡了一条命。等伤势稍好一点,又喝得摇来晃去。

他家里来了朋友时喝,一个人的时候也喝,人们说他没救了。

二〇一六年六月的一天,陈长江记得天很热,他去包哈敦巴拉家找他有点事。当他走进包哈敦巴拉家,看到窗户紧闭,如同进入蒸笼一般,包哈敦巴拉正仰面朝天地躺在地上呼呼大睡。陈长江推醒他,他醉眼蒙眬地看了陈长江一眼,不知嘴里叽里咕噜说些什么,又倒头睡去。陈长江推醒他三次,他次次都这样,陈长江把这一幕用手机录了下来。第二天,陈长江把录制的小视频给他发了过去,他找到陈长江说:"我喝醉就这个样子?真丢人,你千万不要发到朋友圈,让人们看见,谁还敢嫁给我。"并发誓要戒酒。陈长江有点不相信,以为他还在说醉话,对他说:"那就从明天开始,你每天给我发一段你的视频,不然我怎么知道你喝不喝酒。"他爽快地答应了,果然每天把自己都干了些什么,用手机录下来,发给陈长江。

前几天去他家入户调查,包哈敦巴拉将我领至猪舍前,嘿嘿地笑着说:"我家的五头扶贫母猪,已产下十一头小猪了,那两头牛也快产了……"

二〇一九年,包哈敦巴拉卖小猪收入近万元,护林收入一万元;再加上低保、十六亩耕地的收入和惠农补贴等,全年收入三万多元。而今年如果不出意外,仅生猪一项,按现在的市场行情估算,收入将达到十万元左右。

包哈敦巴拉不但脱了贫,而且还向前迈了一大步。尽管这与我没有一点关系,但他多次说要请我吃饭。他是真诚的。

二〇二〇年一月七日

今天到"养牛专业户"张斯琴图家入户调查,张斯琴图对我说:"我妻子是胡日沁毕力格老师的学生。"我一怔,问了一句:"胡老师的学生?"他见我疑惑,补充道:"她吹葫芦丝是跟胡老师学的。"

我突然想起,在胡尔勒镇,胡老师有很多学生,他还将我拉入一个名为"乌尼德葫芦丝队"的微信群,好像群里有四十多人,我不知道这些人是不是都是胡老师的学生。我不懂葫芦丝,又不好意思退群,在群里一句话也不敢说,只能"潜水"。

胡老师是内蒙古团委二级单位内蒙古团校的一名教授,蒙汉语精通,曾有过在日本留学四年的经历。

他是内蒙古团委第四任帮扶干部,二〇一七年十月到岗,直至干到我接替了他的工作。

或许是天气原因所致,东北农村有一种"猫冬"习惯。胡老师在一篇调查报告中写道:"秋收结束后,农牧民基本上无事可做,不是看电视,就是西家串、东家逛或者聚在一起赌博喝酒……"胡老师认为长此以往,总不是一件好事。他思来想去,决定把这些人组织起来,搞一个乐队。胡老师的专长是萨克斯,可教这些人吹萨克斯并不现实,萨克斯价格昂贵,一般人承受不起。一天,电视上一个吹葫芦丝的节目给了他灵感,葫芦丝便宜、易学,何不教这些人学葫芦丝呢?于是,他自掏腰包购买了十五个葫芦丝,带回诺勒嘎查,成立了"草原梦想乐队"。起初,报名的只有三四个人,他便挨家挨户地做工作,动员贫困户加入"草原梦想乐队"。东北十二月的气温达到零下二十多度,胡老师在诺勒嘎查卫生室,借着昏暗的灯光,围着小炉子教他的学生吹葫芦丝。他的学生大多是小学文化程度，有的甚至没有读过书，我不知他下了怎样的辛苦，用了什么方法，居然教会了这些人吹葫芦丝。他的学生从几个开始，从诺勒嘎查开始，最后发展到二百多个、遍布整个胡尔勒镇，年龄跨度从七岁到六十七岁。

胡老师办葫芦丝学习班牺牲的是自己的休息时间，不是为了自己得到什么，他似乎想告诉我们，贫困户需要的不仅仅是物资，葫芦丝是一个哲学问题。

二〇二〇年一月十五日

春节越来越近了，走在诺勒的街上，能感受到浓浓的年味。

每逢春节前夕，帮扶队员总要走访贫困户，到我这儿照样不能例外。今天准备去牧业队的戴银虎、王常山、赵开花、白秀英和张德喜家。

牧业队在河对岸，距诺勒还有一段距离。上了"青年桥"，我不禁想起了刘智博，这座桥是他协调内蒙古扶贫办、交通厅等厅局单位和兴安盟、扎赉特旗有关部门，争取项目资金修建的。

事情可追溯到二〇一六年二月，刘智博作为内蒙古团委第三任帮扶干部，来到诺勒后，发现村前一条河流阻断了村民出行，每当冰雪消融，如果去一趟牧业队，必须从查干珠日和绕道而行，至少多走三四公里冤枉路。而村里的道路和街巷，同样不尽如人意，晴天沙尘飞扬，雨天泥泞难行。他便从旗里到盟里，再到自治区，一级一级地跑，争取项目和资金。最终不仅为诺勒架起了跨度四十二点五米的"青春桥"，而且还硬化了五点四七八公里街巷、修通了近三公里的通村水泥公路……

不仅刘智博，其实内蒙古团委每一任帮扶干部都在自己的任期内尽心竭力。我列了一份清单，尽管这只是我的前四任所做工作的一小部分，但可窥一斑而知全豹———

二〇一五年四月，通过杭玮争取、协调，诺勒嘎查所有贫困户都得到两万元政府贴息贷款，用于购买基础母羊；同年五月，杭玮又联系内蒙古青基会为嘎查争取到助学补助，每年为十五名考上大学的学子每人提供五千元助学补助。

二〇一六年，刘智博经过努力，落实了投资额四百二十五万六千一百元的三千亩"全国新增千亿斤粮食生产能力规划田间工程建设项目"。

二〇一七年，内蒙古团委为每一户贫困户购买了两头基础母驴，共计购买六十八头，花费六十多万元。

二〇一八年，内蒙古团委投入五万元，给嘎查卫生室采购了便携式B超机、电脑等医疗设备；同年为嘎查购买了价值四十二万元的大型大豆收割机。

二〇一九年，内蒙古团委组织内蒙古医学院附属医院专家，专程到诺勒嘎查开展义诊活动……

我不记得是谁说过一句话，一个人的力量，微不足道，而我们通过无数双手，可以改变整个世界。

二〇二〇年一月十七日

早晨刚起床，就接到代朝鲁门的电话，他问我什么时候回去过年，执意要送我到乌兰浩特义勒力特机场，我只好撒谎说，时间还没有定。

诺勒嘎查离乌兰浩特义勒力特机场八十多公里，路又不好走，虽然代朝鲁门一腔热情，但我不想给别人找麻烦，自己坐长途客车走，省钱省事。

一月是诺勒最寒冷的季节,走出家门,感到呼啸的北风不是在吹,而是如同鞭子抽打在脸上。我担心代朝鲁门前几天购进的鸡雏,能不能挺过这个冬天。

生于一九九一年的代朝鲁门,大学毕业后在呼和浩特市一家公司工作了两年,月入四千多元。二〇一四年七月,弟弟考上了公务员,因家里缺劳动力,他被父亲强行带回了诺勒,可他不想像父亲一样,一辈子拴在土地上。回家的第二天,他就向父亲摊了牌:一是不能阻拦他创业;二是不要急于给他娶媳妇;三是农田里种什么,必须征求他的意见。当时父亲对他提出的三点要求,全部点头答应。谁知第二年,父亲就变了卦。代朝鲁门说,二〇一五年,家里托媒人给他介绍了七个对象,逼他早日成亲,父亲甚至以喝农药的方式来吓唬他,他硬着头皮见了三个,最后还是和父亲闹僵了。

这一年年底,他从家里跑出来,在胡尔勒镇开了一家农资商店。经营了一年,分文未赚,还欠了四万五千元的外债,只好关门。

他又与一个朋友合作,开了一个烧烤店,现宰活羊烧烤,生意很快火了起来,一周净赚两千七百元。可他的这个合作伙伴,几乎天天召集狐朋狗友白吃白喝,烧烤店以失败而告终。

万般无奈之下,他回到家。不料刚一进门,父亲就冲着他吼道:"你不是翅膀硬了吗?回家干什么?给我滚……"

面对父亲的指责,他一句话也没说,一个人躲在屋子里掉眼泪。

有一天,代朝鲁门从中央电视台看到一个农民靠养鸡致富的报道,琢磨起养鸡的事。恰在这时,他四姑给他父亲拿来两万元钱,他偷了五千元,悄悄购买了五百只鸡雏,在院子里搭了一个养鸡棚,准备养鸡。母亲见状,一边干着家务活,一边用脚踢围在她身边的小鸡:"你以为你把这些鸡养大就能卖出去,滚远点……"

代朝鲁门一气之下，骑摩托车漫无目的地来到查干珠日和一片空旷的田野上。当时正是柳绿花红的春天，阳光灿烂，燕子鸣叫着从远方飞来。他的心情恰恰与这个季节相反，代朝鲁门停下摩托车，信步走进一片树林，从上午八点一直躺到下午两点多钟，想了很多。如果不是弟弟打电话劝说，他可能会永远离开诺勒，离开不理解他的父母。

二〇一七年年底，代朝鲁门通过网络销售，鸡被抢购一空，净赚两万元。与此同时，他认识了胡日沁毕力格老师。因为这一年农业歉收，羊价暴跌，他家几乎没有收入，代朝鲁门把卖小鸡赚的钱一分不剩地交给了父母，又萌生了到外地打工的念头。

胡老师闻知此事后，找到他说："你养鸡很成功，刚刚有了好的开头，怎么能半途而废呢？"

代朝鲁门只好向胡老师交了实底："我现在一分钱也拿不出来了……"

胡老师二话没说，从银行取了五千元钱，递到他手里，说："不需要还，这是我个人的一点心意。"

代朝鲁门用这笔钱，从哈尔滨购进两千三百只雏鸡。两个月后，因他喂养的雏鸡成活率高，镇政府以每只二十元的价格收购，发放给诺勒贫困户发展扶贫产业，他赚了两万多元。

二〇一八年，在胡老师的策划、协调和镇政府的支持下，诺勒嘎查为代朝鲁门挤出两万多平方米的山地牧场。代朝鲁门成立了"田野牧场"大学生创业基地，步入了正轨。有了养鸡的经验，也有了养鸡的场地，他想扩大养殖规模，可资金短缺仍然是一个瓶颈。胡老师再次伸出温暖的手，给他赞助了一万元钱。

他前前后后购买了一万八千只鸡雏，年底出栏后，净赚近四十万元。

二〇一九年，代朝鲁门除了购进一万五千只鸡雏，还养了五十七头猪。但他万万没有想到，当猪快要出栏时，染上了猪瘟，一夜之间，全部死亡，鸡也莫名其妙地死了一半……

我到诺勒后，胡老师带我去的第一站就是"田野牧场"。代朝鲁门给我的第一印象是疲惫、憔悴，似乎一碰就会倒下去。后来，在嘎查也听到一些风言风语，有人说他中了妖风，快疯了。一个好心人还专程到乌兰浩特接来"大仙"，为他镇妖驱邪，直至现在，"镇妖符"还贴在墙上。

代朝鲁门当然不信这些，他说："猪死的时候，已长到二三百斤了，假如不闹猪瘟，年底少说也能收入四五十万元……"

我除了开导、安慰他，别无他法。

去年十一月底，我回单位汇报工作，并把代朝鲁门的大学生创业基地也作为一项重点内容进行了汇报。陈晓东书记很重视，迅速安排代朝鲁门参加由内蒙古团委主办的"二〇一九年内蒙古美丽乡村青年电商达人示范培训班"，还专门把他叫到办公室谈了半个多小时，肯定了他的创业精神，他颇受感动。

刚过新年，代朝鲁门就购进一万八千只鸡雏。他说，今年要把诺勒毕业的所有大学生吸纳进创业基地，进行第二次创业。我看他说这话的时候，笑得很开心。

二〇二〇年三月二日

踏上诺勒的土地，突然感到自己像从笼子里放出的鸟，一下变得轻松、自由了。

原本计划过了正月十五回诺勒嘎查，可一场突如其来的疫情将我困在了家里。每天只能望着窗外空无一人的大街，祈盼病毒早一天消失。

　　进入二月底,疫情有所控制,各厅局单位的扶贫干部开始返岗。

　　上个星期五,分管书记阎立志给我们开会,其实只有张飞飞、我和他三个人,都戴着口罩,彼此保持着一定距离,安排布置今年的扶贫工作任务。会后问我有什么要求,我说能不能给诺勒嘎查的农牧民带一点口罩回去,阎书记爽快地答应了,并安排张飞飞负责落实。

　　张飞飞把我带到内蒙古青基会秘书长格日乐图办公室。格秘书长听了我们的来意后说:"扶贫的事,我全力支持。"他立马打电话落实了两千个口罩,同时给诺勒贫困户家的孩子捐赠了五十个大礼包,其实这也是对我工作的支持,我心存感激,不知该说什么好。

大路歌

◎瑛 宁

一

汽车穿过喇嘛洞大桥,来到一块高地。内蒙古交通厅扶贫工作队队长申海指着高地说,站在这里就能看见巴彦塔拉嘎查。我们几个走了上去。原来这是一座悬崖。悬崖远处的绿树丛中,果然有一片蓝色和红色的屋顶。悬崖下面,是奔腾的绰尔河。绰尔河水从巴彦塔拉嘎查方向奔流而来,在这里拐了一个"几"字形急弯,又向远方奔流而去。

山上的树很密。两辆宁波牌照的轿车也停在这里。几个衣着时尚的年轻人从车里下来,看过了悬崖与河水,便往树林深处走去。申海朝他们喊:"树林里有蛇——"

申海说:"我们住的地方就有蛇,时常跑进房间里。"

我们走下悬崖,坐上汽车继续走。前面的路很陡。申海驾驶着汽车慢慢向下开。三拐两拐,绰尔河又出现了,这回是横在路的尽头。湍急的河水,在绿色的栏杆下面幽幽流着。我们拐过去,顺着河岸走了一气，便拐进了屯子。这是巴彦塔拉的前屯。一条宽阔的水泥路出现在眼前。水泥路右侧，是一个个农家大院，院子里的房子，就是我们刚才看见的农舍，外墙几乎都镶着白色瓷砖。路的左侧，就是绰尔河。几个农民工正在修建一个大门。门框是用树干做的，树干上还带着树杈。这是一个装饰性门框。大门里是一座休闲公园，公园里有长廊和木屋，尖尖的屋顶，颇具西式风格。

我们没下车，沿着大路继续走。路过一个大院，申海指着院里的中年男人说："他是张会计，晚上让他讲一讲巴彦塔拉的历史，他知道得多，汉语也说得好。"

这里的人，百分之九十八都是蒙古族，像申海这样的西部口音，他们一定很难听懂。而他们一口发潮的汉语，申海也一定听不明白。申海的话，果然印证了我的猜测。他说："驻村挺长时间才适应过来。"

我们顺着河岸一直往里走，走过了腰屯和后屯，再往后就没有人家了。顺着这条路再往北走七公里，就是呼伦贝尔市扎兰屯市的地界。水泥路左侧，是静静的绰尔河，右侧是高耸的山崖。山崖凹凸不平，有明显的凿斧痕迹。申海说，这是我们硬凿出来的路。以前也有一条窄窄的小路，一侧是河，一侧是山崖，路人一不小心就会掉进河里。这条路是通往扎兰屯市浩饶镇的唯一出路，出屯买东西，给人看病，孩子上学，都得走它。赶上雨水大了，河水漫上来，整条路都给毁了。崖顶滚落下来的石头，就挡在路上，走着走着，还得把石头挪开。走南闯北的申海，还没见过这么难走的路。扶贫队把修路报告打上去，交通厅决定开山修路。他们还在河岸加了栏杆，河堤也用石头加固了。

这条路一共投了三千万元。

三千万元，要是把这些钱分给农民，二百多户人家，哪家都能分上一大摞子钱。但是，钱花没了也就没了，没有路还是受穷。巴彦塔拉贫穷的根本原因就是道路不通，信息闭塞。申海说："刚才路过的喇嘛洞大桥看见了吧？也是我们修的，投资一千多万元。要是没有这座桥，他们往南出行，就得顺着山崖绕行五十多公里。"

一千多万元修一座桥，只为一个嘎查的人出行，申海他们真是下了决心了。

申海说："刚才我们进屯子路过的陡坡，你觉得挺陡吧？这还是我们修过了的，以前比这个还陡，上边的人下来之前，必须先朝下边喊：下边有人吗？几声之后，下边没有人应，才敢继续往下走。下边的人往上走，也得喊：上边有人吗？上边没有人应，下边的人才敢走上去。要是没问清楚，两个人堵在路上，谁都过不去。"

一条路，硬是催生了喊山文化。

喊山文化并不陌生，但是一般都在南方的险要山区，像我们这样的丘陵地带，还真没听说过。

据说二十世纪八十年代初，巴彦乌兰苏木的干部下来工作，都事先把自行车藏进树林里，只身走下来。回去的时候，再把自行车找出来骑走。屯子里的粮食要想运出去，只能肩扛马驮。要想运输大批物资，只能等绰尔河水结冰以后，使用冰路运输。后来道路拓宽了，也只能走一个拖拉机头。下坡的时候，人们在拖拉机头后面拴一个绳子，绳子这边拴一块木板，让木板在地上拖行，形成阻力，用来降低拖拉机速度。

真是难为那些村民了，在一个孤岛似的地方生活了那些年。申海回过头来说，这条路我们还得继续修，想办法把山给铲平一些，坡度就会降下去了。

汽车顺着河岸往北走，一路的风景很美。河对岸是绿莹莹的山。山上的植被很好，长满了绿色灌木。绰尔河的鱼，是纯天然无污染的淡水鱼，是远近出了名的，我在家里就知道。

"巴彦塔拉的村民，守着这么一个山清水秀的地方还受着穷，我刚来的时候，心里真是急啊！"申海一边开车一边说。

二

巴彦塔拉所属的巴彦乌兰苏木，过去是扎赉特旗有名的穷北八乡之一，我早就听说过。二十年前我来到巴彦乌兰的时候，远远看见屯子里有一座座土黄色房屋，还以为是砖瓦房呢。走进屯子一看，土黄色的外墙不是涂料，是土黄色泥巴。起脊的屋顶也不是瓦，而是茅草。申海说："巴彦塔拉以前也有这样的房子，还有木头房子和石头房子，甚至还有地窖子。现在这样的草屋一个也不见了。"申海出面协调来资金，改造了十九户危草房。

巴彦塔拉地界，原本是个闭塞的山洼，山清水秀，荒无人烟，仿佛一个世外桃源。不知什么时候，这个世外桃源被人发现了。开始的时候，只来了两户人家，以打鱼放牧为生，人们把这个地方叫两家子。后来陆陆续续又进来不少人，慢慢形成了规模，一九八三年正式命名为巴彦塔拉。巴彦塔拉，是蒙古语音译，意思是富饶的草原。以前人烟稀少的时候，这里确实水草丰美，草木最深处，有一匹马那么高，骑马走在里面，只能看见人，看不见马。后来人多了，牲畜也多了，草便渐渐矮下去了。

申海没来的时候，人们饮用的水是泉水，泉眼在腰屯，前后两屯的人，都得到这里取水。村民们也试着打过井，始终打不深，地下的岩石太硬。从这里的地貌就能看出来，地下也都是褐色的火山岩。浅水井里抽上来的水，都是黄汤子，沉淀下去才能使用。申海看着这样的水，心里很不是滋味。他坐在农舍里，起草了一份报告：巴彦塔拉需要打深水井。

厅里同意了申海的报告，但是资金得申海自己出去协调。

又是协调。

我问申海："协调是什么意思？"申海说："就是要钱，动用各种关系要钱。其实动用的都是个人关系，那滋味才难呢，我自己家有事都不求人，因为扶贫，我把能求的人，都求到了。"

申海协调过来一百万元，打了三十二眼深水井。有的两家一个井，有的三家一个井，每家都安了水泵，用水的时候一合闸，水就进了水缸。水缸满了，一拉闸水就停了。

世世代代担水吃的农牧民，也和城里人一样，吃上了自来水。

巴彦塔拉的街巷没硬化之前都是土路，雨天一裤脚泥，旱天一裤脚土。交通厅投资三百二十万，修建了水泥路，路面长达七公里。然而路面干净了，农民家的院子也还是泥土的，那些泥土会被直接带进屋子里，屋子怎么收拾都不干净。交通厅又投资一百八十一万元，把农民院内也给硬化了。院子干净了，扶贫队觉得院墙不太美观，又协调来几十万元，把一些农民的院墙翻建了，门窗也更换了。

申海说："街巷硬化，是上一任驻村干部协调资金做的。那个人任期满了，调回去了。"

三

乡村的夜晚，自古以来就是寂静的，黑暗的，发光的只有天上的星星和月亮。一到晚上，人们就猫在屋子里不出来了。有人聚在一起打麻将，有人聚在一起喝酒。自从交通厅安装了路灯，这一切就变了。人们三三两两出来聊天，在广场上扭秧歌跳舞。路灯是太阳能的，一共有一百四十个，也是申海他们协调资金安装的。一个一个橘黄色路灯，在乡村的夜晚发着温暖的光，照得人心里挺敞亮的。

乡下不缺树木，有土的地方就能长树。但是它们只是东一棵西一棵地随意长。那样的树，当然也是一种风景，路边光秃秃的很难看。申海又协调来资金，在路边栽了景观树。

村子更美了。

站在大街上，远远望去，有一排漂亮的房子。申海说："那是幼儿园，我们协调建成的。"我和申海他们走过去的时候，几个孩子正在一个彩色滑梯上玩耍。屋子里走出来一男一女，都是中年人。交谈后得知，他们是一对夫妻，从外边调过来的老师。巴彦塔拉小学没撤之前，也有学前班。撤并之后，就没有学前教育了。孩子们像野孩子似的，在屯子里东跑西颠，什么也学不着。这样的孩子上学以后，很难跟上学习，在起跑线上就输了。

这回好了，有了这么好的教室，这么好的老师，农民们心里肯定有底了。我们几个一边往出走，一边说。

从幼儿园出来，我们走进脱贫户杨百顺家。他们家有两个孩子，女儿上高中，儿子上大学，典型的因学致贫。申海驻进来以后，把他们家的危房改造了，他们自己又接了两间房子。宽敞的大院里，摆着电焊机，看样子男主人会电焊技术。四轮车上，晾着一堆新摘的豆角，一看就是个会过日子的人家。屋子里走出来一个少女，说她爸妈没在家。我们和她交谈了一会。她说他哥哥上大学得了一千元资助。像这样的资助，交通厅一共资助了二十八个，都是交通厅干部个人捐款资助的。南边的猪圈里，养了好几头黑猪。黑猪长长的身子，和我以前见过的不太一样。申海说："这里的猪，都是杂交猪，和山上的野猪杂交。山里的野猪很多。家里的母猪常常跑到山里去，过一段时间，就揣着羔子回来了。有的母猪失踪之后，居然领一帮猪崽回来了。这样的猪肉，味道比纯家猪鲜美，肉质还不像野猪那么粗糙。"

申海发现这个情况后,便给十一户贫困户购买了仔猪,鼓励他们发展养猪业。

中午吃饭的时候,我尝到了这里的猪肉。真和平时吃的猪肉不一样,瘦而不柴,香而不腻,还带着山里的野味。

巴彦塔拉有一片湿地,湿地附近住着一户人家。他们家因为地少而贫。对他们家的帮扶也是危房改造。两大间新房子,被主人收拾得干干净净,看着心里很舒服。他们很能干,几年来养了五十多头猪,遗憾的是,因为非洲猪瘟死掉了。门前空场上,散养着几十只小鸡。小鸡们在草丛里蹦蹦跳跳,叽叽啾啾地叨着虫子和草籽。申海说:"这是我们给买的小鸡。这里的鸡肉和鸡蛋也都是绿色食品,价格很贵,养好了也是一笔财富。"

申海说:"交通厅扶贫工作队驻进来的时候,巴彦塔拉嘎查一共有一百一十户贫困户,一点一点的,减少到四十户,目前只有一户没脱贫了。那户人家有人患了病,生活质量一下子降下来了。"我们去看了这家贫困户。见我们进院,一个女人从屋子里走出来。就是她患了脑出血病,不仅丧失了劳动能力,还经常吃药打针。她说,她丈夫外出干活去了。她的两个女儿已经出嫁了,家里只剩了他们夫妻俩。她用笨拙的汉语说,申海总来看她。

四

在巴彦乌兰苏木扶贫的,不只是交通厅,另外还有几家。交通厅帮扶的都是大项目,不是一家一户的小帮,是大扶,都是惠及全嘎查,乃至周边嘎查的大项目。

村里用电不稳定,他们安装了三个变压器。没有网络,他们安装了网络。还修建了一座幸福院,为孤寡老人无偿提供住处。为了壮大嘎查集体经济，他们建了一个养殖小区，一个秸秆转化厂，都将投入使用。在农业建设上，他们平整了土地，进行了低水高调。又投资四百六十万元，修建了两公里水毁路。交通厅还在屯子里修了一座小桥。当然，最大的、最惠民的，是喇嘛洞大桥，和三十六公里长的西乌兰至浩饶山公路。

交通厅修建的道路，受益的不只是巴彦塔拉，而是横贯巴彦塔拉嘎查的整条线路。

来到巴彦塔拉的人，谁也不会想到，村里还有一个即将投入使用的旅游客运站，这是交通厅投资二百三十万元，地方自筹一百万元修建的。旅游客运站是一溜蓝色平房，有候车室、浴室、餐厅、卫生室，还有客房和超市。客运站门前是个广场，可以容纳很多人。这个客运站不是单纯的客运站，还是个游客集散中心。

这个设想太有前瞻性了。

有了喇嘛洞大桥，有了通往浩饶镇的乡间公路，巴彦塔拉就成了通往呼伦贝尔大草原的路径之一。如果巴彦塔拉有足够使游客留下来的条件，那么他们就会在此停留一天或者数天。住宿、吃饭、购物，都会给这里带来经济效益。

申海和另一个扶贫队队员姜贵，暂时住在客房部，一人一个房间。我进去看了看。屋子里除了单人床，还有一套简单的厨具和餐具。餐具擦得很干净。一只碟子横着一根黄瓜，一只碟子横着一根苦瓜。这两个男人，自己在这里做饭吃。

申海是呼和浩特市人，一口西部区口音。这个刚刚步入中年的男人，有一双清澈的大眼睛，举手投足，一看就是大城市人。姜贵是兴安盟人，比申海略大几岁。一口东部区口音，和东北话差不多。一双又细又长的眼睛，流露着东北人的朴实。

申海说："吃不惯这里的菜，太咸。"

二〇一六年，申海刚驻村的时候，和另一个扶贫队队员在一户农民家里吃住了半年，每天给那户人家交五十元伙食费。没有单独的房间，也没有单独的炕，他们与那户人家一起挤在一铺大炕上。申海本来是一个干干净净的大城市人，驻进来不久，就胡子拉碴，不太整洁了。

申海说："那时候太忙，没有时间，也没有心思收拾自己。刚来的时候不熟悉这里的情况，得挨家挨户走访，什么样的人家都有，什么性格的人都得接触。一开始人们还有点抵触，不太相信申海真能扶起他们。一个大城市人，在城里过得好好的，跑到语言不通的乡下来扶贫，能待长吗？"申海反复跟他们宣讲，让他们放心，一定想办法让他们富起来。晚上回来，申海还得整理笔记，理出头绪，然后给他们建立档案，根据各家条件，给他们分别制定帮扶计划。

五

白天遇见的张会计，晚上详细介绍了巴彦塔拉嘎查的过去。这里的人都不是本地人，哪里来的都有。二〇〇三年，这里才通上电，才看上电视。交通厅来了，才安装网络，所以农牧民的思想很落后。扎兰屯浩饶镇的人，早都吃上大米和白面了，他们这里还整天吃大饼子和苞米碴子呢。

除了介绍交通厅扶贫的情况，他们还讲了一些扶贫故事。申海讲了一些懒惰的农牧民。申海当初把五十只小鸡分给贫困户以后，有的人家放在院子里就不管了，一点一点的，都被山里来的野兽给吃掉了。也有的农牧民说，修路修桥花了五千万，还不如分给我们了。花在路上，不当吃不当喝，有什么用。

一些农牧民的养殖技术和种植技术不高，申海便花钱从乌兰浩特市请来最好的技术人员给他们免费培训。农牧民们不愿意来，申海便告诉大家，中午请他们吃饭，这才有人报名。谁知听课的时候，来的都是妇女儿童，中午吃饭了，男人们可都上来了。事先说好了不准喝酒，可是到了饭桌上，那些男人偷偷从兜里掏出酒瓶就喝上了。

"看着这些朴实而又狡猾的农牧民，你能说什么。"申海说，"我们的工作，做起来就是这么费劲。"

我在资料里看到两条消息，申海驻村之前是内蒙古交通运输厅公路路政执法监察总队准兴支队队长，二〇一七年，被评为全区交通系统优秀共产党员。二〇一八年，被内蒙古自治区扶贫开发领导小组评为优秀驻村干部，被兴安盟评为优秀共产党员。之前我也采访过别的扶贫干部，大略知道一点扶贫干部的艰辛。

我说："我在别的嘎查听过这样的故事，有的农牧民背后说，这些扶贫的人，咋总也不回家呢，是不是没有家呀，都是离婚的吧？"

申海接过来说："大姐呀，我就离婚了，就因为驻村离婚了。"

我很长时间没说话，不知道怎么说。问他吧，害怕引起他的伤心事。不问吧，话题又进行不下去了。

姜贵打破了沉默，说："一年半载不回家，人家不得有意见嘛。我顾不上家，老伴和孩子还有意见呢。"

申海说："我们是再婚。她带着一个女儿。我们认识不久，厅里就派我驻村来了。我们以为一年半载就会回去，就办理了结婚登记手续，并且着手收拾房子，好举办婚礼。我一直回不来，装修房子的事都落在她身上。这期间，她老父亲还生病住院了，正是需要人手和关心的时候，我却回不去。她是个有工作的人，一边上班，一边收拾房子，一边照顾老父亲，还得照顾她上学的女儿。这么繁重的担子压在她身上，自然免不了抱怨，但是也都将就过来了。正当我们嘎查进行百日大排查，忙得不可开交的时候，她的老父亲病情加重了，等我赶回去的时候，已经晚了，老人家当天晚上就去世了。她这才彻底失望了。她说，不就是扶贫吗？怎么就放弃不了呢？难道扶贫比我还重要吗？我怎么解释她都不明白。她以为，我的重心没放在她身上，她被冷落了，他怀疑我对她的感情。"

其实对于扶贫，我也是外行。我本身是搞执法工作的，这几年硬是熟悉了农村生活，熟悉了扶贫工作。要是换一个新人来，说不定真会使扶贫工作受影响。我便咬牙挺了下来。但是她不等了。她不是等不起，是对我失望了，她以为我不爱她，坚决地和我办理了离婚手续。

"这件事对我打击很大。"申海继续说，"她误会我了，我对她是真诚的。我也想和她在一起生活，每天盼着扶贫工作早点结束，早点和她团聚。可是工作真不允许。我一度也很绝望，但是有什么办法，谁处在这个岗位都得这样。说出来你可能不相信，这个工作做到这个时候就放不下了，不是说冠冕堂皇的大话，而是看着农牧民期望的眼神，就放不下了。和他们处得时间长了，有感情啊。那种心情，只有身临其境的人才能体会出来。"

六

我们最后来到村委会办公室。这是一溜儿蓝色平房，交通厅投资建设的。办公室很敞亮，有会议桌，有办公桌，还有几台电脑。墙上挂着一块白板，上边列着交通厅驻村帮扶投资明细，和我记载的数字差不多。自二〇一四年起，交通厅连自己投资，带出面协调，总共帮扶巴彦塔拉嘎查七千多万元。

"交通厅还有一个更大的项目。"申海说，"为了稳定扶贫成果，发展兴安盟旅游建设，厅里决定修一条二级省道，从扎赉特旗一直通到扎兰屯市。到那时候，巴彦塔拉更加开放了。"申海自豪的心情溢于言表，好像他也是村里人似的。

回来的时候，我们在村口的公园停了车。申海领着我们顺着木质廊桥走下去。下面是一个深沟，凉爽爽的，沟底植被很好。绿树成荫，绿草萋萋。登上最高的瞭望台，眼前一亮，前方是翠绿的山峦，下面是滔滔的绰尔河。回过头来，是一片片绿色的庄稼。远处，一个个蓝色和红色的房顶，掩映在绿树丛中。

申海说："那条省级通道，就在河对面修建。"

我们走下廊台，乘车出了屯子。巴彦塔拉很快就被我们甩在身后。前面就是喇嘛洞大桥。知道了这座大桥的来历，我比来时看得更仔细一些。

一百八十七米长，真够壮观。

申海还领着我们看了喇嘛洞。这是一个露天石洞。相传很久以前，一个喇嘛走到这里，因为天气和路况不好，走不过去，就在这个洞里待了十八天。饿了吃野菜和野果，渴了喝绰尔河水。后来，人们就把这个地方叫喇嘛洞，在这里修的大桥便叫喇嘛洞大桥。

喇嘛洞大桥南端的路，就是我们前边提到的水泥路，从西乌兰一直通到扎兰屯浩饶山镇，宽阔而又平坦。乘车走在这样的路上，心里特别敞亮。

还有一件事，让人心里敞亮，申海说："新交了女朋友，这个女朋友理解我的扶贫工作，不久就要结婚了。"

散文
YANGGUANG XIA DE FENGJING

阴山下，天似穹庐爱笼四野

◎王久辛

从内蒙古回来半月有余，脑海里总是浮现出这么一句话：阴山下，天似穹庐爱笼四野，人似骏马情注蹄下。大草原一望无际，足够驷马撒欢天边，也足够牧人朗笑云端。这词四六不靠，既无律亦无韵，却是自恋得舍不下，写出来看看、念念，联想到采访乌兰察布的几个人物，竟然觉得意思还真是没什么词能够代替。第一次深入阴山山脉腹地，草原因为地势接近山脉而有了无际的波浪起伏，晨光与夕照的光芒，在起伏的原野上轻抚着花草的海洋，把草原骄傲得、妖娆妩媚得不得了。这边亮了，耀眼的绿黄泛金；那边暗了，墨绿的草叶含紫。最多情的是那些各色的花儿，光来了，争宠般千姿百态、娇艳诱人；光去了，一副寂寞公主的冷艳高贵，低眉顺眼，谁也不搭讪的样子……关键是四野八荒的，全都是纯天然的花草，无名无分的，却是一律茂盛的葳蕤稠密、蓬蓬勃勃。这世间万物生长的道理，不都是因为内在的需要才按捺不住地向外生长的吗？似人一般，没有相爱就没有孕育，大自然也是有爱的吧？所以，我说：天似穹庐爱笼四野，人与自然，都是爱物或物爱。正如我又说：人似骏马情注蹄下，人与马一齐奔腾，那才是真正的天人合一啊……

一

爱人，人爱，在草原上是很平常的风景。在乌兰察布，我听说一个"光明行"的故事。据了解，乌兰察布是内蒙古十二个盟市之一，户籍人口二百八十万，常住人口一百八十万，下设十一个旗县区，其中八个国家级贫困县，全市六十岁以上农牧区低保老年人数将近二十二万，这个数字是够吓人的，毕竟中华人民共和国成立七十年了呀，八千万党员，哪一个不急呢？

二〇一五年至二〇一七年，第一轮"光明行"活动，为乌兰察布一千二百零六名贫困白内障患者免费实施了复明手术，但仍然不能满足贫困患者的需求。二〇一八年，在布小林主席的带领下，第二轮"光明行"活动展开，他们决心在三年内为一万名贫困患者免费实施白内障手术。其中就有平安保险集团定向捐助的四百五十万元，将有两千名贫困白内障患者得到救助而重见光明。而这每一位患者复明，都是那位小白院长带着一群白衣天使们去做的。

当然，所有的数字似乎都不像草原上的花草那么鲜活，为了牧民的"光明"，乌兰察布"朝聚眼科医院"在院长的精心组织下，集中抽调优秀医护人员，组建了五支白内障医疗队，深入到全市十一个旗县区开展义诊筛查。自二〇一八年项目开始至今，已经筛查四万五千六百九十人，覆盖五十八个乡镇，八百零六个嘎查村，组织义诊五百六十场次，手术六百六十五例，行程十七万八千三百三十八公里。不要说这么烦琐的数据了，哪个患者的筛查，不是医务人员亲自上门检查的呢？

那个姑娘院长叫什么呢？我留意了一下，很别致的名字，微信名

"白斯斯",名字"白斯日古楞"。嗯,像她穿着的白大褂,纯洁、卫生,且令人爽心悦目。她剪着好看的齐耳短发,加上她的大眼睛,明亮的光一闪,似乎能把人的心照亮。她给我留下了很明亮、很利索的印象。

她告诉我,手术安全第一。为此,他们专门制定了详细的手术流程、用药规范、应急预案、手术适应证等,每一位做复明手术的医生,都有一千例以上白内障手术经验。通过术前、术中、术后每一个环节的严格把控,确保每一位患者的安全。患者术后出院,除了常规复查外,还要安排专人进行回访,手术患者百分之百电话回访,百分之三十入户回访,为患者负责到家。她的语速适中,却很清晰。我知道,所有的工作都需要耐心细致、周到平和,光明来不得丁点的瑕疵。在实施项目的过程中,她们遇到过孤苦无依的五保老人,遇到过听力和视力双重障碍、生活不能自理的无助老人,遇到过家徒四壁、视力日渐下降却无力手术的老人,但因为有了平安的"光明行",他们都得以重见光明,又可以享受大草原美丽的风景和蓝天白云的抚慰了。

作为项目实施医院的院长,小白院长见证了太多的感动。她对我说,平安集团的善举,不仅是一次次成功的手术,而且是让患者重新拥有了生活的尊严。《人民文学》总编辑、评论家施战军对我说:"这个白姑娘院长有境界。"小白姑娘院长还马不停蹄地向集团申请了"复明8号"手术车——这是流动手术车第一次来到乌兰察布。所到之处,很多牧民都围着车看,白衣天使在车内车外忙碌的身影,给农牧民留下了难忘的记忆。

爱人与人爱,在这里是白衣飘飘的天使们奔驰向前又忙碌的身影,使所有的受爱者,心里都有了爱的形象。自今年七月八日起,手术车在察哈尔右翼中旗、商都县、卓资县实施手术一百五十人。像大草原上无数的白蝴蝶中的一只，翩翩飞舞在碧海连天的花海浪峰之间。"复明一人、温暖一家、影响一方"，为平安保险、为乌兰察布脱贫攻坚献上了一份爱的心力。

爱人与人爱，政府层面与企业层面和个体医生层面，实现了爱人的大融合。而大融合又为草原的农牧民们带来了光明。太阳与月亮，是编织日夜的金梭与银梭，疾病夺走的光明，爱人的人们用这两把梭子，又精心地给他们织出了一轮太阳和一个月亮，把光明又送了回来。七十一岁的郝共考老人在七月九日入住"光明行"第二十六号病床，在此之前，白内障已经困扰了他很多年了。郝共考曾是一名乡村学校的体育老师，常带学生们一起打篮球。看篮球从空中划过，是他难忘的美好记忆。他的手术很成功，手术过程不到十分钟，经过了三天的恢复，摘下眼罩的一瞬间，说："你问我看到了什么？我说我看到了幸福。"不是一块红布，而是一块白纱。当《人民文学》总编辑、评论家施战军为手术后七十一岁的老教师郝共考揭下白纱，他说的第一句话是："看见了，可清楚了。"这是平安保险"光明行"为一千多白内障患者免费实施手术的其中一例。我有幸见证了这一难忘的时刻。

二

在我没来乌兰察布之前，我和我的家人不知道喝过多少"蒙牛"牛奶。女儿小时候最爱说的一句话是"我爱喝奶滋滋"。女儿喝完奶后，总会咬着吸管吸几口，她喜欢听吸管发出的滋滋声，即奶滋滋。逢年过节，我的家人喜欢到"小肥羊火锅店"去吃好吃的涮羊肉，然而却没有想过有一天，我会与蒙牛乳业有限公司的董事长卢文兵成为朋友。他是草原上的传奇人物，总是在创造奇迹，开创新的传说……

据说，常年吃燕麦的人，都活了一百多岁。有历史上的名人为证。宋美龄活了一百零六岁，陈立夫活了一百零一岁，马寅初活了一百岁。在这里，燕麦有了另一个名字，叫"优麦"，顾名思义，优秀的麦子将为优秀的人提供优质的食粮。

七月十三日下午，我们采风团一行来到阴山优麦食品有限公司采访产业扶贫。这个公司坐落于乌兰察布市察右中旗，依托阴山南北优质的燕麦资源，进行燕麦的多种产品加工、仓储物流、燕麦文化与推广一体的燕麦产业运营，包括中国最大的燕麦片单体生产空间。

无尽的草原再不是荒芜的土地了，"平安产险"通过"扶贫保"模式借贷银行资金，为阴山优麦企业提供免息免担保的扶贫贷款，帮助企业发展产业。长寿粮食在这里产出，在这里加工，在这里向全中国乃至世界各地销售。这个传说已经变成了现实，平安保险创造的奇迹，在内蒙古优秀人才的手里又创造出更大的奇迹。

他们通过设置保底回售价带动贫困户进行农业生产、为贫困户提供用工岗位、土地流转增收等多种方式进行扶贫助力。截至六月底，阴山优麦产品已累计销售一千五百万元，为贫困户实现年均增收四千六百七十元。而创造奇迹的人，一个是平安保险人，另一个就是原"蒙牛乳业"集团副总裁、"小肥羊"集团董事长卢文兵。他曾荣获二〇〇八年度经济人物。现在，他又把创造奇迹的落脚点放在了优麦，放在了草原，并且已经造福于草原牧民和内蒙古人民。他是汲取大草原精华成长起来的人，又带领着一个团队开发提取了草原的精华，反哺父母的草原，为祖国母亲提供最优质的粮食。他总是能够从熟视无睹中发现闻所未闻——这是卢文兵创造奇迹的秘诀。比如，与牛奶不同，马铃薯的上下游产业链特别长，一般没人敢进入，但卢文兵敏锐地看出马铃薯消费潜力大，产业链长，值得去做，而且一做就做它个热火朝天……

卢文兵生于内蒙古察右中旗，高中在铁沙盖中学读书，毕业于内蒙古财经学院，留校任教，之后又在中国人民大学继续深造，有深厚的学识修养。先后在自治区发改委及光大证券工作。其实，他本来可以坐地起家，却非要选择艰辛的创业路，丢弃安逸工作去创办"小肥羊"并一举成名。传说一直在延续着。看看正在风头上，他却又开辟了新的战场。卢文兵把市值几个亿的企业，以六十亿的价格卖给国际一流企业，从投资人、职业经理人的角度，这应该是一个完美的收官。然而，从生活质量的考量中，我们会发现，他总是选择新天地、创新路。他是一个非常有担当的男人———一个草原上的汉子。卢文兵一直关注着农业。土豆，中国北方最熟悉的一种食物，他却从中发现了一个巨大的产业——薯业。民丰薯业的马铃薯基地在察右中旗，那里是他的家乡。与别人做马铃薯产业的理念不同，卢文兵认为投资马铃薯有三个原因：一是马铃薯在中国当下可谓最安全的食品；二是与国际平均消费水平相比，中国马铃薯消费存在巨大的市场空间；三是马铃薯产业上游可以开发种薯，中端可以供应品牌菜薯，下游可以加工成各种个性化的食品。他瞄准了这三点，坚信马铃薯的产业链很长，足够他做一辈子。

卢文兵是最早进入证券行业的人，像有人喜欢打扑克一样，卢文兵喜欢投资。当他投资成功时，他会获得比打赢一把牌高明一万倍的喜悦。他以投资闻名全国，人称"草原上的巴菲特"。你还别说，他与巴菲特还真有一些像，他们都从事价值投资，且长期拥有优质公司股权。二〇〇四年底，卢文兵受邀加盟小肥羊，当时一股是五元钱，总股本六千万股，市值四个亿。到二〇一二年二月出手时，一下子就卖了七十多亿港币，从当时利润两三千万，达到后来的两个亿的净利润。他在传说中仍然创造着奇迹。

"人不能把钱看得太重，很多人做事不成功的原因，就在于对钱想不开，所以当你把钱想开的时候，也是你做事最容易成功的时候。每做一件事情，一定要把你这个钱给想好了，自己少拿点，人家多拿点，包括合作伙伴，包括你的客户，包括你的上下级。如果这个想开了，以后做事肯定容易成功。"卢文兵如是说。他干一项成功一项，而且像牛一样用心用力用情，对大草原的爱升华为对人的爱，又从爱升华为责任与担当，爱人者人亦爱之，他获得了大草原的爱……

三

阴山下，人似骏马，情注蹄下。这句话，我是有所指的。从小白姑娘院长，到优麦大王卢文兵，他们都有着对大草原不同凡响的爱，而且都超越了他们自身。在乌兰察布市察右后旗最北端的土牧尔台镇，我们又一次被异地扶贫搬迁的故事感动了。

土牧尔台镇属于国家深度贫困地区，当地居民多为汉族，以农业为主要谋生手段。这里土地贫瘠、水资源缺乏、农村基础设施十分薄弱，村庄居住分散、住房条件很差，百分之九十的常住户居住在高危的土房里。为从根本上解决农村人口的住房保障问题，土牧尔台镇在脱贫攻坚中全面实施易地搬迁工程。二〇一六年以来，全镇共撤并了五十个自然村，新建集中安置点三十个，分散安置点十个，共新建住房两千三百二十六户。只有一百六十厘米身高的土牧尔台镇党委书记谢文君，向我们介绍了异地扶贫搬迁的基本情况。我们看到：新建成的土牧尔台镇易地搬迁集中安置点，是适应小村整合、易地搬迁、集镇扩容的需要，而兴建的一处全旗规模最大的集中安置点。现已实施通水、通电、排水排污以及道路硬化工程，配备了中心广场、社区服务中心。平安集团为土牧尔台镇易地搬迁集中安置点提供了园区绿化、新能源路灯、配套健身器材和桶装垃圾等基础设施，并协助当地现存小微企业实现产品线上销售，协助扶贫合作企业搭建电商"精准扶贫专区"。

谢文君书记介绍说：完成易地搬迁之后的土牧尔台镇在二〇一八年人均收入六千多元，二〇一九年达到人均八千元。我们采风团的作家在与土牧尔台镇易地搬迁集中安置点的村民宋佃林、付吉民交流中了解到，村民们对搬迁后的新生活十分满意。从外表看上去，你很难相信付吉民是一个已经做过四次手术的肝癌患者。被问及搬迁后是否住得惯时，他开心地说："娶媳妇时，父母亲都没给盖过这么好的房子。"村民宋佃林和吴悦都已经年过六旬，子女在外地工作，一年中只有中秋和过年两次团聚机会。我问他们："想不想孩子呀？"他们说："如今都有智能手机，想孩子了，我们随时可以和孩子们视频嘛。"的确，在内蒙古大草原深处的异地扶贫搬迁工作，比其他地区更为困难，但土牧尔台镇的村民并没有因搬迁产生不适，反而过上了越发幸福、富足的新生活。与阴山脚下的农牧民零距离的倾心交流，仿佛触摸到了共和国这棵大树的根系。把根留住，这就是中国共产党人完成扶贫攻坚任务最大的动力和目标。

在阴山下的大草原上，我们参观了"巧娘工作室"和在工作室里忙碌着的"巧娘"，欣赏了她们手工制作的作品。有花瓶，有各种小动物，还有用易拉罐做的梅花、菊花、竹子，个个精巧别致，非常好看。做一个小摆件，可以获得二三十元手工费。做手工的巧娘闫俊林告诉我们，她们的手艺是北京门头沟的一位大姐教的，第一次是镇党委组织她们七八个妇女去学习，之后，门头沟大姐又来了五六趟，手把手教。现在，只要农闲了，她仅凭这个手艺，一个月就能有五百至八百元的手工收入。她家里养了五头猪，加上种燕麦和土豆，日子过得比较宽裕。

人人都会有烦心事，四十五岁的李淑清离异后生活寡淡无味，就搬到安置房与父母亲一起生活了。他的儿子在呼和浩特市当武警,今年二十一岁。说到"巧娘工作室",她眉飞色舞了起来,说:过去没事待在家里净胡思乱想,一会儿是儿子什么时候回来,一会儿是儿子冷不冷热不热的,没什么收入,净想些不着边际的事。现在好了,和姐妹们一起做手工,说说笑笑,日子一下子过得轻松愉快了。镇党委书记谢文君,他的儿子考上了军校,已经大三了。说起创办"巧娘工作室",他有一套完整的理论:扶贫开发,关键是把人的潜能挖出来,有了"巧娘工作室"扶贫工作一下子就与人心接通了。我们基层党组织要做的事情,就是把党的思想落实到老百姓的生活中,百姓越欢迎,党的工作就越有效。嗯,草原上升起不落的太阳,人人能享受到阳光,幸福指数就在上升。他说得真形象。

离开乌兰察布市半个多月了,我的心仍然在阴山下的大草原起伏。过去是纯大自然的,现在则有了人和人家,有了小白姑娘院长,有了卢文兵董事长,有了谢文君书记,有了"巧娘",他们在蓝天下劳动和生活,创造奇迹,说不定不久的将来又会有新的传说呢?一定会有的,那是大草原的精华养育出来的精华人物,他们生来就是要创造奇迹与传说的。爱人者人恒爱之,人爱之而受爱者更加倍地爱人,这是大草原真正的良性循环,是人心向善向爱向美好的大循环,草原美如斯,是因为有爱人的平安集团公司的第一份爱的启动,之后就呈现出现在的大美……

春来有迹
——我家的精准扶贫

◎ 晓　角

如果没有他们，我的生活将还是如危房那样无望。

我永远感谢他们，是他们让十六岁的我知道，没上过学，并不等于被国家遗忘。

故事从我小时候说起吧，我的村子很小，没有草原，没有骏马，只有几户人家和几块农地，包在大山中。其中大部分是危房，而我们家是"最危的"。三间黄土房，一个小院子，为数不多的一点砖用来垒了个门亭，房间黑洞洞的，小块的玻璃碎了好几块，都是父亲和母亲打架时砸碎的。

父亲比我大四十九岁，有精神方面疾病多年的母亲比我大三十六岁，他们都是农民。家里很穷，只有一头驴和十几只羊，几亩地种着点玉米和土豆，几乎整年都吃素，土豆在春天长芽，甚至结出雪白的"小土豆来"，也只能吃下去。我一年几乎不买衣服，父母永远灰头土脸，就是这样过，借钱还是常事。小时候，父母为了还亲戚们的钱而大打出手是常有的事。父亲脾气不好,那时他和母亲吵架后总是赌气睡在地上。他是个穷农民,却火气大,屋里连地上都只铺着碎砖,我吓得跪在炕上大哭。房顶是那么低,外公当年来吊的那张塑料布早已和农村孩子的肚皮一样脏,尘土和蜘蛛网纵横交错,天罗地网般扑向我。我所有的叛逆都催生在这间危房里,我荒凉的、畸形的家庭里。

母亲有多年的精神病史,虽然有了我这个女儿后还算正常了些,但还是会时不时复发。她的心情不稳定,经常莫名狂笑,再平常不过的小事都能让她受刺激。她极少洗衣服打扫卫生,所以我那时像小乞丐一样脏兮兮的,内心也仿佛长满一片片荒草。七岁那年,外公想要送我去上学,我真的极其想要离开这个混沌的家,可是这事一跟母亲说,她就发病了,而且语无伦次地叫骂。外公想把我带到他家里去住几天,先让母亲适应适应,可我才在十里外的外公家住到第三天,父亲就赶来要把我带回去,他说,母亲已经三天不吃饭不睡觉了。

除了家贫,母亲是我没能去上学的主要原因,来劝说她的村主任都被她赶跑了。

一座房子该是什么样的呢?一个家庭又该是什么样的呢?父慈子孝,兄友弟恭,孩子有上学的权利,有走出山村的机会,我整个童年都在想,也许现在还在想,说不上好也不至于没法活的我到底该属于哪一类人。学生?孤儿?都不是。不上不下,空空洞洞。

我的童年像危房一样破旧。

从那时起,我开始渴望一间崭新的房子。夏天雨水不会攥着电线跑,冬天墙缝里不会再有船头大的风,我刷锅时土坷垃不会突然从房顶掉下来,太阳痛快照耀,吓走最后一点霉味。我的痛苦、无奈则将永远留在危房里,我将有新的生活,可是这所"梦之屋"在哪里?

我开始失眠、焦虑,经常一个人在院子里来回狂奔,希望能找到一个出口。可是日子一天一天过去了，院里还是只有一头瘦驴和几只羊，父母争吵不断，贫穷的生活让他们的脾气越来越恶劣。"这日子不过了，死呀都！"摔盆扬碗，父亲经常说不要我和母亲了。我忘不了十岁那年冬天，父亲用铁锹把我和母亲赶出了家门，内蒙古零下二十度的冬天，寒风把泪水冻住，眼睛睁不开。

那年的早春，当我们将要绝望的时候，村主任小跑着踏进我们的家门。他带来的是一项新的政策。

"国家扶贫要给你们牛了，两头，快点准备准备吧！贫困户都有。"村主任当时已经六十多岁了，身体并不好，却管着两个村。那段时间他忙于传递消息和记录我们这些贫困户的资料，经常奔走到深夜。

可是，就算是这两头牛只需我们出一少部分钱也要五千元。父亲犯了难，只好找外公和表哥借。外公很高兴，拿出了他攒的社保，表哥也很痛快地借了。就这样，我们家继母亲来之后第一次有了牛，牛就是希望，我傻傻地认为这是牛希望。

这实在是重要的改变。两头小黄牛，虽然不是很大很健壮，却是我们家全部的希望。父亲非常开心，不说话，只是憨憨地笑。他已经快六十岁了，每天早上七点起来给牛搬喂草，小牛是新来的还不能出群，只能在家里喂着。父亲每天为它们清理完牛圈还要下地劳动，经常饭都顾不上吃，他真的非常辛苦。

终于到秋天的时候，小黄牛长开了腰身。它们毛皮光滑，眼神黑亮，跑着跑着就会蹦起来，是那么矫健可喜。村里人都说，政府给了那么多户扶贫牛，就数我们家养的欠活（喂得好）。

第二年，一头牛怀孕了，我们全家非常开心，干起活来手脚都舒展展的，眼神里少了以往的怨气。虽然饥荒还没有还上，但希望是随着太阳一天天照耀着我们家，照耀着我们的村子。

有一天，来了几个乡干部，他们带了很多彩印的小本子，在村主任家挨个给村民们发。我翻开一看，原来是精准扶贫计划普及手册，一本小书几乎全是彩页，条款写得很详细，虽然我现在已经记不清了，但当时我站在村主任门口，抬起头看向远方的山，山是暖暖的，人也是。

日子真的越来越好了，我们家渐渐吃上了肉，吃上了蔬菜。这是我们想都没有想过的。我虽然没有上过学，似乎是在体制之外。但我并不是在祖国之外，这是祖国告诉我的。

而真正让我感动的是，在那年那个适合动土的暖冬。那天早上，村主任忽然踏进了我们的家门，他带来了一份合同。那是要给我家盖房子的合同。

春天，冻土消融松软，工程真的开始了。村民们把自家门口木栏杆围的菜园子率先拆掉让出了大片空地，挖掘机挖开大坑，速度飞快，泥土中出现几十年前的屋瓦。没两天墙就砌了起来。工人全是外省的，说着我们听不懂的话，可活干得非常利落。村民们喜欢看他们，他们也很乐于搭话，前所未有的纯砖房子很新鲜，迎春花一样新鲜。我每天跟着母亲也去看，成排的扶贫房有生命般一块砖一块瓦地成长起来，健壮起来。

那段时间母亲异常开心，没有了往常的狂笑，时不时捂嘴一笑。病了多年的她居然戴起了红头巾，像少女一样快活。

到了夏天，四排扶贫房就已经要上瓦了。它们整整齐齐，像桃花源中写的那样"屋舍俨然"。村主任说我们的家在前排第一间，我趴在敞亮亮的砖窗台上往里望，里面很宽敞，大梁刮得发黑，墙壁坚实。父亲说这是我们的新家，我有点不敢相信。这时我忽然发现，以前那种巨大的痛苦感已经随着"精准扶贫"远去多时了。

危房改造，改造出来的是一个新的村子，是一个个新的开始，更是对我们家庭的拯救。

　　腊月，天气很冷。父亲租了一辆铁皮车，开始搬家。老房逐渐搬空，整车的旧柜、旧桌，很多年久的东西却暴露出来，二十年前的旧镜子依然完整，母亲刚嫁来时弄丢的梳子覆满尘埃，我小时候的第一个玩具娃娃只剩一个头，大伯生前用的羊毛剪还在，静静地包在黑布里，太阳照进来，羊毛剪有了光泽，微尘荡起，回忆纷飞。

　　新的生活开始了，现在，两头大牛已经生下了两头小牛。我们家买了冰箱，经常可以吃上肉。父母不再天天吵架，眉目间有了喜色，我也不再动不动就哭泣。我今年十七岁了，不知道未来是怎么样的，但我有勇气去面对，这个勇气是国家给的。

小山的婚事

◎ 包立群

突然老妈打来电话问："你的房子是不是没有租出去啊？如果没租出去就让小山结婚用吧！他找了一个带着五岁孩子的女人。""小山不是家在农村吗？干吗在镇里租房？""农村生活条件好了，想在镇里办婚礼，媳妇留在镇里打工住这房子。""哦，好的好的！"我连连称是。小山是妈妈的侄孙，一直在村里居住，带着老母亲生活，孤儿寡母的，生活贫困，四十二岁了，一直娶不上媳妇。这次我八十岁高龄的老妈亲自上阵张罗他的婚事，可见对于老妈的家族来讲是多大的事儿。

我母亲是一个特别顾娘家的人。我的姥家人都是从辽宁阜新搬来到科尔沁右翼中旗的，讲起那时候颠沛流离的岁月和经常遭受土匪抢劫的事情，母亲仍心有余悸。他们这一代人对二十世纪中期的缺衣少食记忆深刻，"把吃的都藏起来，女的都跑了猫起来，土匪呀，把家里翻得乱七八糟，能拿走的一样都不给留……"晚年时的母亲坐在沙发上会给我们一遍一遍地讲那时的岁月，这时候父亲就会插嘴进来"那叫一个民不聊生啊"。

我的姥姥五十多岁时双目失明，继而又下身瘫痪，在这样双重的重大疾患下度日，可想而知姥姥的后半生是怎样的艰难。母亲也只是念到小学二年级就辍学回家了。后来要强胆大的母亲离家在外上班了，吃到一口好吃的东西就会立刻想到他的父母还没有吃到，于是就会难以下咽。食堂伙食，吃面条他舍不得吃，捞出来放在窗台上晾干；有糖果饼干类，便用手绢包好，等到星期日一大早就步行十五公里地带回家给姥姥吃。总之，在母亲和父亲的嘴里听见的他们那一代人过得真是不容易。

负责赡养姥姥和姥爷的大舅，就留在了村里，那是一个叫义和道卜苏木新套卜嘎查的地方。然而大舅去世后，他的大儿子、大女儿、小儿子，都在四五十岁时患病去世了，就连大舅的大孙子也在一日喝酒后醉倒在自家院子里睡着冻死了。面对娘家侄儿侄女侄孙的相继去世，母亲痛在心上。由于身体不适和亲人多已亡故，母亲多年没有回过村里，如今这个原本以为会打一辈子光棍的侄孙要成家了，母亲乐不可支，非要亲自参加婚礼，拗不过，只好陪她一起去了。

轿车从柏油路到水泥路，一路顺顺当当，两边种着整整齐齐的柳树或杨树，还有枫树，初春的嫩绿在地头、枝头泛起，毛茸茸的一片一片，伴随着春风一摇一摆，煞是喜人。家家户户的房子都涂着淡黄色的涂料，蓝色的瓦盖，塑钢的窗子。各家各户的院落都是清一色的灰色空心砖垒成，黑色大门上贴着春节时的对联，都还没有褪色，"吃水不忘打井人，致富不忘共产党"，"坚定信念跟党走，脱贫致富奔小康"……一副副对联里墨字含情，透露着百姓发自内心的对党和国家的感激之情。父亲说："农村人现在过的日子不比你城里人差啊，你看这家家户户这精气神，你看院里停的农家车，全面建成小康社会，老百姓从来没像今天这样过上好日子啊，真得感谢共产党啊！"我的老父亲说得动容，泪光闪烁。

到了这个叫"嘎查套卜"的村子，每家每户都是大院，户与户隔得都不近，跟南方家家比邻居住的条件一比较，真是显示出了地广人稀的草原人家别样开阔的居住环境。小山家八十平方米的起脊房，窗明几净，窗台上花盆里的花开得烂漫，地板砖是灰色防滑的，与淡黄色的墙壁涂料很是搭调。墙上挂着习大大和彭妈妈的年画，一对新人着新装戴红花，看到我们来了稍作休息后就到村部上的食堂里去办婚宴。村部是个大院，足有两千平方米，院里除了种树种花的地方都抹成了水泥地，西侧是百姓大舞台，简朴而实用，北边一大趟儿依次是养老院、村卫生室、幼儿园、草原书屋、村部办公室和会议室等。东侧是食堂，食堂是村部面向村里百姓办红白喜事提供的惠民项目之一。村民可以低价租用食堂，有食品安全卫生检测，炊具都是消过毒的，村民告诉我们："我们农村人现在看病不愁，报销力度大，自己花不了几个钱。年岁大的还能开养老金，推不动拉不动的这不都进养老院了。孩子们考学还有补助，现在我们的日子不比从前啊！"听着农民大婶们絮絮叨叨的介绍，母亲满脸欣慰，小山两口子来敬酒时，不饮酒的她竟然喝了一小盅，动情地说："小山呀，咱祖祖辈辈都没过上这么好的日子呀，今天你也娶上媳妇了，我们做长辈的太高兴啦！你爷爷、你爸爸都在天上看着呢，你要好好对待媳妇，好好对待你妈。遵纪守法，勤劳致富！"

村部里高高的旗杆上挂着一面崭新的五星红旗。返程的路上，我们久久凝视，国旗像火焰一样迎风招展，我们有强大的祖国做后盾，心里有底气！根在草原的我们对这片土地如此依恋，对这片土地上的人们如此关切，看到祖祖辈辈面朝黄土背朝天的农牧民过上了好日子，心里由衷的欣慰。

父亲的故乡

◎贾月珍

父亲今年七十岁,跟共和国同龄。近几年,父亲念叨故乡的频率越来越多了,常常把童年往事挂在嘴边。他一遍一遍地掰着手指算,算完后悠长地说:"整整五十三年啦,离开三道沟的时候我才十七岁。"

其实三道沟离我家并不远,在邻乡夏家店乡的一个山沟沟里,离我家大约十公里的路程。那里以前实在太穷了,路又不好走,人们陆陆续续都搬走了。父亲结婚那年,爷爷带着一家十几口搬离三道沟,落户在相对富裕的新井村。现在那里从户籍上看有二十户人家,但常住人口不足二十人。父亲每每回忆童年,那辘轳井,那满山的山杏树,那沟里的野兔子……听得我和弟弟无限神往,母亲却总是插进一句透着无比厌弃的话:"那个穷地方,这辈子不回去也不想。"

母亲在那里只生活了一年,她的娘家是我们现在住的新井村。爷爷是个木匠,一年四季在外面帮人做家具。爸爸大一点时,就辍学跟着爷爷学木工,帮着赚钱养家了。爸爸是长子,帮忙养家是他责无旁贷的义务。在新井做木工时,有人从中做媒撮合了他们。母亲一嫁到三道沟，心里凉了半截，尽管娘家也是在农村，可新井村有着广阔的水浇地，平坦的农田，是比较富裕的"大川"，而三道沟在曲曲折折、无比僻静的山沟沟里，去那里只能骑驴或步行。那时候人们称这样的地方为"死山沟"，言外之意是日子总也过不活。村里的房屋依山而建，高高低低错落分布，只在沟下有一口水井，供全村人吃水。人们纷纷搬离的原因主要是交通不便，生活不便，没有水浇地，只有山地，收成情况主要看年景，雨水可以多收些，雨水少可能连种子和粪肥都赔上了。那时候还没有外出打工这条路，像爷爷这样有家传手艺的人算是能人了，给别人做家具多多少少能换回些粮油补贴家用。许多人家都处于吃不饱的状态，孩子多的家庭一家人盖一条被子，穿一身衣服的情况并不是传说。对许多人来说，一提起三道沟，恐怕都会用一个字评价：穷。

"哎哟，那口破辘轳井，在沟里，挑一回水得下三四个坎，一到冬天，冻上冰滑得爬不上去，一桶水到家洒成半桶。"母亲说。

"冬天整天搂柴火，没有煤，也没有棒子瓢（玉米芯），就搂树叶、枯草，一会儿就着完了，一会儿就着完了，屋里根本不暖和，炕也不热乎，后半夜屋里冰凉，冻醒了再也睡不着。"母亲说。

"去哪儿也不方便，没有车道，沟里全是石头，出趟门进趟赤峰跟出国一样难。"母亲说。

尽管母亲这样说，我们还是很向往。村里仍有两个本家一直没搬走，因为他们娶不上媳妇，不用考虑儿女后代的出路问题，守在祖辈留下的土房子里。逢年过节，上坟祭祖或者有些家族的事情，多是爷爷叔叔带着哥哥回去，因为哥哥是长孙，要继承家族的许多传承事业。我和弟弟没资格去，尤其是听到爷爷讲村外有一座大黑山，山顶平坦，是花木兰扫北时军队驻扎过的地方，现在仍然看得见当年安营扎寨的痕迹，便拼命地想去看一看。终于有一年春节，初七这天，寒风呼啸，三叔要去三道沟附近的一个村子里看粪肥，我和弟弟兴冲冲地坐上三叔的四轮拖拉机。

刚开始我们兴奋得不得了，拖拉机的轰鸣显得无比拉风。等到进入山谷里就有些不妙了，沟里全是大块的石头，拖拉机剧烈地起伏颠簸，干扰得喘气频率都乱了。而且我们根本坐不住，屁股墩得生疼，我和弟弟只好半蹲着扶着拖拉机的车厢栏杆。此时的风异常刺骨，头发则飘飞着，两手死死抓着车栏，根本顾不上去整理。

等回到家，屁股疼得好几天都不敢坐，头发也乱糟糟的梳不开，被吹成了毛毡。

母亲问我们："这回知道了吧？不听话，还去吗？"

我和弟弟不说话，那种痛并快乐的感觉，大人是无法理解的。那快乐源于终于经过了花木兰驻扎过的大黑山，终于去过了只有具备特殊身份的哥哥才能去的老家，终于在父亲讲起他童年往事时搭上一句："噢，是那个山坡吗？我知道。"其实，只是在路过时，三叔喊了一句："看看，山坡上那几个房子就是三道沟。"然后，就咣当咣当地把拖拉机开过去了，根本没停留。

今年春节，一家人坐在一起，父亲又挑起他的话题，讲起了三道沟。这回他的话得到了广泛的呼应，大姑二姑也开始讲起了她们的童年，二叔三叔更是骄傲地说着这些年几次回老家的见闻。

"三道沟那么穷肯定有许多贫困户吧？"我问。

"哎呀，快好好扶扶吧，多么好的地方呀，可别荒废了。要是一直穷下去，再过几年那里就没人了。"父亲说。

母亲撇撇嘴说："还多好的地方，啥破地方！"

父亲没理会她。

我立刻给夏家店乡政府负责扶贫的干部打电话问询，得到的回复是：那个村基本上都是贫困户，一直是重点扶贫村。

"到底变成什么样了？咱们回去看看吧。"二姑提议。

说走就走，这些老人们念起旧来可是势不可挡的。随着年龄的增长，他们越发怀念童年时光。只是他们都不会开车，春节期间，年轻人在家，正是实现回故乡愿望的最佳时机。

我们的车队出了村，沿着村路前行。经过一个又一个村庄，路上有熟人问："这一大家人去哪儿旅游？"

"回老家看看！"一向最深沉的父亲抢着摇下车窗回答。

车进了邻乡境地，路过村委会时，父亲感叹地说："哎呀，也盖起楼房了，这路一直铺到家门口，真是太好走了。小时候上学，我们几个早上四五点就得起来，爬山过梁，带着糠饽饽，回来时一路边走边拣柴火，晚上烧炕用。"

"我那时候学习多好呀，数学总是一百分，到二年级，你爷爷不让我念了，回来跟他拉锯，出去给人做家具。校长还找到你爷爷说我这块材料不念书可惜了。"爸爸讲了一路。

我们的车在高岗上的村路停下。

"看，都盖成砖瓦房了，这肯定是政府统一给修缮粉刷的。"

父亲说得没错，这种统一的红瓦白墙正是新农村的房屋颜色。

"开下去吧，瞧瞧这路一直铺到村里呢。"几十年没回来的父亲像一下子回了家似的，成了向导。

我们的车一直开到村子里，父亲见有人站在路边观望，下了车，一眼就认出了那人，喊着他的名字，上前握手，自我介绍。

"哎哟，你也成了老头儿啦！"那人惊呼着。

听叙旧，那人是父亲儿时的伙伴。大姑也下了车，过去随便地喊着那人的绰号，并做了郑重声明："他跟我同岁。"

叔叔姑姑们像孩子般跑下路坡，指着道路边的一块平地说："这里就是咱们老房子的位置，这是让路给占了半个院子。"

那是一块约六七十平方米的平地，长着枯草，四圈还能看出石头根基的痕迹，在房子后墙的位置上有一棵老榆树。

"没错，就是这儿，十多年前我来这儿的时候，房子还在，就有这棵老树。"二叔做了确认。他近些年一直做收粮食的生意，有时候也会来三道沟，顺路看看老家的变化。

大家齐整整地站了三排，在老房子的旧址上照了合影。这一次，父亲兄弟姐妹七人都全了，再加上我们这些小一辈的兄弟姐妹，真可谓是全家福了。

我一眼看见前方沟里有一口旧井，没有辘轳了，便小跑着下去，探身望向里边，井里已经干枯了。那老旧的青石柱子上还留着穿辘轳把儿的孔。井的旁边有一户人家，漂亮的红彩钢房顶，房前贴着白色的瓷砖，大铁门没上锁。我们进去转了一圈，很规整的小院子，静静地在沟里，门前是宽敞的空地，有两棵老榆树。我不由得想到：这还真是静心写作的好地方呀。

"咱们去看看永和大叔吧。"父亲提议。于是，一行人上了两道坡，沿着水泥路一直往东走，到了一户人家门前。那大门上挂着飘舞的挂钱，院子里扎着木篱笆，一条窄窄的石板路直通到屋门口。房子还是原来的土房，但前墙都贴了砖，房顶也换了彩钢瓦，窗子换了塑钢窗。不用问，这也是危房改造的成果。

这位被父亲称作永和大叔的人是留在三道沟的本家近支，比父亲还小一岁，是父亲叔父辈的人。因为年轻时家里穷，没娶上媳妇，现在仍然单身。他的身体看上去十分硬朗，满面红光的。他说他是精准扶贫户，又是低保户，这一年除了养老金，区里、乡里、村里平时也总给他送来米面粮食、扶贫款，一个人足够用了，现在吃穿不愁，每天都出去爬山锻炼，身体棒棒的，这一冬天连感冒都没得。

"早些年要是有这样的日子不是就能娶上媳妇了。"大姑插了话,"大叔还想找个老伴吗?"

老人羞涩地笑笑说:"这么大岁数了,不找了,现在生活好,身体也好,乡里也有养老院,过几年要是自己做不了饭就去养老院了。"

村里常住户有十六户,其中十一户是贫困户,多数都是因病致贫的。我们去了一家血缘关系远一点的叫贾绍永的家。贾绍永夫妻均是因病致贫,一个患有糖尿病、甲亢等多种疾病,丧失劳动能力,一个是小儿麻痹症。前些年因为治病花光了积蓄还借了许多债,近几年由于政府的各种政策扶持,渐渐摆脱了困境。评上了低保户,在村干部的帮助下办理了大病救助,平时还享受各种关爱和扶持。现在,就是踏踏实实地专心养病了。

"要说脱贫致富,你们去崔国林家看看吧。他们现在日子可过好了。"贾绍永说。我们到崔国林家时,他正在羊圈里忙乎。二叔跟他熟悉一些,收过他们家的葵花籽。他们家果然要比其他人家更好一些,全新的铁艺大门,院子里全都硬化了,房子也是全新的改造房。崔国林患过布鲁菌病,身体无力,不能从事太重的体力劳动,而老伴几年前也做过心脏手术。大儿子在市里打工,收入不多,二儿子因为家庭贫困只好做了邻村的上门女婿。崔妻说:"往年大年三十,一想到儿子'过继'给人家,眼泪就噼里啪啦掉。今年好了,快要坍塌的破土房因为村里扶持了两万多元翻盖了;无息贷款养了五十来只羊,今年羊肉价高,收入了两万多元,儿子带着媳妇和一对孙女回来过年了。坐在宽敞亮堂的屋子里,享受着天伦之乐,以前想也不敢想会有这样的日子。"

"现在政策多好呀,咱们那时候养几只羊都养不胖,人还不够吃,哪舍得给羊喂这么好的料呀。"父亲感慨着。

从崔国林家出来,走下一个斜坡时,我看见一位长相怪异的人正在那儿用铁钗摊晒柴火，便盯着他端详了一阵。他脸型瘦长得一条，红桐色，嘴歪到腮帮子上，两颗细长的黄牙龇着，把上嘴唇顶得翘起来，戴着一把抓的绒帽，帽缘处露出棕色的、卷曲的头发。

"他叫叶平芳，聋子。别看他，太丑，吓着。"二姑小声在我耳边说。这么一说，我就更对他好奇了，往前走了走，凑近去端详他。这时候，一位健硕的女人从坡上的院子里出来，看见我们这一队人，稍稍辨认，搭话问："是不是老贾家的？"

二姑认得她，是那位怪人叶平芳的妹妹。于是，我们便迎上去跟她拉起话来。叶平芳是一位鳏夫，自小失聪、兔唇，不过身体还算硬朗，因为前几年查出了心脏病，不能再耕种山坡地了，政府扶持他认养了五头驴，每头驴每年补贴两千元，这一万元足够他养驴和自己的生活开销了。今年，又增添了两头小驴，眼看着就可以赢利赚钱了。由于他听不见，又不擅言谈，许多话由他的妹妹代劳。她说："乡政府和村委会干部真是没说的，事事都能想到，这不，他爱喝酒，村里怕他磕着，把院子都给铺上水泥了，破土房又重新加固了。除了乡政府，逢年过节，还有市里的扶贫干部们来送衣服送钱。他现在啥事也不用愁，就专心侍弄好驴，赚钱致富了。"

"授之以鱼，莫若授之以渔。这地方没有良田，这种养殖业扶贫真好，调动了人们勤劳致富的积极性，只要动起来就会有收入，就会有好日子过，让人们看到希望，生活有了活力。"一向不太爱说话的老叔说出了此时的真实体会。

我们的车出村子，转过弯，上了坡顶。我在前面停了下来，走下车，俯瞰着村子，说："多么悠闲静谧的小山村啊！等开了春，柳绿桃红，白墙红瓦，错落有致的小房子，真是生活隐居的好去处呀。"

"是呀，要是能回来就好了，可惜咱们的房子因为修路给推了。"姑姑也附和着。

"咳，这里还有咱们本家，你想回来写作，住哪家不行。"三叔说。

我们兴奋地讲了一路，与来时父亲叔叔们一直回忆童年不同，回程的主题是如何回来住几天。到家里，大家的话题仍然热烈不减。母亲听说三道沟的变化，也凑过来问那棵大榆树在不？老陈家的房子改了吗？老李家还有什么人？那个井还有水吗？……父亲则一副骄傲的口气回答："早就用自来水了，比咱们还早好几年呢。"

父亲的故乡，以前一直在他的回忆里，那个闭塞、破旧的却又满满童年故事的小山村。回去一次之后，那里成了他时时都想对人夸耀的、时时都想回去看看的故乡。

云 朵

◎索 付

我出生在北方的一个偏僻小村,土房、柴草垛、篱笆墙和驴车,是小村的样子。村民们从春种到秋收,风里来雨里去,延续着原始耕作方式。收成有限,可是,还得缴农业税和公粮,以至于人们勉强解决温饱。嘴馋是天性,每天餐桌上,不变的是粗粮和咸菜,长年累月地吃,就厌了。盼过年过节能改善一下伙食,亲友们来串门,带来点糖果,吃上一口,感觉就像做梦一样。

榆钱,是村民的最爱。

家乡漫山遍野全是榆树,春风吹绿杨柳枝头的时候,榆树也跟着改变身姿。灰褐色枝条,先是鼓满小点,几天后,小点就会绽开,成为黄绿色的小花。这些小花,像注射了兴奋剂似的,激情四射,从远处一看,像个一身褶皱的人穿身鲜艳的衣服。这些小花,叫榆荚,中间鼓,边缘很薄,黄绿扁圆,像缩小版的铜钱,于是,有了榆钱这个别名。

榆钱可以生吃,也能炒菜、做馅和煲汤,还可以腌咸菜,这是我母亲的发明,而且流传很广。

"老榆树，春天酷。榆钱露，芳彩矗。采一把，回家煮，馋嘴巴，留不住。"这首童谣是我家邻居史三爷教我的，春天穿行在榆林的时候，童谣就经常挂在我嘴边。

小树榆钱，没等人采，就被牛马骡驴吃光了。牲畜吃不到的高树榆钱，是人们挑战的对象。上高树，不是件容易的事，需蹬枝握杈一点点往上爬，就像塔吊司机上塔吊一样，要灵活的四肢和一颗勇敢的心。

我四肢不算十分灵活，但胆子大，经常爬树。我摸索出一套爬树经验，常在小伙伴面前讲，就像老师给学生讲课一样。可有一次还是失手了。由于观察不够细心，爬到两米多高时，脚蹬住一根被虫子咬伤的枝干。伤残的枝干，承受不住身体的重量，瞬间断了，我就像跳伞一样，身体猛地往下坠。我是幸运的，坠下一米多时，被根结实的枝干兜住了。如果摔到地面，不死也得残废。可胳膊还是被枝条刮出一道三厘米长的口子，送进医院缝了好几针，很长一段时间才好。

随着国家政策的改变，人们的日子一天天好转。

读初中时，学校和我家不在一个村子，几十里距离的中间，有两片坟地。我家人口多，与人口少的家庭比，生活差一些。没钱住校，就与几个和我同样条件的同学，每天起早贪黑地在令人恐惧的坟地穿行。学校食堂伙食费比较高，父母为节省家庭开支，中午让我自己带饭。家里最好的食物他们舍不得吃，留给我，算是愧疚的补偿。

同学们开始骑自行车上学，我没有，同学们异样的目光让我很自卑，感觉抬不起头。我知道家里买不起，经过一番思考，决定靠双休日和放学捡废品，换钱买自行车。有梦想就不怕吃苦，寒来暑往，乐此不疲地翻各个垃圾堆，脚磨出泡，手扎破皮，都不在乎。随着时间的推移，我家院里的纸壳、铁片、塑料、玻璃瓶，堆得像小山一样，不知道的人，还以为我家开废品收购站。可一天放学后，我发现我的废品不翼而飞，问母亲后得知，废品卖了钱给妹妹交学费了。面对破灭的梦想，我大哭，母亲一边用手给我擦泪，一边安慰我说："废品钱是借用，等到秋收卖了粮食，就将钱还你买自行车。"

我盼着秋收卖粮食，可是，卖完粮食父亲就病了。粮食钱不仅没够用，还借了很多才将父亲的病治好。我见买自行车无望，整日愁眉苦脸，父母再次安慰我，说家里的猪快下崽了，等卖掉猪崽就买自行车。我已不抱希望，我知道卖猪崽钱，得还父亲治病的借款。家里买来自行车的时候，我已去县城读高中，车用不上了，只能是妹妹上学的交通工具。

我努力学习，想让知识改变命运，终于迎着二十一世纪的曙光走进大学校园。学费很高，家里为供我读书到处借钱，拮据得一分钱掰成两半花。为减轻家里负担，我利用暑假和寒假勤工俭学，当过饭店服务员，送过报纸和煤气，在建筑工地搬过砖。

苦累压不倒我充满希望的心，我将心中美好憧憬写成文章，开始投稿。功夫不负有心人，半年后处女作发表了，之后陆陆续续又有很多作品发表。

毕业走出校门，心想拿着毕业证，就能找到一份体面的工作。然而错了，求职的人多如牛毛，竞争非常残酷，一次次失败的应聘，让我身心俱疲。为生存和读书欠下的债，只能再次卖苦力偿还。面对父母电话里的询问，不提有钱人奚落和老板的白眼，编造一些让双亲安心的谎言。

最怕过年，囊中羞涩，觉得愧对父母的栽培，不好意思回家。每当这时，便谎称工作加班不给假，坐在冰冷的出租屋里，看着窗外回家的人流，非常渴望团聚的温暖，眼泪一滴一滴往下掉。

母亲电话里说父亲病了，让我回家。心急如焚的我，也顾不了太多，急忙坐上归乡的火车。家乡的土房、柴草垛、篱笆墙和驴车，还有日思夜想的父母，像电影一样浮现脑海。

回到家乡，眼前的一切，让我不敢想象。土房、柴草垛、篱笆墙和驴车都不见了，眼前是整洁平坦的水泥路，两旁有鲜花和路灯及卫生箱，就像城里的街路一样。一排排新建的砖瓦房被绿树包围着，还有超过绿树身高的二层小楼，比瓦房高贵，骄傲地俯视着我。各家的院子里，除种地的拖拉机外，还有小轿车，城里人的出行工具，农村人也都有了。

这是自己的家乡吗？变化太大了，感觉像做梦一样。总以为进城可以成为风光体面的有钱人，可事实却相反。我这个进城的人没富起来，原地不动的乡亲们，却走进富裕的天堂。

父母已在家门口等我多时，他们俩看着我，两眼直直的，闪着泪花。我见父亲走路平稳，面色红润，不像生病的样子，于是产生疑惑，向母亲问父亲的情况。母亲说是骗你的，我哭了，责怪母亲不应该谎称父亲生病吓唬我。

母亲说我和你爸猜出你在城里不如意，不用这种方式，自尊心强的你怎肯回家。现在国家政策好，给农民建房修路，种田实行"两免一补"，看病还有合作医疗。这两年，不仅还清了你念书欠下的债，还有了点积蓄。

走进宽敞明亮的屋里，父母端上一桌为我准备好的菜肴，都是我爱吃的，他俩不停地往我碗里夹。这时，村里广播响了，说南方山区受灾，村委会正进行捐款。父亲和母亲听后，放下碗筷，起身就往村委会走。我见状，赶忙说："爸，妈，等等我。"

走进村委会大院，见院里挤满了人，都争先恐后地往捐款箱里投钱。我眼前一亮，感到十分震惊，乡亲们不仅生活富裕，同时也富裕了心灵。

村主任过来和我打招呼，说："你是读过大学的作家，回来就别走了。"我惭愧地向他点点头。他又说:"曾经的你,是块飘走的小云朵,现今你变成大云朵飘回来了。以后,这里需要你降下甘霖。"我听后,感觉有很重的担子压在我的肩上,再次向他点点头。

这时,看见院里所有人一齐用期待的目光注视我。

小海、老黄和菜园子

◎行　草

一

小海不小，五十岁出头。

老黄挺老，再有两年就退休了。

小海、老黄，这是同事对他们俩的称呼。到了兴安盟扎赉特旗乌恩扎拉嘎，小海还是小海，老黄还是老黄，南北两屯一千多口人，大部分认识他俩，知道村里来了两个驻村干部。

小海在驻村的乌恩扎拉嘎嘎查建了一个"爱心屋"。"爱心屋"像个小型超市，东墙下，一大排衣架上挂满了各种款式的服装。地上的架子上，一摞摞裤子、羽绒服等叠放整齐。西墙是一排书架，文学、科普、保健、科技等各种图书摆放有序。像超市，却不收钱，货源由单位职工提供。二〇一八年夏天，"爱心屋"告急，衣服不足五百件了，我们带着职工捐赠的几大包衣物，赶赴乌恩扎拉嘎。

小海心细，一件件检查衣物，品相没达到八成新的、衣服上有哪怕豆粒大的污渍的，都不可以，挑出去。挑完了，合格的登记，挂起来，然后开着自家的车，按着表格上的顺序，去接贫困户来挑。老黄在一边一连声地催，拉着我们去看他们的菜园子。

小海和老黄，这两位驻村干部从乌兰浩特市来到乌恩扎拉嘎，看见房前屋后闲置的地，稀罕得像得了宝。他俩打起了房子西边房山头、房子后院的主意。回单位拉来了锹、水管子和竹条，翻了地，播了种，浇了水，支起了爬秧的架子、防牲畜的篱笆，菜苗还真就呼啦啦地绿起来了。

老黄跟我显摆哪一片叶子下面结了一个大角瓜，哪些黄瓜可以摘了，西红柿再过几天能红，豆角爬蔓开花呢，生菜洗洗就能蘸酱吃——他小心地摘下最大的角瓜，又挑了几根嫩黄瓜，掐了一把小葱，装到袋子里，进屋了。

屋里，小海接来了贫困户，一位身形矮小的老太太正在试衣服。老太太头发全白了，面色黝黑，门牙缺了一颗，挑起衣服来挺时尚，专挑款式新、颜色鲜亮的衣服试。她试了，说："不舒服。"也是，时装类的，讲究瘦肩修身，胳膊往前一伸，板正得很，干活穿真不合适。试一件，小海问一件："这件要吗？""要。""这件要吗？""要。"一会儿，棉的单的，外衣半袖，棉服裤子，老太太试的衣服堆成个小山。小海一件件往出挑，把不合身的都挑出去。他定的规矩，谁来领，得试，能穿，挑多少件都行。不合身，一件也不许拿走。

老黄进来，把装了菜的袋子递给老太太，哄孩子一样耐心地说："大娘，回家给儿子炒个菜吧。今天他放羊回来，可别让他大米饭就酒啦。大娘，明年你也在园子里种点菜吧，随手就能摘菜吃，多方便啊。"

我正想老黄在单位时也没这么婆婆妈妈的呀，老太太生硬地问老黄："你给我翻地啊？"

二

翻阅建档立卡的资料,得知老太太是韩五金家的,领着一个患病的儿子,娘俩相依为命。儿子给别人放羊,经常没有菜吃,早上一碗大米饭,一杯白酒,晚上一碗大米饭,一杯白酒,一年到头,时常连咸菜都没得吃。我跟着老黄到韩五金家转了转。儿子患肝病,干不了太重的体力活,老太太年老瘦弱,也干不了啥活。房前屋后一丝绿色都没有,是沙土地。确实,谁来翻地呢?

乌恩扎拉嘎分前后屯。前屯叫苏特冷,我特意问了一下小海这个蒙古族:"苏特冷是啥意思?"小海说:"直译就是大水漫过的地方。"苏特冷是搬迁屯,站在队部能望见不远处的绰勒水库,原来村民居住的苏特冷已成了漫灌区。现在的房子,都是十几年前政府新建的,一色的红砖蓝瓦。村里十有七八是蒙古族,以养殖业为主,牛羊驴养殖大户不少,但沿袭多年的牧区生活习俗,使得在园子里种菜的人家不多,也就十之一二。贫困户里,因为缺劳力以及观念不同,种菜的人家更少。村里有一户卖菜的,从音德尔镇把蔬菜批发回来,满屯子转,一辆车转上几圈,想买菜的人家就把菜买了。——十元钱能吃两天。谁家差这十元钱?有的人这样对劝说他们的小海和老黄说。

小海和老黄这两个城里人,本来不会侍弄园子,可他俩发狠了,一定要种出个样来给大伙看。

黄瓜,辣椒,豆角,苦瓜,西红柿,生菜……小菜园子里,长满了绿油油的各色蔬菜。菜长高了,小海和老黄就合计,都谁家没有劳动能力,没种菜呢?这点葱,给吴苏日嘎拉图家。茄子,给韩青龙家。豆角下来了,先给赖包金花家。韩五金家得多给点,勤跑两趟。一边算计,一边浇水、除虫,他俩提着一袋一袋的菜走家串户地送,送去了，坐炕头上一边摘豆角一边跟贫困户唠嗑，讲自己种的菜，原生态，环保，吃起来健康。大片的地房前屋后荒着，多可惜，在城里，这是最金贵的东西啊，多少人想种块园子都种不着。开始很多人不同意，说能吃多少，一工二料，可不是撒把种子那么简单，得浇水除草吧，得个人伺弄呢，种少了犯不上，种多了吃不了，费那个劲，没必要。他俩又劝，不怕累，就怕闲，越用力气越长力。吃不了，卖呗，还能换俩零花钱。

　　劝着劝着，送着送着，小海和老黄不送菜了。他俩把贫困户领着，领到他俩的小菜园子里，让他们自己摘菜，现场观摩。摘着摘着，有的人松动了，说："有点意思，要不咱也种点？"

　　一年以后，南北两屯在小海和老黄的发动下，有20多家贫困户的房前屋后，出现了绿油油的菜园子。黄瓜和豆角爬蔓了，青玉米吐着红胡须。西红柿一点一点晕红了脸，角瓜开了喇叭一样的黄花，辣椒变红了，青蒜、大葱一垄垄地伸展开去，绿得喜人。

　　贫困户赖包金花领着个智障儿子，生活过得艰难。老人肯吃苦，舍得下力气，在政府和帮扶单位的扶持下养了几头驴、几只羊，受小海和老黄的影响，种了一片菜园子。种了，舍不得吃。跟小海和老黄商量，咋办，这点菜得卖了，油盐酱醋都指它呢。老黄隔几天就往她家跑一次，起大早，把老人捆好的青蒜、茄子、豆角等青菜用自己的私家车拉着，到音德尔镇上的早市卖菜去了。有时候卖不完，咋办呢，回去咋面对老人期待的眼神呢？老黄好几次把剩下的菜自己悄悄买了，还得搭上来来回回的油钱。赖包金花叫老黄老弟。她拉着老黄的手，眼眶里含着泪，说："老弟呀，咱俩非亲非故，你对俺母子这么好，这可叫俺咋还这个人情啊，比亲戚对俺都好！"

　　二〇二〇年夏天，给"爱心屋"补充衣物的时候，我跟着单位领导和镇上领导，由小海和老黄领着，到赖包金花家慰问。提前没打招呼。我们拉开她家的大门，进院，见院子里扫得干干净净，院子西侧，长长的白铁皮焊的大铁槽子闪着光，里面装着粉碎的秸秆。旁边的棚子里，大捆的秸秆被塑料布盖着，放得整齐利落。东边，菜园子一畦畦伸出老远，生菜淡绿，大葱油绿，深深浅浅的绿盖了半个院子。领导们进屋，赖包金花和儿子迎出来，只见娘俩蓬着头，衣裳不太干净，炕头上的被垛也有烟熏火燎的痕迹。儿子笑得天真烂漫，老人见来了一群陌生人，眼神有点陌生和戒备。老黄一走到前面，老人笑了，笑得可亲了。老黄扯着嗓子跟老人说："单位领导来看你们来了，大伙都惦记着你们呢，都希望你们过得好，吃得好，穿得好！给你们的衣服别舍不得穿，干活时该穿也穿，穿坏了还有！"老人拉着老黄的手，一个劲儿点头，一个劲儿笑。

　　站在赖包金花家门前，夏日的阳光金灿灿地洒下来。东南方向，是绰勒水库的北岸了，几条水带由沙滩隔着，在阳光下闪光。正南方，一块玉米地连起了远处的丘陵草原，太阳在草原上扔下大块的投影，又变幻着，绿意忽浓忽淡。这么美好的景色，出门见山见水，居家有吃有穿，该有多么高的幸福指数啊！想起赖包金花、韩五金等一家家人，想起他们生活上的苦难和改变，这一刻我更加理解了小海和老黄的良苦用心，也深深明白他们辛苦付出的意义。小海说："乌恩扎拉嘎，蒙古语是永远的诚信。我们有着最纯朴的百姓。习总书记说，到二〇二〇年全面建成小康社会，实现第一个百年奋斗目标，是我们党向人民、向历史做出的庄严承诺。可是老百姓离习总书记远啊，总书记离内蒙古这么远，总书记这么忙，不可能接见每一个人。有党员在，党员走家串户，把总书记的问候和关怀带到了，贫困户就跟见到总书记一样，他们把来扶贫的干部都当成党的代表了。这么重的担子，谁敢不好好干啊！"

三

乌恩扎拉嘎是二类贫困村，多年来，日出而作，日落而息，晚上村里没有路灯，除了各家散射而出的灯光，没有月光的晚上，到处一片漆黑。天黑不见人，晚上就关门。

在这里驻村几年来，小海和老黄太了解村里的情况了。他们跟单位反馈了意见，领导们到村里多次走访，决定给村里安装路灯，让乌恩扎拉嘎的夜晚亮起来。经过多方协调，二〇一八年秋天，村里来了施工的队伍，浇铸水泥基础桩，立杆安装，一百八十盏太阳能路灯立在村里的每条路上。

夜里，村民们都出来了，他们在闪亮的路灯下议论纷纷："你别说，驻村干部还真有能力，是真心来帮扶咱们的，这都是以前不敢想的事儿啊！这回晚上回圈，牛羊可不能掉沟了，串个门也不担惊受怕了，治安保证也好了，亮亮堂堂的，坏人晚上都不敢出门了！"

小海跟着议论："你要说有能力，还真不是我们有能力，是因为我们有后盾，我们背后是单位，再往大了说，是党。你要说是不是真心帮扶，那就看我们咋做的吧！"

乌恩扎拉嘎有了菜园子，守着绰勒水库，在一大片浩渺的水面边儿上，还得做水库的后花园。路灯有了，接着整治环境卫生，清理垃圾。乌恩扎拉嘎所辖的两个自然屯，每天产生大量的生活垃圾，清运起来不容易，租一次铲车就得六百元钱。小海和老黄跟单位领导汇报之后，经过调研，单位为嘎查购置了一台小型铲车。这可派上用场了，除了清理垃圾、整治环境卫生，村里哪条路不平整了，贫困户春耕秋收，铲车都发挥了作用。村民们说："置办铲车对大单位来说可能是小事，对我们来说可是办了一件大实事。"

小海和老黄做的小事可不少。贫困户韩青龙家养了小笨鸡，没有销售渠道，老人直发愁。两人一商量，咳，咱不是有万能的朋友圈嘛！两人一边发朋友圈，一边把小笨鸡拉到单位求助于职工，结果卖了个高价。贫困户陈忠德患有血栓病，行动不便，子女外出打工谋生，家里只有夫妻俩相扶着过生活。夏天的一个中午，小海和老黄自掏腰包，买来排骨、熟食，摘来青菜，和嘎查两委班子成员一起，来到陈忠德家里，先扫院子、收拾屋子，再抱柴生火、担水洗菜，亲手做了一桌丰盛的午饭。大家围坐在炕上，跟老陈夫妻俩边吃边聊，拉完家常唠子女，聊完生活谈收入，把老两口的生活状况、身体情况了解个透彻。老两口讲起了勤劳奔波的一辈子，说到动情处泪眼婆娑，大家跟着唏嘘感慨，一边聊一边加油鼓劲，一顿"暖心饭"不光拉近了帮扶人员与贫困户的距离，也切身体会了他们的困难，心更近了，一起脱贫致富的信心更坚定了。

在单位，小海是多年的党务工作者，老黄也是勤恳工作的老黄牛。在村里，两个人形象朴实，言语接地气，就是普通的老百姓。老黄擅长聊天，细声慢语的，很有老头、老太太"缘儿"；小海不善言谈，干的活比说的话多，因为是蒙古族，还经常充当老黄的翻译。有一次，新换的镇领导来检查工作，见村部进来一个农村老头，头发花白，大衣上还有泥点子，伸出的手指甲里全是黑土，镇领导问："大爷，你找谁，有什么事吗？"老黄笑了，自我介绍："我是驻村的老黄啊。"

小海和老黄干了很多小事。他们的背后，是内蒙古自治区第二林业监测规划院，这是他们干好每一件事的后盾。派出专业技术人员为前屯后屯做了街道绿化及经济林建设项目作业设计，入村路两边栽满了紫叶李，村路边栽上了柳树，给巴达尔胡镇主要街道的道路硬化、绿化进行了专业设计，在乌恩扎拉嘎嘎查有住户发生火灾之后，经过职工捐助及单位协调，凑足了十万元用于乌恩扎拉嘎农牧民灾后重建……也许跟全国轰轰烈烈的帮扶大军比起来，哪件事都是小事，可在乌恩扎拉嘎前后屯的村民眼里，哪件事都是大事。

二〇二〇年初，小海和老黄加入新冠肺炎疫情防控守卡值班，连续四十多天没回家。我问他们辛苦不辛苦，小海说："驻村几年，开始时不敢回家，怕检查。接着是不能回家，事儿太多。现在是不想回，村里比家里好，在这儿有人需要我，离不开。"几年来，小海没有因为个人的事情请过假，还被评为"驻村帮扶工作先进个人"。老黄说，自己两头惦记。家里负担重，父母年迈重病经常住院，儿子脑瘫，离不开人照顾。经常周六回家了，一看，父亲还行，儿子也还行，就又惦记村里，周日又跑回村里了。

小海的名字叫海恩情，老黄叫黄志军。前几天，老黄在距退休还不到两年的时候，向村里党组织递交了入党申请书。他说，不是党员，申请参加志愿者突击队都不批。

顾校长的第二个家

◎张 君

今年冬天雪花格外青睐这个北方小城,一场场大雪小雪的降临,整个城市银装素裹,分外妖娆。一对情侣漫步在铺着白色地毯的小路上,脚下发出"吱吱"的声音,说着浪漫的情话,别有一番风情;一家三口走出斗室,厚厚的白雪亮晶晶,空气清新仿佛带着甜味,陪孩子在小区一隅,堆一个漂亮的雪人,别有一番温情。

清晨,顾校长拉开厚厚的窗帘,一看,又一场大雪铺天盖地而来。他既不浪漫也不温情,他牵挂着他的第二个家,二十多公里外的一个村庄——向阳村,惦念着一个单身男子,他的帮扶对象付长顺。

向阳村隶属于兴安盟乌兰浩特市卫东镇。因其距离乌兰浩特市较远,交通不便,当地居民文化程度不高,有将近八十户贫困户。二〇一九年六月,根据全盟扶贫工作的安排,由顾校长所在的学校负责向阳村六户贫困户的脱贫工作。从此,顾校长的生活里多了一个向阳村,多了一个付长顺。

当时认领贫困户时,顾校长就说,将难度最大、任务最艰巨的交给他。顾校长带着扶贫人员逐一入户调查,走访摸底。当走到付长顺家，付长顺早早站在大门口眼巴巴地等候着，见到顾校长，高声喊道："哥哥，哥哥，你来了。"一声"哥哥"，让顾校长倍感亲切，冥冥之中注定他们走进彼此的生活。

顾校长仔细打量着这个蒙古族汉子，身材魁梧，皮肤黝黑，一头略弯曲的头发，又浓又密，鬓角的头发太长了，显得无精打采，一看就知道好久没有理发了。上身穿着一条白得发黄的T恤，衣服不是大窟窿就是小眼子，下身一条松松垮垮的迷彩裤，脚下趿拉着一双土黄色的凉鞋。再看院落，一片凌乱，砖头瓦块到处都是，小三轮车横在中间，西墙下还立着一个缺胳膊断腿的两轮摩托车，鸡鸭满院飞，鸡粪鸭粪沾满鞋底。顾校长心里有点难受，这都过的什么日子。

再到屋里，东西不多，但乱七八糟，哪里都脏兮兮的。顾校长长叹一声。如果说，有的人贫穷可能因为懒惰，因为不良嗜好，那么只能应了"可怜之人必有可恨之处"这句话，不值得同情。可是付长顺不是，他真是可怜、同情他们。

幼年一次意外，让他保住性命，但失去了正常人的智力。那年，他才五岁，和父母一起种地，突然拉车的马疯了，在车上玩耍的长顺被疯马拖拽几百米。当马被制服，他已经不省人事，血肉模糊。当时家人在好心的邻居陪同下带他到乌兰浩特看病。他昏迷了两天两夜才睁开眼睛，治疗大约一个多月才出院，在家养了半年才彻底痊愈。之后，他记性不大好，反应也不灵敏。上学后，症状就更明显了，好不容易熬到小学毕业，就一直在家和父母务农了。为了给他治病，家里也倾尽所有，还借了不少外债，他还是落下了病根。因为这个病根，长顺一直没有讨上老婆，直到父母去世。唯一一个弟弟成家后，日子也过得紧紧巴巴，照顾不了他。

村里人都说，长顺不懒，能干，就是脑袋受过伤，影响了生活。了解到这些情况后，顾校长心里有一种说不出的痛，但更多的是无限怜惜。顾校长在心里暗下决心，一定要帮助长顺脱贫致富，让他过上正常的日子。在顾校长心中，对长顺的扶贫不是一项上级布置的工作，更是出于心灵深处的关爱。

从此，向阳村成了顾校长的第二个家。当时正值炎热的夏季，学校工作也很忙碌，忙着期末复习，忙着暑期安排。可是就在这样的情况下，顾校长带来扶贫人员坚持一周一趟，频繁地往返于乌兰浩特市和向阳村。一次次长谈，给予他兄长般的温暖。

第二次见到长顺，长顺的头发剪成板寸了，衣服也整洁多了。顾校长非常感动，上次见面，顾校长无意说了一句话："长顺呀，咱们好日子得从头开始，你的头发如果剪剪，人就更精神了。"第二天，长顺就跑到村里理发店剪了个清清爽爽的短发。逢人就讲："城里哥哥让我理发，好日子要从头开始。"理完发的长顺每天都照镜子，看着镜子里一个全新的自己，都有些不认识自己了。这次来，男老师负责帮助收拾庭院，女老师负责收拾屋子，帮他清洗床单衣物。在老师们的帮助下，长顺的家焕然一新。

临近暑假的一天，突然接到顾校长的通知，明天到长顺家看看。比原来定好的日子提前了两天，我们都不知道校长葫芦里卖的什么药，问书记，书记也很神秘，笑而不答。到了长顺家，书记拿出一个生日蛋糕。原来校长忽然想起今天是长顺的生日，他走访的时候，总听到村里人慨叹长顺命苦，父母走了以后，关心他的人不多，校长就默默地记下了他的生日，还给他带来一份礼物。我们让他猜，他支支吾吾想不出，最后顾校长拿出来一把剃须刀。长顺喜出望外，激动得不能言语。突然他失声痛哭好一阵，一度让我们怀疑是不是做错了。最后他哽咽道："自从父母去世，还是第一次有人想着给我过生日。我自己都记不起好多年了。"我们特意为他煮了一碗长寿面，为他办了一个简单的生日仪式。

夕阳西下，沐浴着野花的芬芳，我在长顺的目送下往回赶。顾校长竟然在车里打瞌睡了，到市区让我们将他送到他父亲家。书记说："校长想起长顺兄弟的生日，却忘了爸爸的生日，刚刚他爱人打电话训他呢，一家人本来中午聚餐，现在改到了晚上。"

为了帮助他，他种植的水稻收获之际，我们负责销售。顾校长号召全校教职工和亲戚朋友都来买长顺的水稻，让他不再为销售和运输的事操心。长顺的大米很快销售一空。看着自己辛苦劳动换来一沓沓人民币，他喜笑颜开，还不忘打电话谢谢哥哥。

入冬前，我们看到他屋里没有暖气，烧的是一些树枝木桩，烟熏火燎的，特意为他买了两吨质量上乘的块煤。之后帮他粉刷了墙壁，墙壁一白，屋里就亮亮堂堂的。一天，一只可爱的波斯猫跑到他们家，并安居于此。俗语有"来猫去狗，越过越有"，我们边干活边鼓励长顺："你好好干吧，这日子是要啥有啥。"长顺狠狠地点头，说："我相信哥哥姐姐的话。"

顾校长几乎每天都和长顺通通话，聊聊家常，一天忙完学校杂七杂八的事，跟媳妇说话都特少。有时媳妇跟他说，他常常心不在焉，好像不是家里人了？入冬，他又给长顺送去温暖的羽绒服和厚厚的大棉裤，还有油光锃亮的大皮鞋。长顺一直想对顾校长和一起参与帮扶的同志表达感谢。要杀鸡宰鸭，都被我们拒绝了。他失落了，说道："我多希望你们能在我这个小家吃顿饭，给我这小屋增加点人气。说得我们都有点难为情，可是扶贫有规定，不能在扶贫户家吃饭。"顾校长拍着长顺的肩膀说："以后你到乌兰浩特市，哥哥请你。"长顺连忙说道："那可不行，那可不行。"

不久接到上级的工作安排，年前要为帮扶对象准备过年的物品，还要和帮扶对象吃一顿暖心饭。看到这个通知最高兴的人就是顾校长和长顺，兄弟俩终于可以一起开怀畅饮，把酒言欢了。

在一个飘着雪花的日子，顾校长带着米面粮油等慰问品奔赴向阳村。一家家慰问，并告知在长顺家聚餐，因为帮扶对象中就长顺孤身一人。

长顺一如既往地站在大门口迎接我们，哥哥姐姐的叫个不停。屋子烧得暖暖乎乎，打扫得干干净净。我们要提前庆祝新年，一起包饺子。当饺子像一只只肥实的白鹅铺满案板，顾校长提议包十二个麦穗，一人一个，麦穗麦穗，风调雨顺。最高兴的是长顺，他忙里忙外，添火，倒脏水，忙得不亦乐乎！朱书记围在大锅台前认真煮饺子，用勺子沿着锅边旋转，一个个饺子鼓着圆滚滚的肚子在锅里上下沉浮。火候到了，香味渐渐充溢满屋。热腾腾的饺子闪着温润的光，隔着薄薄的面皮还隐约能看到馅里透出的色泽。

大家举起杯，开怀畅饮，纷纷抒发感情，感叹国家的政策好。最兴奋的是长顺，他最大的心愿就是家里能添人进口。我们说："你的愿望一定能实现，你哥已经给你做广告了。"

外面北风呼啸，屋里充满春天般的暖意。

诗歌

YANGGUANG XIA DE FENGJING

科尔沁脱贫攻坚采风诗记

◎ 白　涛

一起唱

站在一起，在敖尼斯台村的小广场
土台子上，我们都挺直了腰杆
（多久都没有这样挺直了）
放声歌唱——
唱的啥词不重要
一首歌反复循环也不要紧
重要的是这种仪式感必须要有
（必须不必须，看看我身旁的
牧民的脸就知道了）
今天，必须把嗓子唱干了唱疼了
这样，浑身才觉着舒服，痛快

想起少年时，在鄂尔多斯沙漠上

柴油火把照着解放牌卡车
搭成的舞台,我们
跟着乌兰牧骑的哥哥姐姐们
唱啊,跳啊,一晚上都不想回家
一个个嗓子都喊哑了,流了那么多眼泪
那是二十世纪七十年代
在乌审旗最美的陶利滩上
牧民们最喜欢的歌手叫:金花
今天,在敖尼斯台小村
这种感觉让我想起从前
也让我觉着暂时的年轻
忘记了自己所处的年龄
尽管都在科尔沁辽阔大地,尽管
离我的老家仅有百里之遥
我已将她遥远的温热,揽在胸前
贴在心口,我愿这一路
大声唱着故乡的歌
去追逐天上飞流的云朵
和脚下、身旁,这因雨水的稠密
而自豪而沉稳的黑土地

种下一棵小白杨

种下一棵小白杨
让她一天天,慢慢长大
让她和今年开春时一起种下的

苞米、圆白菜、豆角、茄子、辣椒
和刚落地不久的小牛犊
和刚装好门窗的新砖房
一起，慢慢长大

茄子、辣椒、豆角、圆白菜和苞米
夏秋就能收割
小牛犊长大还得三年
新房子要过一个冬天
过一个年，住着才感觉舒坦
小白杨呢，她一年四季都要
浇水，剪枝，去虫
每年只长高三寸
只开一次花，扬一次絮
吐一遍嫩树叶
到冬天，小牛犊钻进温暖的棚圈
空空的院子里只有小白杨自己
忍受冰雪严寒，春天来了
她看见那些去年不知道去了哪里的
白菜、豆角、茄子、苞米
又从土里钻了出来
她多高兴啊！把她对春天的欢呼
全部送给了朗朗大风
这棵小白杨，很像
这户叫白哈斯人家的小女孩
在春风里，一天天一年年

变得高大、粗壮，满满当当
全身的树叶都在反射着阳光
一片一片的微笑，银子一样闪亮

村第一书记谭安东

个子不高，话音也不太响
不注意听，他的恩施普通话
会从你耳边溜走
我倾身关注他，不做笔记
只偶尔观察一下坐在他旁边的人
会是什么样的表情——
第一书记不是村书记
更不是村主任，你
是上边来的，早晚你要走
能干点啥呢？哈吐布其三百六十六个村民
每个村民都是一个问号
打在你脸上，划在你心里

我问他，你刚来时咋吃饭呢
他用手指着村主任说，在他家呀
——那，能习惯了？
——嗨！后来就不了，呵呵，我自己做
天色渐晚，我们步出村委会
下到草滩里，对着晚霞开唱
还玩了快闪，走的时候

我先于别人上了车，没有跟他道别
我有一点儿说不出来的感受
不想跟他打招呼、握手、分手——

谭安东，湖北恩施人，一九八五年生
浙大中国古典文学专业硕士毕业
工作单位是中共中央宣传部
到今天，还在内蒙古兴安盟科右前旗
哈吐布其嘎查扶贫攻坚
快满三年了——
他说，我还是要写几本书出来的
晚上，一个人的时候
很安静，适合我的文学欣赏和写作
夜里，我有大把大把的时间呢——
一九八五年生的谭安东同志，才三十四岁
姓谭，老家在恩施
我一开始就猜着了
他肯定是我的土家族兄弟

永宝村的黄老汉

六年前，黄老汉摊上了大事
老伴儿突然没了，老黄
站在突泉县医院一下就愣了
老伴儿没了不说，还欠下了饥荒
贫困户的帽子，自己先戴上了

开始那几年，老黄啥都懒得干
因为没心思啊，地也快撂荒了
永宝村里的懒汉队伍也快排上号了

我问他，咋就又想起种地了呢
他不言语，咧了咧扁嘴
几颗残牙露了露，说
人家来扶贫的给我鼓劲，给我弄贷款
又帮我买牛抓羔子啥的
不好意思啊，我老是老了点儿
还能干啊，不干那不成了懒鬼了
你看我这园子，这韭菜，这豇豆，这紫皮大蒜
看屋后面的牛和羊
看——
我说，看啥看，知道你有点钱了
就不能吃点好的，穿点好的
他又笑了：我都七十了
爬擦爬擦这点儿地就行啦——
他突然问我：你知道我一年能挣多少钱
——多少
——一万元还多呢
——你要那些钱干啥
——我有孙子啊！他来，我给他几个，不来就不给

老汉叫黄贺林，是永宝村的
老户人家，上星期四下午五点五十分

蹲在他家菜园子里
他给我卷了一棒旱烟
平平淡淡的香气，盖住了
我们俩的说话声

克什克腾的白天鹅

◎王久辛

天地白冷至银月的深处。
继续着白,继续着冷。

向外望,白的,
延伸至无限。白到无比空前。

向内望,白的,
幽深无底。白到令人绝望疯狂。

中间的风,嗖嗖。
也是白的,冷的。

白亮亮的闪电。嗖嗖。
没有张牙舞爪。不动至冷酷。

高冷的比月亮白。泛着光。
内敛的银白的暗光。不刺眼。

有力道。冷硬冷硬。
包括牛羊皮，照样冰透。

一点儿不湿。无痕迹。
冷冰冰的嗖嗖。迅疾似暗箭。

极静。极净的极寒至八荒之极。
大地一派，银白冷烈的凛冽之美。

不妖娆。白冷铺至天边；
不娇媚。白冷至永冻层。

风在吹，向东极南极，
西极北极，白着冷着，冻着。

这银白的美。冷着的白，
有温度。零下四十度的冷酷之魅。

晶体通透，暗含亮光。
弥漶。浸骨入髓却拒绝张扬。

大片大片的银白之素颜，
覆盖着天地。风，微茫无限。

银白无限。风光无限。
雪野,一颗高冷至极寒的心。

向下冷烈,极度以下冷烈。
是白的极致。在我的双眼……

把所有缝隙塞满。大白于天下。
没有瑕疵。起伏是悠扬的。

悠扬的白,没有忧伤。
淡淡的微笑含着自负的高昂。

我心上,魂是银,发放星辉;
白是魄,自带光芒。魂魄啊!

魂魄之银白与白银之魂魄,
都坦荡。君子坦荡荡的坦荡。

高洁无比。脱俗无羁。
害得嫉妒狂几度发作而歹念频生。

白。白雪公主。
我不会因为歹念之围,而放弃冷。

白。白雪莽原。

我不会因为歹念恶毒，而抛下寒。

攥紧极寒。攥紧冰冻。
我以此为灭绝祸害之核武库之器。

冻死苍蝇。冻死苍蝇。
冻死所有歹毒之邪念。

哪怕一丝丝。
一丝丝的蚊蝇之嗡嘤细喘。

和邪念所有滋生之孽源。
都决不能放过。誓灭绝其迹。

而与志洁行芳之高士为伍。
毕生追随，不舍昼夜。

我歌颂克什克腾雪野。
和雪野上的祁寒。我歌颂。

我歌颂太阳和月亮送来的温暖，
和柔情。我歌颂。并且领唱。

冰冷凛冽的寒极之美，终幻作，
今生今世，我之心头唯一的白天鹅。

生动鲜活。高翔蔼蔼。
垂翼天宇。浩瀚乎淼淼。

飞。在冰冻的天地间飞,
飞。充盈着希望的极寒。飞。

克什克腾。克什克腾在飞。
看雪野上下,那翱翔的白天鹅。

生冻无比。光芒无限。
此刻,正在我遥远的心上,飞。

那么远的白,瞬间飞至脚下,
那么高的白,转眼来到眼前。

银月的白,像我的魂魄,
向四面八方的天地间飞去。

克什克腾。克什克腾。
克什克腾雪野上飞着一颗心。

巨大的。白色的。心。
天帐月白如一床棉絮。

云锦布设天地之帐,
红日的红如红鸡冠的鲜艳。

却是高音女花腔顶至云端的缠绵之绕。
华丽至朴素的胴体之全裸。

月白的白,涌入心头。
银辉遍洒万水千山所有褶皱之背。

没有遗漏。不是光。
是雪。没有遗漏任何角落之阴。

白天鹅的心。穹窿之翅,
飞。在冰封的雪野上飞。

克什克腾。克什克腾雪野,
一只充盈着英雄梦的白天鹅。

在飞。飞入我之外,
所有我看不到的地方。仍在飞。

而所有我看不到的地方,
都是克什克腾。都是冰封的雪野。

那是我的心。在飞。
我洌凛至寒极的心。在飞。

纵横四海之冷烈,以广袤,

无垠的极寒，高举着我的魂魄。

飞。一颗火热与高冷合铸的心，
在克什克腾雪野以炙热之指试寒。

寒极至冰点以下的凉薄，
一如我高热至宽广的诚厚。

无须过度，我的兄弟。
不要客气，我的姐妹。

我的热烈。将以极寒辽阔的狂野，
为标志：一试身手。

无论多么庞大深厚。我的热烈，
都能获得渊薮之底的托举。

放心吧！冷烈极寒之疆域，
你大至何方，也是我热恋的故土。

它飞，就是我飞，
我在什么时候都可以上天入地。

无论广寒宫，还是太阳城。
都能够凭仗我自由的意志飞抵。

不会畏惧骤雪狂风。
白天鹅，有永远高傲倔强的灵魂。

冷烈不屈，酷热不挠。
在我之内外所有的地方，它都是

不灭的星辰。克什克腾。
克什克腾。你是我的白天鹅。

当然，我也是你的白天鹅。
我们彼此的一见倾心即成永久。

永冻的，活的理想。
永冻的，飞翔着的爱情。

我的。和你的——克什克腾。
是同一个灵魂的精神伴侣。

克什克腾。克什克腾雪野，
是纯洁养育的精灵——我的精灵。

亘古以来的涵养。
开天辟地的哺育。

冷烈与酷热深广之空间，
是克什克腾和我之魂魄的遨游之所。

思想光芒万丈。
灵魂精骛天外。

克什克腾,克什克腾。
白天鹅的诞生,不仅是象征。

扶贫笔记

◎戈三同

羊倌张

跟在羊群后面,抡起的鞭子
像在驱赶自己

是羊角,从地平线上
挑出了太阳,一甩搭背上

五只扶贫羊,像撒下的种子
几年,就已经拱出一大片

他斜倚一座大山,任秋阳烙着屁股
脱了鞋的脚,翘得比秋天还高

当一条羊肠小道,在眼皮下

把一群羊，搓成归心

从村口望去，羊在他周围环绕
咩声起落，他像率众归来的领袖

提起刘大嘴

提起刘大嘴
一桌人先是哑了
好像收了谁的封口费

少小偷鸡摸狗
大了牵驴顺马
呸，一口唾沫砸地上
一只脚上去，蹉蹉

当初这村里就差月亮
没让那小子摘了去
嚓，一支烟点着了
两片厚嘴唇，吧唧一下

国徽上那两根麦穗
不是谁想拿就拿的
嘭，酒杯跐桌上，又空了

……当下村里最高那座小楼

是扶贫项目组帮他盖的
有人插话后
唰,竖起的指头像树林

升 旗

在扶贫援建的村小
巴掌大操场上,一个旗杆
挑落晨星

一面鲜艳的红旗
是几十个露珠一样的孩子
抬起右臂,齐刷刷送上蔚蓝的

从此,爬坡、涉河
走过漆黑的夜路。灯下
安静地写出每一个笔画

不用抬头
他们心里也知道
这一天,祖国在俯身看着他们

扎草人的大叔

把稻草捆绑,扎实
稻草人,会在一望无际的田野站立起来

扎得越牢,越紧
稻草人站位越稳,站立越久,越像一个人

这时,勒进大叔肉里的那根,无形的绳子
砰然松绑

枕着草垛打盹,鼾声越埋越深的他
像散了架,一个用旧的稻草人

晒太阳的老人

那个眯眼背靠土墙晒太阳的老人
抬手遮了遮阳

那个和太阳对坐,只用几分钟
就在虚构中
从少年到暮年又走了一个来回的老人

除了把目光,从大地举上天空
再从天空接过来
放在几只挣食的鸡身上
一上午,他什么也没干

就连近旁落下的几只麻雀
还是一阵风,动了动手,撵走的

回乡下

沿着踩实的地垄,回一趟乡下
回一趟,麦苗青青的乡下
在燕子的牵领下,抵近乡土

置身一方大田,麦鸟擦身而过
扶贫井喷出的一弯流水
环田绕户后,打湿我心境两岸

波动而来的
几声蛙鸣,间隔着
把丰收的年景,表达成省略号

此刻,每一个手执节气的农人
从我身边经过
我就被深翻一次

每一次,回到麦苗青青的乡下
我仿佛摸到自己的根须
我的根须,就是城乡这段距离

八月,带我去看一株玉米的抵达

◎谭光红

那一排绿,在心中荡漾成滴

气氛十分热烈。有紧凑的脚步声
有银铃般的笑声,还有李子成熟的声音
这里正在举行一场盛大的采摘仪式
南来北往的人,都同时停下
风品尝着起伏,雨刚刚倾诉过滂沱
果实的脸上涂满胭脂
笑容撑破了薄薄的脸蛋
天空撒下蓝,在一望无垠的李子园里
叶紧挨着叶,果触碰着果
笑容叠加着笑容
那一排绿,在我们心中荡漾成滴

围塘坝,宁静的夜晚

余晖绕开炊烟,绕开山顶最后一棵树

洒在围塘坝善良的田园里,房顶上

把月光请上来,妇女们踩着星光回家

锄头和扁担,跟着男人的光膀子

变得伟岸和不屈

一些风长途跋涉,在黄昏的公路上穿梭

此时,白日里的奔波与操劳

早已被浮动的月色阻隔在千里之外

夜——暗下来

有人早早入睡。犬吠声稀

围塘坝,进入一天最安静的时刻

八月,带我去看一株玉米的抵达

这个夏天闰六月,比过去的日子偏长

现在处暑未到,你站在那里

顶替一根立秋的标杆

你的身材未经修饰,积蓄的时光

长成一粒饱满的玉米

阳光千篇一律,而生活不紧不慢

一封信密封了心事,玉米的香味

与岁月之声紧紧相连

黎明与雷电互不交集。一生的风雨

不能只责怪云朵。八月
带我去围塘坝,看一株玉米的抵达

一滴甘泉,流淌出干净的日子

自来水进了农家,水桶便成了文物
在一个人的身体里,大树与飞鸟一望无垠
而一些风轻云淡的思想,总能随一滴甘泉
滋润一个农家人的午后
在水中打量一个动词,把日历重复成一片云
相信日子如水,水如明月和我们的心
准确绘制出明天的蓝图,水流经的地方
都有阳光和庄稼。隔着蝴蝶着色
我们想与白云对话。隔着一滴水
我们带着微笑和幸福重新启程

庭院芳菲,一株青菜靓丽了一寸容颜

把一片自留地围起来,我们开始发展庭院经济
理想撑开天空的蓝,风托着阳光的腮帮
准备好锄头和山坡的寂静
割掉模棱两可的杂草。村庄的过往
被一粒青菜种子深深遗忘
八月的虚汗退后,阴与阳隐身凡尘
种子第一次提及重生,提及我们的轮回
已根植于身体的基因,禅坐在方言里

生活高于泥土，栅栏高于天边的彩虹

付出的汗水，都是辛勤的雨滴

滋润了一株青菜，成为这个季节最靓丽的容颜

一间房，搭出一片新天地

旧房拆除的时候，她站在阳光的身后

用眼泪回忆往事，静数着岁月流年

情感稀薄如一张纸，扬起的尘土

将人生的前几十年深深掩埋

新房建起来的时候，她喜极而泣

白色的墙体垫高日月，将惆怅的心事隔离

青瓦明洁，太阳花捐出方向

一株草抱紧蓝天的本色。柔韧的光阴被炊烟打磨

屋檐下归鸟路过窗户，每一声鸣叫

都是一场酣畅淋漓的狂欢。光芒覆盖谎言

风掀开信笺露出生活厚厚的页码

一场演出，穿越风的谜语

纸上写满春秋，音乐在日子里摆渡

文化下乡来，从村头第一棵松

到产业园追随风的马达，都乐此不疲

一株草停在半空，展示着迷人的歌喉

内心响起音乐，大山与古井互换眼神

这场聚会琳琅满目，花朵与季节一起开放

风站在高处,奔跑的目光都停下来
田野里安放下鸟语,阳光的使者为梦想而来
远处有山和南方,这里有庄稼和田野
借着这舞的影子,裙的艳丽
把日子过得像清清的水和蓝蓝的天一样

点燃村庄的烟火

——写给扶贫干部

◎孙树恒

一

你从远方走来，保持着一种弯度
那种最初拉起弓一样的力度
后山在你的注视里，村庄在你的注视里
农民在你的注视里，像一个个古老的瓷器
那种背负时空的目光，被土地捆绑的目光
似流落他乡的亲人，穿过村庄的影子
是乌云翻卷出沉淀的闪电
一粒尘土持久于屋檐，不息的风
可触摸的目光
当你走进这片土地时，就把心交给了后山
在你的注视里，映出又一种梦境

是否给自己，一段那么有质感的日子，一种精神的高度
像一根透亮的画笔，把一切让你关注的东西
染上颜色

二

这个时节，目光没有理由不投向农民
种子急需土壤，庄稼需要耕种，生存需要粮食
你坐在农家炕头上，躬耕田垄，回归了泥土
并不卑微，泥泞的时光
望着灰暗低矮的庄稼，
村庄的一面面白墙，像镜子一样
照亮了迷茫的自己，在离阳光最远时
独自守着自己的阴影长长
确实很多时候
你看着端着莜面的碗咀嚼着马铃薯和胡萝卜的嘴
咽下不长不短的炊烟，你拔出的每根胡萝卜
挖出的每一个马铃薯
都是隐在心里的疼

三

你说："我要……出一趟远门"
你说话的时候，孩子的笑脸，像太阳的万丈光芒
停止了玩游戏，能听清此刻平静的呼吸
几双手，相握，彼此安抚、安抚

越来越柔，越来越软

低下头，影子拥抱着影子

当你背起双肩包，像行走于江湖的勇士

你摸了摸孩子的前额，抱了抱妻子

"月亮走，我也走"

这一走，远离京城、上海……

走进县城、村庄

坐火车、汽车、三轮车，辗转

从白天到黑夜，从黑夜到白天

一颗启明星从不曾离开

四

入乡随俗，这时候，你的脚步停滞下来

有山的影子，双肩包还在背上

路上没有那么多灯火

你在此苏醒，在此体味愁肠百结的人间

人来人往，等待土地里

长出希望的苗，金黄的麦子和美人蕉一样的玉米

迷糊了一下，就像雨打了一个盹

岁月难以相逢，有些事更是难以启口

一个个孩子，一户户人家逃离

鸟鸣一样悠远与清脆

鸟鸣之后，是你无止境的咳嗽，簌簌而下

无数次扼腕叹息，村庄这么近

又那么远，疾风过后

你的梦里没有出现烟草和呼噜声
村庄晃呀晃，晃醒了你的眼

五

你总以特殊的方式
你走村串户，你了解村庄的故事
了解农民怎么个活法
村庄与水缸一样，盛满夜色
波澜不惊的田野
你坐在夜里，双目闭紧
祭拜先农的泥像，仰望天空的月亮
蝉鸣道不尽不绝的苦难与哀痛之源
河流和牛羊可以沉默
只有你，与村庄交谈
满天都是星光，火把也亮起来了
点燃了村庄的烟火

春天的枣树

◎谭志刚

父亲的院子有两棵树
一棵是枣树
另一棵也是枣树
上面挂着两颗
去年遗落的枣子
紫红紫红
早已瘦瘪、风干

春天来了
雨水、惊蛰、清明、谷雨
田野里,节气连着花事
梨花、李花、杏花、桃花
热热闹闹,开了又落
牛拉着犁来来往往
父亲蹒跚着播下种子

沙尘暴就刮起来了
风像刀割一样
田埂密密麻麻
一眼望下去
像一道道深深的皱纹
刻在父亲黑黑的脸上

春天要走了
枣枝上终于抽出了嫩芽
那两颗枣子还执着地挂在树上
它们挺过了秋的霜、冬的雪
熬过了一场场倒春寒
正准备迎接另一场沙尘暴
一直等到，生命的下一次轮回
满树枣花绽放
才会落入脚下的泥土
和大地融为一体

那天（外一首）

◎闫红梅

那天，一垄一垄的
稻秸秆，穿着黄金的衣裳，从我的脚下
齐整整地走过
那天，池塘里的鱼儿，悄无声息地摆着尾巴，叫
醒了
醉酒的蓝天
那天，牧场上一群群羊儿，雍容、安详地
走进夕阳
那天，我走进一家新建的安居房，屋子好暖
大娘刚炒熟的葵花籽
好香……

那天，我站在内蒙古磴口县一个名叫旧地新村的
村口
我在琢磨，这个对仗工整却又矛盾重重的

名字，究竟该怎样理解

那天，年轻腼腆的村支书说：早些年，这里叫无希滩
就是荒芜、没有希望的盐碱滩……
说话间，一群白肚黑翅膀的喜鹊喳喳叫着
从头顶飞过

舍不得

这家主人，姓赵。
院里几只大红公鸡，神气地
踱来踱去
肥胖的黄狗卧在窗下，慵懒地抬了一下
眼睛，对我们的到来
不置可否

仓库，被土豆、大麦、葵花籽填得
满满当当，像一个怀胎十月的
孕妇

新崭崭的房子，粉白的墙
热炕上铺着厚实的
羊毛毡子
老少一家人，紧密地挤在一个六英寸的
相框里，拘谨的笑溢满了
新屋子

只是，偌大的白墙上贴着一张画儿
——一张毛主席的画儿
毛主席也在，微微地
笑
画面斑驳，画上的颜色，经过岁月和阳光的
一天天抚摸，已经变得
很淡，很淡……

看到我疑惑的眼神，主人憨憨地说：
贴了快三十年了，心里
真舍不得……

离太阳最近的地方

◎毕俊厚

光　芒

枯树
老鸦
黄狗，衰败的村庄

一家挨一家，一户挨一户。仿佛挨肩的弟兄
并排站立着

缺劳力，缺技术，缺资金
因病，因残，因灾
一项项表格，写满黑洞
每一张登记表，对应着一堵破风的墙

包村干部，第一书记，扶贫队员

真金，对应着火焰
打铁，对应着自身硬

政策兜底，产业扶贫，亲民，惠民
灰暗的窑洞里，"五证一册"发出
熠熠亮光

我一脚迈出贫困户低低的门槛时
破败的矮窑，仿佛一下子
直起了腰身

愚　公

月光再次泻下来。孤独
仿佛一根坚硬的骨头，长在月色中

隔壁孙大爷的咳嗽声，一阵紧似一阵。将
夜色中，黑暗的部分，一层层压紧

忽明忽暗的烟火中，他掰着指头
像是在搬一座五指山

扶贫的号角，吹响了。他要像愚公一样
带领他的儿孙们，描绘锦绣山村

当夜色再暗些的时候，孙大爷手指间的火光

忽然变得异常明亮，似乎成了一盏
指路明灯

搬迁户

他们多像一根藤蔓上，结下的几颗
苦瓜。他们，多像在皱褶里生活的人
一水的，黑
一水的，佝偻着腰脊
一水的，用盐巴熬煮着日子

如果春风不来，他们宁肯荒死山头
如果雨露不来，他们宁肯为自己掘下深深的
坟墓
从大山里走出来，他们贴上鲜亮的标签
——搬迁户

我在走访的时候
路边，一棵歪歪扭扭的大柳树下
正开着几十朵幸福的小花

离太阳最近的地方

太阳的光泽逐渐有了层次感
先是在村口的树梢上，做了停顿

然后，像一位慈善的老人，用内心的温热
呵尽铁钟上积蓄的霜气

当阳光一步跨到屋顶的时候
整个山村，仿佛一下子镀了一层金光闪闪
的铜釉

村东的李老奶奶，失明多年。一块块光伏板
仿佛种植在心底的太阳，彻底打开幽闭多年
的黑暗

那么多贫困户，都在种太阳。他们都成了
离太阳最近的人

嗨……

这个字在乡下别有用途。比如
嗨犁田的牛，拉车的马
也嗨热炕头上的男人和女人
智慧的语言，往往是露出半截的萝卜
另一半却深藏不露

偏偏，在这些贫困村里，"嗨"字，被挪作他用
城里来的扶贫人，学犁田，学锄草，也学
用旱烟叶卷喇叭筒。学庄稼人圪蹴着吃饭
学荷田老农，下地卷裤筒

他们一个个无师自通,仿佛生就
与泥土联姻

在村里,贫困户都不称呼他们的官徽
——"嗨",拖着长长的腔调
道出庄稼人的亲昵和真诚

走进四子王旗

◎尘之光

寻

辉腾锡勒银色风车
搅动高空流云,掀起心的旋涡
一株草,如何越过
大片向日葵,白了头的莜麦
把它的根,深深扎入
四子王旗腹部
繁衍出绵延千里的草原
繁衍出遍野牛羊
一辆满载疑问和探寻的大巴
逶迤前行,试图
叩开这些秘密

赛 诺

赛诺。似一句诺言
把二十年前的一枚铁钉
钉入一个羊企
一边锻打,一边思考
杜泊羊,蒙古羊,萨福特羊
到杜蒙羊,杜蒙萨羊
四子王旗的畜牧业,经历了一次全新嬗变
布和朝鲁,用他红褐色语言
讲述脱贫攻坚的成果
我为人人,人人为我
思想扶贫,远比物质扶贫更加可贵
白珍珠,黑珍珠
是多年摸索与论证孕育的宝贝
在广袤无垠的草原
像星星,又像河流

归

一丛一丛芨芨草
一帐连着一帐的蒙古包
被落日剪辑成影像,在我的归途
一遍一遍回放
一株草之于羊,一只羊之于牧民

一片草原之于四子王旗

像水之于生命，水土之于一方人

悬着的秘密逐一破解

大巴左侧的羊群低头吃草

大巴右侧的马群，如涌动的群山

奔向天边

大同书，或仓廪衣食皴法的盛世映像

◎ 陆　承

一

微灯闪耀，南湖之舟游弋而出，百年之册，
轮转了十四亿颗心跳的节奏。我篆书，大同，或桃花源的雅致，
以一座空中楼阁的悬置，抵临
晨曦的热爱，夕色的斑斓，于一份典藏的卷轴上刻度九百六十万
种欣喜的面孔，
相同的眸子，不同的咏叹，
以春秋的萃取，萦绕了黄金和黄金的同类项，
质朴的岁月之河，涌动了辽阔和担当。

此情慷慨，巨鼎的隐喻，融入城乡的间隙，或广袤的山野，
驻村工作队的串缀，抑或职业教育培训的滥觞，
矗立了一座座虚无和存在兼备的碑刻，其上，影像了多少汗水和
智慧，

以及跌宕的颂词,以党性的荣光,照耀更加深邃的希冀,
于丰沛的意义中创制瓷器或丝绸,
以古雅的修辞,接近盛景,于层次的修为中
描摹一阕阕镜像,关乎民生、民心,以及宽广
的福祉。

二

经卷浩繁,释义俱新,精准的修辞,
嵌入《说文解字》或《尔雅》的末梢,于现实主义的
映现里,接近浪漫主义,
或形而上和形而下的簇拥里点燃的明灯。
扶贫和脱贫的意念,以翱翔的羽翼,引领
史册的斑斓,抑或王庭和江湖之间的眺望,一座彩虹之桥,
衔接贫困和小康,消散虚妄和磨砺,于臻美的架构中回归久远的
传奇,
或乌托邦演绎为现实的优雅小径。

建档立卡,或异地搬迁、电商延伸的气象,
遁入一座自我之塔或他人之寺,于幽静而开阔的舞台上
展示温馨、和睦与康健。炊烟水墨,院落澄明,
哲理顺遂了二十四节气的修养,标语演进产业的磅礴,
速率悠然,锦绣华彩,我试着,在回忆的辞典
里,抹去贫瘠和艰难,
于热忱的编织中,垂怜父辈的辛劳,
于钳制的奋进中,表达付出和丰收的因果,

以及那一枚挂于枝头的圆月。

三

草原辽阔，成吉思汗弯弓的土地上，
美酒酿造幸福，五谷指证富庶，我偈语一场演说，
于斑斓的星光下，目睹或见证南北的咏叹，
一次次逾越了千里乃或万里的共振，悸动了灵魂，回环了牛羊。

风吹过山野，吹过草木，
吹过了一个人的童年或老年，在二十四史的间隙
翻阅仓廪衣食，以未曾体悟和替代的山峰和大漠，指认了命运的
闪烁，抑或从未消散的内核，
东西之间，协作的音符，通途了多少险境，于峥嵘的修行里
转述车辙的技艺，或车窗之外的无限精彩。

时代之上，我俯瞰一丛翠竹，以古典的形式主义兑换昂扬的现代
意识，于恢宏或微小的辨析里
领悟一场浩瀚，雨水壮阔了江河，新绿呼应了五谷，我编纂一册
二十一世纪二十年代的华章，
生态和美，建造精致，镜像引为惊鸿和霞帔。

四

谱系丛生，书写递进，我知晓
第一书记的绵薄和坚韧，三百六十五日的操守，

跌宕了一场场的赞叹。我顺遂了一面国旗和党旗的光亮，
以寒意的比照，培植多重的枝叶，
以不曾失却的纷繁，牵引饭桌上的丰沛，田埂上
的呐喊。

我追踪一个个朴素的身影，材料归档，政策解读，
践行浩然，那从未舍弃的韵脚，兑为巨大的诗篇，
行进于另一种意义的盛唐。我是太白，是杜甫，是霓裳圆舞曲的
笔墨，
以豪放和婉约兼备的风雅颂，比兴了大地的萌芽，
每一处山坳，都珍藏了春天和财富，
每一方荒原，都指证了勤劳和善良。

我继续行于伟大的匾额，于一册册卷轴的风度中
看时间风华，听蜕变的喟叹，
以菜蔬的庸常，家禽的柔美，
叠加了一方印章的厚重，
于静谧的对话中言及苍老和记录，那奔涌着
热爱和欢颜的雕像。

五

史册凝筑，百年回首，二〇二〇的数字组合，
以共产主义的信仰，点燃广袤之灯、灵犀之
灯、富丽之灯，
于大同的复调中，比拟开元和绚烂，

模仿的诗句或图志,以象征和先锋夯实了一
面管窥,
多少稻粱演为珠玉的表述,多少广厦凝为床
榻的叙事,
多少裙角,抑或红袖的杜撰,对接丰茂的集市,
或高速公路、高铁演进的艳丽。

山河皆为故人,我祭拜祖先,告知此刻的兴盛,
故园高楼林立,我信札未来,
刻度一阕农家院落里微小而庞大的本纪,
于抒怀、纪实、全景、特写的方式里,
颂扬了奔跑,婉转了一项庞杂的工程,或扶贫的史料中天下的
绝唱,
以缜密、完备、华美、激荡的笔墨
映像了多少日升日落,一滴流水的灌溉,
一枚果实的甘甜,一束花朵的绽放,
一幅盛世拓印,抑或一曲蹉跎了时光的琴瑟
荣耀。

荷是一味药，赈济、理疗了贫困的痼疾

◎葛亚夫

每一朵荷花的绽放，都是一首绝句的吟诵

月明船笛参差起，风定池莲自在香。
——秦观《纳凉》

出于淤泥，荷花没有沾染一点烟熏妆的陋习
秦少游用一首古诗的平仄和韵律
在荷塘月色里，轻描淡写地植入隐喻
小荷挥毫起尖尖角，泼墨在莲叶上的汉字
蜻蜓般立上头。一朵朵，面目清晰
一字字，入水三分，立意高远，浴风抒情

归隐于水底的泥，胸怀太深，情怀太浅
总有些笔墨，绕不开世俗的风言风语

一个汉字,宁愿灰扑扑素面朝天
也要横平竖直,绝不妆饰多余的一笔一画
一朵荷花,宁愿冷清清翠减红衰
也要不蔓不枝,不会假借淡妆浓抹的修辞

在蒙城,荷花和汉字都有馥郁的体香
喜欢在稻花香里说丰年,荷舟上歌"采莲"
喜欢在夏水、涡河的宣纸上安居乐业
用花开的手法叙述,把虾稻连作装订成册
工笔勾勒精准扶贫,写意泼墨脱贫攻坚
每一朵荷花的绽放,都是一首绝句的吟诵

在蒙城,扶贫亭亭净植,时光不蔓不枝

荷笠带斜阳,青山独归远。
——刘长卿《送灵澈上人》

像一盏赶路的风灯,用一瓣瓣芬芳的手指
一声一声敲开泥淖的夜色
用莲子表达初心,用莲藕牢记使命
像一场烟雨洗濯一新的词语,缠绵一伞江南
每朵荷花、每个行人都是一个动词
踩着韵脚,一步步深入一首诗的隐秘腹地

波光潋滟,那么多青衫罗裙,舞红了脸
足印平仄起伏,身材参差不定

一滴露,就足以凌乱心如止水的月色
羞赧星星点点,掩面跑出唐诗宋词的深闺
那些风尘仆仆的扶贫人都是经世之才
与一朵荷花举案,与一阕诗词齐眉

就在夜色里闭上眼睛,身心沐香而浴
试着放生一次自己。把荷花芳香的小粉拳
交给心跳对垒,让星星数点定输赢
五加二,三十功名,不过是荷花开出经济
白加黑,八千云月,都是脱贫的莲子
在蒙城,扶贫亭亭净植,时光不蔓不枝

在蒙城,一朵荷花正领着一塘池水入定

唯有绿荷红菡萏,卷舒开合任天真。
——李商隐《赠荷花》

一朵荷,一朵修行。敲着心跳的木鱼参禅
在蒙城,一塘荷花正领着一塘池水入世
心境清澈见底,浮生围坐于涟漪曲水流觞
蜻蜓点下逗号,龙虾裁出破折号
一片白云上,稻秧逐渐写出排比的气势
江南从唐诗里一探身,拜倒在荷叶的罗裙下

一滴露,奋笔疾书,不愿浪费一点笔墨
纸上的《采莲曲》,在吟咏里一顾一盼远去

农人如椽,荷塘里的水墨应声泛起浪花
游人如织,三千红尘一起心猿意马
清空了世袭的清贫和千年贫困的痼疾
一朵荷花用沧桑和禅理,养活了一代代人

千亩荷花,度化了千年的诗情画意
哺育了小康梦,并把一块田点亮在诗词里
荷塘里,那莲藕身的扶贫人也是济世的药
莲花归心,莲子安神,莲藕健脾
农业的病情反复,致富的药方辗转反侧
要用心跳的文火煎熬,因病施药,对症天下

每一朵荷花,都是脱贫致富的词根

接天莲叶无穷碧,映日荷花别样红。
——杨万里《晓出净慈寺送林子方》

从泥沼,到晴空。一盏荷,绽放一杯人生
在水墨里出世,在荷叶上入定
不闻稻的道,不问虾的闲言碎语
坐化为一蓬舍利,风雨再大都不能焚化
从城镇,到乡野。一个扶贫人,奔走一首诗
每一朵荷花,都是脱贫致富的词根

悟风,悟雨,悟风调雨顺下蕴藏的禅机
读天,读地,读天南地北潜藏的暗疾

茨淮新河的经卷过于拖沓、冗长
万佛塔的如椽巨笔，把星河请入新时代做客
千言万语，都凝聚为精准扶贫的词牌
菡萏饱蘸了笔墨，却说不出蒙城的方言

出水，入世。一块田，用"荷"悬壶济世
荷虾共养，向龙虾问道以退为进
莲叶碧，不出净慈寺，每个游人都是林子方
虾稻连作，跟稻谷请教张弛有度
稻花香，夜行北蒙，每个扶贫人都是辛稼轩
千亩荷塘，足以治愈新农村的疑难杂症

一块田，一方田字格，写满希望和诗行

荷花娇欲语，愁杀荡舟人。
——李白《渌水曲》

从李白笔下抬起头。我还欠荷花十里春风
笔墨铄石流金，一阕滚烫的诗篇
把笔画炙烤得通红。我紧揣着，敲响月色
从古诗中吹来的耳旁风，太过暧昧
在荷塘里放养的光，和千朵万朵荷花一起
酝酿了一壶稻花香，窖藏了一杯蓝天

一块田，一方田字格，写满希望和诗行
虾稻连作，彼此押着精准扶贫的韵脚

荷虾共养,一起共鸣着脱贫攻坚的平仄
我调字遣词,把水墨丹青嫁接进唐诗宋词
把一笔汉字的白,扶上稻穗,稻便成实
把一朵唐诗的红,妆于荷花,花便满蹊

一个花瓣盛不下花香。摘一蓬莲子入药
摆渡尘世沧桑,一棹冷暖,一棹寒暑
十表八书,十二本纪三十世家和七十列传
都在一缕花香的词根上,灼灼其华
旋律一声紧一声,荷叶罗裙舞平了褶皱
贫困闭上眼,像一截莲藕,在水底深居简出

荷是一味药,赈济、理疗了贫困的痼疾

翻空白鸟时时见,照水红蕖细细香。
——苏轼《鹧鸪天·林断山明竹隐墙》

提一袭青衫罗裙,逐水而居,浣影濯心
举一盏出水芙蓉,观天察地,参禅问心
一个扶贫人,也是一株青衣布衫的莲
举一朵荷花风餐露宿,望闻问切,把脉贫困
身姿香远益清,写意水墨蒙城的底色
行,不偏不倚,进退有序。立,顶天立地

白鹭用一条腿,定位了蒙城的水墨丹青
展翅欲飞的修辞,洋溢着歌咏的情绪

水作词,稻谱曲,虾伴奏,荷花载歌载舞
一草一木一人,都能找到中国梦的契机
他们与荷互为偏旁部首,表声表意
只要给贫困一个提手旁,就能把财富打捆

花色,让大美蒙城拜倒于荷的红袖罗裙
花香,劫富济贫,哺育了一枚枚饥渴的眼睛
花海,摆渡美丽乡村的安逸和幸福
荷是一味药,花色、花香和花海都是
脱贫攻坚的药方,赈济、理疗了贫困的痼疾
在蒙城,触目是安居的灯火、乐业的诗意

人世安宁,一块田谱就一幅天人合一的画卷

红莲相倚浑如醉,白鸟无言定自愁。
　　　　　——辛弃疾《鹧鸪天·鹅湖归病起作》

上千亩的篇幅,荷是风,稻是雅,虾是颂
当我闭上眼,寸土尺金的修辞逐一呈现
这样的蒙城,属于青的、绿的谷禾
属于锦的、秀的水土,属于古典的、现代的
诗意。属于幸福的、和谐的中国梦
属于搭乘于新时代《诗经》的每一位乘客

被荷花举过头顶的繁华,一稻一虾一笔一画
注释着蒙城:做水土文章,立天地为仓

绿水环绕的偏旁,不偏不斜地指向道法自然
沃土千亩的部首,提纲挈领着天人合一
荷塘里,有人握轮明月,涉水而渡
波光潋滟,芙蓉向脸,舶来一首温暖的诗篇

一朵荷花再小,也盛放着一杯小小的故园
我睁开眼,精准扶贫的形旁,幸福清晰可辨
虾稻的声旁缄默,水中皈依着荷的多音字
沐浴在新农村里的人,吟诵着新时代的福音
此心安处,我写下:我荷你,心莲心……
人世安宁,一块田谱就一幅天人合一的画卷

去羌山,与一朵云彩同行

◎许　星

去羌山,与一朵云彩同行
在这片瘦弱的土地上
我以诗歌的名义
铺展蓝天为笺
写一封脱贫攻坚的信
与一朵牵挂的云彩

五月是羌山的春天
轰轰烈烈的阳光　擦干了
曾经的不快和忧伤
那些行色匆匆的人
总是把精准的目光放得很轻
很轻激情的翅膀
惊起五月　一夜槐花的喧闹
或看麦浪起舞　潮起潮落

与泥土亲近　丰满的琴声
让我无法闭目去怀想
一段青春的剪影和如火的岁月
只闻到她温暖的体香
压弯枝头的累累果实
都是党旗下庄严的誓言

每一朵云彩都是羌山的雨
谁漫步微风　看花影婆娑
谁站在山口　放歌昨夜绵绵情义
谁又在一米阳光里披上了
绿荷花香　风不说
鸟儿也不告诉我

在我的眼里　所有的庄稼
都是羌山的手语
满山花瓣不需要人懂
感恩的天空　举着白云
也举着光阴和梦想
还有我心中那一缕甜蜜的乡愁

你在清晨递给我青花杯
我把一杯苦荞饮成温柔黄昏
在羌山的背影里想些过去的心事
当一轮月光从树枝上流下

羌山头顶的那朵云彩

是我窗前那盏如虹的灯……

我们的名字叫党员

在樱桃沟村　我们这群

来自城里的年轻人有一个

共同的名字　党员

我们有一项光荣而艰巨的任务

就是脱贫攻坚

七月流火　金秋送爽

我们用如火的初心

让村民们　见证了一片片阳光

和雨水对羌山的馈赠

面对伤痛的土地

我们的心很酸很疼

面对不解和非议　也曾有过

委屈和不安

但我们从没有想过放弃

始终没有忘记

党旗下庄严的誓言

始终没有忘记

肩上扛起的责任与重担

我们悄悄把委屈深埋在心底

把泪水化作帮扶的动力

田边地角　山前山后
向贫困户解读政策
与村民倾心交谈
千方百计让樱桃沟人都富起来

一朵朵羊角花　在乍暖还寒时开了
开成庄稼的微笑　开成
道路的宽阔和羌山的秀美
开成喧嚣的黄昏和
痛并快乐的岁月与时光
我们用青春的热血滋补了樱桃沟
一方贫穷瘦弱的水土

在樱桃沟　我们这群来自
城里的年轻人　让村民在心底
永远记住了　我们温暖的
名字　中国共产党员
而扶贫路上　我们不变的执着
把自己也站成了一棵棵
伟岸的树　在希望的村口
惬意地呼吸阳光和雨水
然后生根发芽　枝叶繁茂
一起照亮羌山春暖花开的生活……

花开羌寨

再相聚时　羌寨胖了许多
门前的池水花开一圈又一圈
满头青丝的柳絮轻叩
羌山和鸟儿温暖的目光
所有的笑容在一杯咂酒里
怀旧或相见恨晚

今夜我听见每一扇虚掩的门
在月光下柔和地歌唱　那些被梦想
点燃的乡愁似一阵春风
在午夜的枝条上飞
今夜高挂的灯笼抑或是一把锁
也锁不住羌寨花开的生活

在嘎佐村驻村扶贫的日子

◎夏选彬

春天在嘎佐驻村扶贫

在农家，酒入愁肠
泪落乌木河
桑叶间的那只小鸟
在季春的午间
找不到阴凉

阳光热烈，山间有一些房子
昏昏欲睡。这几天
他们平静地对我说起
一些悲伤的事

花朵渐渐凋谢
我想拥抱孱弱的蝴蝶

风尘拂过,天空总是蔚蓝

我想说的一些话

始终沉默在月色

有时候,在夜里

我把自己当成一棵树

对着许多的树抒情

仿佛它们听懂了什么

又仿佛它们彼此

无法听懂各自的心声

有时候我会想到远方

阳光洒满山野

春风走过缺水乡村

一个失去丈夫的女人

在岩石上开出微笑

桑果熟透　花椒青涩

虫蚁埋伏在草丛里

疯了的一家三口

在自己的世界里喋喋不休

我遇见了他们

在这个热闹又宁静的中午

他们遇见了远方

在水泥路翻过群山的时候

一条闪亮的河
正从我的诗歌
奔向他们脚下的土地

嘎佐村的夜

在深夜唱首歌
轻轻地　让风掠过树梢
带去给我
远方的家人

鸡冠山独守着思念
乌木河流淌着月光
一声咳嗽
会打扰
飞鸟的梦

这时候
我总会遇见自己
俯下身
心就发芽了
抬起头
我的眼睛里
是一汪

闪闪的深情

应该对你好一点

我是不是应该对你好一点
再好一点。像穿过黑夜的露水
被朝阳贴心地爱着

然后你也会发光
忘记了时光的残忍
忘记了泪水。仿佛钥匙
打开了花朵的馨香

当我悲伤的时候
我总会想起你。如同一片叶子
贴在大地的心窝里

我把你的泪水装进我的眼睛
把你的笑容刻在我的脑海
当我认定你会老去
我就知道,那路边的小花草
已在今夜
在今夜的晚风中垂下了眉眼

遇 见

我向你走来
在烈日朗照的午间
我向你走来
在群山绵延的小路
我向你走来
在风尘仆仆的日子

朝阳点亮了旗帜
夕阳送走了疲惫
深夜的月光
一定听到了我的思念
每一次出发
都是我走进你的时光
走进你梦里的忧愁

你不必去想
我鞋上的尘土
眼里的泪水
嘴角的微笑
在这个如火的季节
你要是看见一朵小花
就是我的歌声
散出了芳香

我要向你的全世界走来
痛苦着你的痛苦
幸福着你的幸福
要是你向我张开双臂
我们就遇见了彼此的人生

一棵树在午间看见我醒来

在某一个午间想起你
微风吹过了脸颊
那些山峰越走越远
你的欢笑像花朵芬芳

还有你倔强的样子
也是那么可爱
骑在我的肩膀走过很多街道
我成了你的天空
你也成了我手心里的宝

一声爸爸
是多么温暖的语言
我的眼睛里装满慈爱
像小草弯下身子接纳蝴蝶
像大地接纳风尘

我已经多久没有见到你
要是你想我了怎么办
当我走在满山岩石和贫屋中
当我微笑着和他们说起故事
你，我的孩子
我只有在心里默默地念着你的名字

如果他们和我一样是孤独的

在这个细雨霏霏的日子
我遇见了嘎佐村山间的一些小花
安静的树林里
松针轻轻掉落在肩上

我摇落一些农户门环上的锈迹
踏过他们门前的野草
听他们对我说起
十几年前发生过的一起爆炸事件

偶尔有野鸡飞过草丛
鸽子好像从它们的肚子里
发出咕咕的声音
我也有一些声音
落在连绵起伏的群山

在这个干旱季节

所降下的这一场雨
唤醒的
不只是植物们的芳香
也有我的眼泪

有没有那么一首诗会让你
突然想起我

我越来越相信日久生情这句话
在一个地方待得久了
看见山峰便觉得可爱
听见水声和鸟鸣就感到亲切
遇见了蝴蝶就会想到祝英台

其实这里没有英台和黛玉
有的是一张张经历辛酸的笑脸
他们曾递给我几颗李子和桃子
向我递过烟,也向我举起过酒杯
甚至还向我递过眼泪

我握过他们粗糙的手
和他们喝过同一碗水
坐过同一张沾满灰尘的凳子
他们所经历的,也仿佛我经历的
他们所关心的,也仿佛是我自己的事
甚至他们的病痛,也仿佛长在了我的身上

我渐渐爱上了这里
成了树枝上的一片叶子
鸟儿身上的一片羽毛
鸡冠山的一块岩石
乌木河的一汪清水
成了他们眼里的一滴泪
他们嘴角的一抹微笑
成了这一片天空
闪闪发光的星星

走进音河

◎徐明光

一

黄芪，桔梗从泥土中摄取能量
有了药的效力
庭前安身立命
时间在秋天的枝头结果
园中的草药
一副冬眠的姿态

新奇的双眼，探索
挖开泥土，验明正身
庭院经济，改变落后思想
脚步，触及土地的每一寸角落
低垂着身子
吸尽泥土的味道

一件件，一桩桩
一阵爽朗的笑声过后
风景在变化
事物在更新

二

那座无人居住的茅草屋
患病多年
谢顶斑秃
墙体剥落，溃烂
破败的木质窗
丢失了明亮的眼

立于屋前
经年往事不断涌现
煤油灯，灯影飘散
大饼子的味道
缱绻，刻在岁月深处

不远处，一排排蓝色的风景
映入眼帘
金色的玉米铺满场院
皮肤古铜
面带沧桑的人
笑容那么灿烂

看到，听到，归功于做到
感受到的幸福
在《党和人民心连着心》的歌声中蔓延

三

暮色，安然
星光罩着大地
回想座谈、采风
走访富吉村、车辋沟
轻盈的脚步踩踏着村中的水泥路
与村民面对面的交流
无须驻村干部任何言语
脱贫的受益者娓娓讲述
"王玉红带着孩子驻村办公"
"邓玉贵为了扶贫，误了自己放蚕的时间"
脱贫的故事越记越多
掏心的话语越唠越浓

回程的车中
感慨，酝酿
此时，我想起了蘑菇养殖户
菌段，细胞正在破裂
开出了幸福的花

春风荡漾

◎赵大民

思源社区里的娘

那个叫思源社区的地方
娘还不太熟悉
娘走得迷路了
就自己站在那儿笑

字
在楼上挂着
娘瞅着"思源社区"
就想伸出手去
摸摸
此时
日头红得有点张扬
就把娘的脸染得粉红

娘拄着的拐杖

可以丢了

娘把"思源社区"抱在怀里

就哭得淋漓尽致

山　路

我已找不出那条山路的影子

那片荆棘呢?

那堆石头呢?

还有我们烙上去的脚印呢?

曾经的日子

故乡在一条山路中挣扎

父辈的叹息把山村塞满

如今

山路是青春的少年

把故乡的样子

也装扮得撩人

水

水

在一根扁担上演绎风情

十八岁的二婶

挑水的身影
风姿绰约

听不懂
水在水里的言语
一滴一滴从山泉里渗出
舀尽二婶的岁月里
那惹人的青丝
已灰白得耀眼

此刻
故乡
春风荡漾
鸟语花香
八十三岁的二婶
坐在自来水旁淘菜
她是看见我给她照相了
她冲着我笑
如水的温柔
竟是十八岁的模样

春天的变奏曲

◎王建波

一片大地洋溢出的
声音,春天蓬勃的音节
行走在城市和乡村的道路上
坚毅爽朗的笑容里
矗立起欲与天公试比高的壮志

向东、向西、向北、向南
向着每一片贫困的地区出发
向着每一双褶皱的眼里
去播撒出春天的温暖与希望
一条心,齐使劲
就可拧结出这土地上最美的花纹

没有永久的凋零与遗落
改变一个姿势就是不一样的光

在时代的强音下
你们捭阖了这山那沟经纬的纵横
每一个策划,每一片蓝图
都印证出不忘初心的历程
将光荣还给光荣就是牢记使命

前进的,永远是不忘却的回首
你们承接住历史动荡的风尘
从这山到那山从这沟到那沟
辉映出大地上独一无二的云岚
像是春天的变奏曲
引领起每一个篇章的豪迈与风采

在胡尔勒与你重逢

◎北 琪

在胡尔勒与你重逢

不问英雄的出处，也不管
英雄去了何方
我只管煮酒
煮一壶叫作绰尔河的酒
红豆无言，终生守着胡尔勒
黑夜守候成黎明
稻花香里抽出唐诗宋词
读给绰尔河岸边那几株达子香
夕阳在一排排红色的屋顶上沉醉
樟子松的每一枚松针上都顶着星辰
我便和你，在敖包
就着一壶酒，一遍又一遍
数着满坡的牛羊

中了诗歌的毒

阿娜儿放弃了代钦塔拉草原
跨上马直奔胡尔勒

香奴把珠宝生意放在一边
怀揣几首诗自春州出发

樵夫的主业已荒废多年
整天捧着几本外国诗歌

刀客的马早丢了,至今下落不明
腰间那把刀,远不如他的诗锋利

文俊兄和胡格书记不谈扶贫,把酒桌搬出毡房
月下对饮,出口成诗

雪花飘过,风儿吹来
苔莱花草原定会迎来一场诗雨

牧野新貌扶贫歌

◎洋浴海

读老照片
汇宗寺大铁钟和泥皮一样剥落
一只鸽子在黑色烟囱里飞行
搭子房上空，老照片
像多伦古旧鞋子，淹没
撅尾巴河和蛇皮河仍然在龙脉上
好几辈子的心事，张巴沟里
一股乡愁
从喇嘛庙和老房子的瓦片里冒出来
底片的亲切和贫穷
被"一个也不能少"的决定
重新印制

巴特尔的身影
马鞭响起，在阿巴嘎营地

毕力古台,将军的影
留在萨如拉图亚的草尖上
望着父辈疆场上的英勇
他也英雄般扎根这片热土
草原深处的扶贫书记,把自己
植成一棵小草
回报草原、回报母亲
从一粒草籽开始

途经乌日图塔拉
沙梁上的乌日图明亮而且清晰
长长的火车经过那里
秋深了,草黄了,树和回忆都红了
乌日图的牛羊和那台刚接回的打草机
都在风中看我
那一条长长的绿草地
就在火车铁轨的下边
拉草的汽车正沿着地平线
走进夕阳
蒙古包里的妹妹唱一支叫作
《阿尔斯楞的眼睛》的歌
就这么一刹那我和火车经过了乌日图塔拉

走在阳光路上

◎孙永斌

阳光把天空的蓝铺开
一朵云就有了生机
脚下,河水拉着手
向春天的泥土里走
越来越明亮的旷野
是蒙古马奔驰的草原

路上,有风,有雨
有我用梦构筑的彩虹
在我的表达里,有许多姑且
在众人助力下奔跑的,是我
对我而言,奔向远方的这段路
姑且叫贫困,我是那个脱贫的人

无法写尽的阳光,像我一样沉默

但她广阔的怀抱藏不下小草的快乐
那稚嫩的笑声,传出去
绿了我荒原里的所有
姑且把贫穷叫作荒原

在苍茫的天际,我是
那个被喊醒的人
当然,绿地是我所爱
是我一生拥抱的梦
在追赶中,蒙古马呼啸而过
转眼之间,青春呼啸而过
所以,脱贫路上得奋力拼搏
所以,在这个春天我继续攀登

太阳起身,又是一个早晨
你是那个向我走来的人
在我的荒原里种下绿
那一坡绿,和绿中长出的鸟鸣
是一把幸福的刷子
把昨日的贫穷刷掉

大片的芬芳,与大片绿色相衬
山川延绵着曲线之美
回眸看,是你正用手中的笔
描绘我们的另一片河山

你肩负使命，要把黑夜背走
一条坎坷的路被你踏平
在困难之海，浪尖上的你
一出手就按下背后的风暴
你走进这方山水，就有了
另一个身份——扶贫干部
为盘活经济，跑产业，立项目
和时间比速度，做致富的领路人
越走近，你把身影拓得越深

原谅我，我落后于你
现在，我身上披着你留下的暖
在你离开之前，我必须把你的名字
记住。像月映在水，把光芒铭记于心
像剑插入鞘，利锋永驻

由于贫瘠，你来了
你引领着我，走出日子的沼泽
放眼世界，你置办下的山水
不管突围的路有多长
我一定要以蒙古马精神走过去
一定要把富日子里的那枚太阳
从昨天的脚印里托起来

扶贫嘎查轶事

◎清　明

放苏鲁克

把扶贫羊牵回来
仿佛一片云，絮进贫瘠
日子就温暖了

牧羊人的剪毛场，接近天空
意象遥远
缝补袍襟的针，挑起羊毛焓
爆出希冀的灯花

放羊的阿嘎，斜靠山坡
把灰色的日子放进晚霞浆染
炯炯的目光
将一缕倒下的炊烟，又扶起来

因病返贫

旷野上，苏布达甩出一声响鞭
他曾经蜷伏的身姿
此时站得很直
一小群羊像听到吹响的集结号

因为透析，前年见他还肤色苍白
像一匹冬季换毛色的草地狼
盯着圈里仅剩的几只绵羊

黑砖茶烧开了，釅得发苦
白毛风挥动皮鞭，驱走撒谎的喜鹊

挂在哈纳墙上
像他的骨节一样突出着
寂寞的马棒

今天终于攻破了一个汉子的愁城
丈量出生活的长度

牛　黄

黑犍牛拉了一辈子水车
近日卧病不起

贫困户图布新
找兽医出身的扶贫干部
一脸茫然去诉苦
扶贫干部诊治一番
说恭喜
牛是得了胆结石
有了牛黄
趁牛还没有瘦得落架
百十斤牛肉
能卖上几千元
再加上牛黄这个宝
这头牛真是值了

隔日，一张黑牛皮
摊在草地
给北方的辽阔
贴了块崭新的补丁

粮 草

给没有劳力的贫困户拉草
顺便还有一袋子大米
大战在即粮草先行

叉子顶起草捆，顶起

沉甸甸的秋天
拎着一袋子大米，不矫情
谁家不柴米

没有运筹帷幄
怎敢走进空旷的未知
把陷进困顿的兄弟，解救出来
我从来不会两手空空

注：
苏鲁克：蒙古语，放扶贫羊。

城南扶贫记

◎白 墨

扶 贫

1

这片土地上
发生着一个动词与一个形容词
最美的相遇
比如一场空前绝后的爱情
动词用了洪荒之力
把人世间最暖心的爱演绎
这是焦渴土地上的
一场透雨
这是千古绝唱的心曲
——我爱你

2

这是一次蓄谋已久的袭击
光天化日之下
明火执仗
对寒冷、饥饿、病魔之类
荒芜、衰败有关的逼仄词语
精准发射,全面出击
这是一场旷古绝杀
没有手软,毫不客气

这也是一次对语言的外科手术
把贫穷的毒株从词典里连根拔起
撇进历史的灰烬里
不再复燃,从此绝迹
正如大雪之后
是春天盛大的花期

暖

1

老哥
你恭谨的神情为何这般畏缩
感激的目光为何一遍遍在我身上
熨烫过
我知道

你为何要把皲裂皴黑的手
不停地揉搓
不停地在衣襟上擦抹
你可知道
你擦去的是尘土
搓痛的却是我的心窝

你的手比那些肮脏的灵魂干净得多
因为你的手是土地的本色
来吧，大哥
让我们真情相握
让这醇厚泥土的香气
永远营养着我

2

大娘
您不要流泪
更不要作揖给我
您的浊泪
会在我的心田冲出沟壑
您这一揖
会把我的阳寿打折
无情的病魔把您撞瘫在炕上
照顾好您
是党和人民的嘱托
我要做的是帮您

把日子煎成蛋黄

把乌云调成暖色

寒

这些天

我的灵魂属地不断地发生强震

暗涌的浊流寒彻了我的诗歌

一些丑恶堂而皇之

走出了阴暗的角落

把人民交到手里的正义

在阳光下偷换成邪恶

他们的天平上

已经没有什么道德

贫穷篡改成富有

高楼倒置为寒舍

唯利是图就是准则

良知已经霉烂癌变

脊梁骨任由戳破

对恶鬣狗一样贪婪

对善毒蛇一般吝啬

混账东西

你想用肮脏与纯洁做交易？

你想用酒肉金钱屠戮我？

给我记住——

光明怎会与阴暗媾和!
煌煌日月，昭昭天理
等待你的是——
阳光的射杀
正义的谴责
灵魂的绞索
丑恶的葬歌

又见村庄

◎北　城

又见村庄

半窗月下，村庄
在纸上。只若初见
河里的天，蓝莹莹的高远
凫水的云，清凌凌的情深
一顶破草帽下，瘦骨嶙峋的巴望
凝成雕像
时常在忧伤处闪现

把脉土地
刨断穷根
向土壤问品种
向酸碱问治理
向市场问订单

向民心问管理
把词临风,置身在梦的边缘
抬头望天空,用水墨来构思前所未有的辽阔

务实、高尚和伟大
一直都在最低处起伏
收回虚妄的目光,走出昨天
把一双脚踏踏实实地落在田间地头
推倒早就板结的种植理念
重构丰收

又见村庄
木雕的牛车上载着一个饱经风霜的村名
成为老家草绘的封面
广场上舞动的幸福
找回丢失多年的乡情
露出儿女对母亲最灿烂的微笑

就恋这片贫瘠的沃土

时间的林荫,遮不住
沙化的梦
从记忆里借一滴鸟鸣
让断流的清河汹涌
把满眼的绿色引入沙地
安慰纸包纸裹的故乡

泪泡软的目光,看不到辽阔
枯萎的枝叶在风中
凌乱的沉默
残留着倔强
一盏不灭的灯下
一首古老的小调被反复吟唱

贫瘠不是罪
是时间考验意志的一道伪命题
坚毅的目光不相信眼泪
穿透固执的碱隔
让科技碾碎板结的伤痛
一双大脚开始丈量一幅更加苍翠的风景

娘在,根在
家永远都在
这片土地盛着饱满的诚实和质朴
潜藏着巨大的生机和活力
一笔一画写出的诚信
拧不出半滴水来
这贫瘠的沃土

走进老屋

时光在鬓角沉默

迫不及待的眼神，极力搜寻
老屋的模样。期待太久
单薄的双肩扛不起豪言最初的重量
老树还在，记忆横陈
眼前凌乱，怯生生的目光
试着推开崭新的屋门

张嘴的惊诧
有些苦涩，也有些酸甜
思绪泅渡，在往事里搁浅
一盏乡野的油灯
不敢触碰的宽敞与明亮
不沾染半点平淡
亮得诗意

田野的叙述不再平静
风抽打着回忆，疼
与陌生的自己擦肩而过
挖出深埋的遗憾
在中年的篱笆上晾晒
成为脱贫攻坚的原动力

嗅着陌生而又熟悉的气息
走进老屋，向沿途的每一处伤痕致敬
分明看见娘，还坐在炕上
绣着今天的牡丹

我放下提不动的牵挂
燃起一缕绝顶的炊烟
喊一声：娘——
继续从前

在希望的田野上

土地，憨厚
汗滴进土地和字落在纸上是同一个声音
沿着一条旧路写意
落款的笔没了颜色
太多的字板结
写出一行行跑墒的希望
仅能维系一眼就能望到头的日子

蜕变，从供需开始
推倒坍塌的土墙
深耕摇曳中潦草的观望
从一个微小的切口步入另一个春天
回望的目光擦去脸颊的汗水
微笑的脸上确认了瓷实的收成

展开收敛的翅膀，飞跃
从贫瘠到富足之间
那一首诗的距离
党旗飘飘，用爱的暖流融化终年积雪

湍急的融水流过
灌醉整片田野

在希望的田野上
幸福,一个都不能少
今晚的月很大,挂在村头的老树上
格外圆满
一位九十七岁的老人
望着国旗
正用自己生命的长度丈量仰望的高度